季羡林先生在写作。

季羡林先生与韩素音女士合影。

季羡林學術著作選集

本书出版得到了季羡林基金会的部分资助

中国文化与东方文化

刘建　编

新世界出版社
NEW WORLD PRESS

图书在版编目（CIP）数据

中国文化与东方文化 / 季羡林著；王树英编. --
北京：新世界出版社, 2017.9
（季羡林学术著作选集；6）
ISBN 978-7-5104-6260-3

Ⅰ.①中… Ⅱ.①季… ②王… Ⅲ.①文化史－中国
－文集②东方文化－文集 Ⅳ.①K203-53②K107.8-53

中国版本图书馆CIP数据核字(2017)第083315号

中国文化与东方文化

编　　者：刘　建
责任编辑：张世林　乔天碧
审　　读：杨汝模
封面设计：贺玉婷
版式设计：张世林
责任印制：王宝根
出版发行：新世界出版社
社　　址：北京市西城区百万庄大街24号（100037）
总编室电话：+86 10 6899 5424　　6832 6679（传真）
发行部电话：+86 10 6899 5968　　6899 8705（传真）
本社中文网址：http://www.nwp.cn
本社英文网址：http://www.newworld-press.com
本社电子信箱：nwpcn@public.bta.net.cn
版权部电子信箱：frank@nwp.com.cn
版权部电话：+86 10 6899 6306
印　　刷：北京亚通印刷有限责任公司
经　　销：新华书店
开　　本：710×1000　1/16
字　　数：200千字　　印　　张：19.75
版　　次：2017年9月第1版　2017年9月北京第1次印刷
印　　数：1－1400册
书　　号：ISBN 978-7-5104-6260-3
定　　价：1200.00 元（全十二册精装）

季羡林学术著作选集编辑委员会

《季羡林学术著作选集》编选说明

季羡林先生是北京大学资深教授、著名学者，长期以来，季先生的作品畅销于世，受到社会各界人士的热烈欢迎。但这些作品大多为季先生各时期创作的散文。季先生一生创作出版散文集二十余部，一百五十万字以上，其中有许多精品脍炙人口，他完全可以称得上是一位散文家。但是，季先生毕竟主要是一位学者，他终生笔耕不辍，孜孜以求的是他的学术研究，他对社会的主要贡献也是他的学术成就，散文只是他的一种“余兴”。

季羡林先生是一位百科全书式的学者，他毕生从事的学术研究的对象涉及语言、文学、美学、艺术、宗教、中外文化交流等众多领域。其学术著作大致包括以下内容：印度古代语言、印度历史与文化、中印文化关系、中国文化与东方文化、佛教、比较文学与民间文学、东西方文化比较、糖史、吐火罗文研究等。这些著作都具有很高的学术价值，得到国内外学术界的高度评价。而且，季先生的学术著作，深入浅出，联系实际，独辟蹊径，发人深省，为广大读者所喜爱。

为了便于读者阅读，我们编辑了这套选集。本选集从季羡林先生的学术著作中，精选出论著二百余篇，辑为十二卷，依次为《印度古代语言及吐火罗文研究》（葛维钧编）、《印度历史与文化》（王树英编）、《印度作家作品评论集》（刘建编）、《佛教》（李南编）、《糖史》（葛维钧编）、《中印文化交流》（王树英编）、《中国文化与东方文化》（刘建编）、《东西文化比较》（张光璘编）、《比较文学与民间文学》（薛克翘编）、《学海泛槎——学术回忆录》（薛克翘编）、《回忆中国学人及文化问题新思考》（张光璘编）、《序跋集》（王树英编）。选集所选内容基本涵盖了季先生学术研究的各个领域，所选论文皆为季先生在各学术领域中的代表作。

我们怀着敬仰和缅怀的心情编选这套选集，尽管我们殚精竭虑、费尽心力地收集、编选季羡林先生的文章，但仍难免有遗漏或不当之处，殷切希望得到读者的指教和帮助。

季羡林学术著作选集编辑委员会

2013 年 1 月

目　录

东方语文学的重要性

说到东方语文学，我们顾名思义，就会想到东方。这里所谓东方，是从欧洲人眼中看的，差不多是指整个的亚洲。但范围也不一定，有的时候大，有的时候小。譬如俄国，虽然有一多半在亚洲，通常是不算做东方的。

大概说起来，东方语文学的范围比通常所认为的东方大，因为连非洲的语文也包括在它的研究范围内。古代的埃及文，近代的亚比西尼亚和其他黑人的语文，都是欧洲东方语文学者研究的对象。但在另一方面，有的真正的东方语言，譬如说印度的梵文，在有些大学的课程里，被排在印度欧罗巴语系的比较语言学里，同希腊文，拉丁文，古斯拉夫文，北欧古文在一起。这当然有它的道理，因为梵文确是印欧语系古代重要语言之一，是现在欧洲语言的老祖宗。无论如何，我们总可以看出来。所谓东方，所谓东方语文学，范围都不能百分之百的精确地划定。

比较地说，东方语文学算是很年青的学问。因为这里面包括的语言很多，每种语言研究的历史又都不一样，所以我们不能在这里把研究的历史详细叙述。总括起来，我们可以说，东方语文的研究大半在十九世纪才开始，然而就在这一个世纪里面，在这方面努力的学者已经获得惊人的成绩，使人一看起来，觉得这种研究一定已经有了很悠长的历史，哪里会想到还不到一百年呢？就拿梵文的研究来说吧：在十九世纪初年有几个在印度服务的英国人开始注意到梵文。他们本身并不是语文学者，不过希腊文同拉丁文他们在中学里都读过，忽然发现梵文同希腊文拉丁文有些地方很相像，于是发生了兴趣，就开始研究起来，因而就奠定了印度语文学研究的基础。后来法国学者也接踵而起，对梵文研究也有相当的贡献。在这时候，逢巧有几个年青的德国学者在法国留学，把梵文的研究带回德国去。从此以后，德国就成了梵文研究的中心。有的梵文学者把研究的范围扩大了，于是就产生了比较语言学、比较文学史和比较宗教学。同时对各种印度古代的宝藏都研究到了：四吠陀，文法学，世界最长的史诗，这些印度人认为最神秘最深奥的东西都大白于世了。德国的梵文学者在这方面始终居领导的地位，一直到十九世纪的末年。

到了十九世纪末年二十世纪初年，东方语文学的研究意外地得到一种推动力。最先英国学者 Stein 到中国的新疆去考察，在和阗附近发掘，获得了许多极珍贵的东西，他写了几部很大的著作，把他考察和研究的结果公布出来。接着是德国的学者 Le Coq 同 Grunwedel 前后几次组织考察团到新疆去，他们在 Idikutsari 发掘出很多极珍贵的东西，同时又在古庙的废墟里发现许多很有价值的壁画。在这些东西里面最有学术价值的就是许多古代手写的稿本，有的写在纸上，有的写在绢上。在这方面，俄国学者也曾参加工作，组织考察团到新疆去。Petrovski，Kumentz 同 Oldenburg 都有很重要的发现。至于法国，我们都知道伯希和曾经到敦煌去考察，把敦煌石室里的珍奇的古籍搬到法国去。这里面有中国久已失传的古书，和唐代人的手迹，比我们平常认为最珍贵的宋板价值还要高得多。伯希和捡剩下的古书还有很多，中国当时的北京政府听说了，派人去运走一部分。日本人也派人到新疆去做过发掘工作，也获得很多有价值的材料。

这些学者所发掘搜集的材料，种类当然很多。但其中最重要的，我前面已经说过，就是手写的稿本。论内容，这些稿本大半都是佛经的译本；有的从梵文直接译过来的，有的间接从别的文字转译的。论文字却出人意料地复杂。只就字母说，就有波罗密字、驴唇字、西藏字、粟特字和几种到现在还没有读通的字母。有的文字简直用中文作了注音符号。真可以说是五花八门，无奇不有。

欧洲学者们拿到这许多材料，虽然隐约地意识到这里面一定有无量的宝藏，但却像拿到天书一样，他们读不通，不知道这究竟是些什么文字。他们面对着这难关，一点也不屈服，立刻分头去研究。字母问题比较容易解决，因为里面有几种字母是他们熟悉的。譬如说波罗密字和驴唇字，他们在研究印度碑刻的时候已经认识了。但虽然认识了字母，字母组成的字他们仍然不认识。只认识字母而不能认识字有什么用处呢？所以他们仍然继续努力下去。我们都能想象到，这是一件怎样困难的工作！我们每个人差不多都有学习外国文字的经验。就拿学习英文说吧！英文在近代文字中算是最容易学的文字。我们有良好的教师，编好的字典和课本，另外还有许多课外读物。每礼拜四小时的正式上课，再加上不知多少小时的自修。就这样，学上几年，天分低的还不能离开字典自由看原文的书。倘若现在有人拿一种奇怪的我们不认识的文字给我们，这种文字的文法比英文复杂到不知多少倍，没有教师，没有字典和课本，当然更没有写好的文法，他就让我们读通这文字，请问我们怎么办呢？

在欧洲学者面前的，就是这种看来似乎毫无解决希望的工作。但他们并不气馁，他们仍然是干下去。这里的文字多，读通的过程和所费的时间都不一样，我们不能一一详叙。现在我们就拿吐火罗文的研究来作例子，说明读通一种新文字的过程。吐火罗文的稿本大半都是用波罗密字母写的，除了几个新的字母以外，读起来并不难；所以字母这一难关不久就克服了。但是吐火罗文有一个特点，它并不像现在的英文、德文每个字都是分开来写的，所有的字母都写成一串，我们根本不知道该在什么地方分开来。这一点更增加了研究的困难。最初研究这种文字的学者，只对着一大篇字母，简直不知道从什么地方下手。渐渐地他们发现了其中有的字很像梵文，于是就把这些字抄出来。抄的多了，在里面也就可以发现声音转变的律则。偶尔又发现了几个断片，这几个断片有别的文字的译本，于是就根据这译本把这几个断片读通，把文法构造仔细研究了一遍，立出几个假设来。再继续研究下去，或者推翻这假设，或者助成这假设，终于渐渐建立起几个很简单然而却又很基本的原则来。这些工作都有特别的困难处，一方面要小心谨慎，另一方面却又要特别机警。再说神秘一点，有的时候简直全靠运气，有些材料是可遇而不可求的。就这样，经过二三十年的努力，吐火罗文终于研究通了。有一个学者说："这是人类历史上的一件大事！"我们只要稍稍能领略其中的困难，就会觉得这句话是不过分的。

或者有人要问，读通这些文字究竟对人类文化有什么意义呢？要想回答这问题，我们要对东西学术史作一个鸟瞰。我们都知道，无论在中国，在欧洲，学术的研究并不是平均发展的：有的时代学术研究的成绩很辉煌灿烂，有的时代却又很不振作，毫无生气。领导一个辉煌灿烂时期的，大半都是新材料的发现。尤其在精神科学的研究上，旧的材料经过长时间的钻研，各方面都研究到了，很难再有什么新的发现。倘若在这时候有新材料出现，学者们得到新的鼓舞的力量，不久就可以有惊人的成绩，开创一个新时代。这种例子太多了，我们不必舍近求远，只在中国学术史里就可以找到许多。过去的我们不必说了，只看近几十年来甲骨文的发现和研究，我们就可以明了新材料的发现对学术研究会有多么大的影响。以前，我们中国的古史实在还没有脱离神话色彩。当然，在中国，正如在西洋，是颇有些人们相信神话的。不过这些人同真正的学术研究是没有关系的。他们对甲骨文的发现和研究始终采取敌视的态度，虽然他们在内心里也未必不承认在这方面的成绩。无论怎样，我们现在真可以说，我们对商代的历史和文化有一个真确而清晰的概念了。这种研究现在还在开端，将来的成就虽然还不能预卜，只就眼前的成绩说，已经可以说是超迈前古了。而且，历史的研究不过只代表一方面，其他古文字学，古音韵学的研究也都跟了甲骨文的发现进入一个新的阶段。在这方面研究的学者也都表现了惊人的成绩。以前不能了解的句子现在了解了，以前不能读的书现在能读了，我们真不能想象，再过一百年在这方面的研究会灿烂辉煌到什么地步！

但是，甲骨文的发现和研究，影响是只限于中国的。新疆这几种古代语言的发现，却有世界的意义。这话似乎太空洞。我们仍然拿吐火罗文作例子来说明一下。我们都知道，印度欧罗巴语系普通分为两支：一个东支，比较语言学里的术语叫做 Satem；一个西支，在比较语言学里叫做 Centum。希腊文，拉丁文同近代的欧洲语言都属于西支；梵文，古代波斯文等属于东支。就地理说起来，这可以说是非常自然的。自从吐火罗文发现以后，这种很自然的局面有点混乱了。第一，这些学者们没有想到在中国的新疆会发现印欧语系的语言，因为现在那里流行的语言是东土耳其语。第二，即便发现了印欧语系的语言，按地理说，也应该属于东支。然而吐火罗语竟属于西支的 Centum。这样一来，他们研究的基础有点动摇了，同时他们也有了新的研究的出发点。现在还没有人能解释为什么在一群 Satem 语言里忽然出来一个 Centum 语言。这问题牵连到印度欧罗巴人种，也就是现在所谓雅利安人或白人的迁徙问题；再进一步，就关连到雅利安人原在地的问题。这些都是目前欧洲学术界研究最用力争辩最多的问题。到现在还没有结果。在比较语言学方面，吐火罗文的发现，也引起不小的波动。以前所熟知的几个语族的文法和音韵差不多都研究清楚了，真可以说是大势已定；现在忽然发现了一个新的语族，在文法和音韵方面都有很奇怪的特点，学者们又要从新的观点来修正或补充以前研究所得的结果。时间虽然不长，成绩已经很有可观了。

吐火罗文对世界学术的意义，我们只举以上两点。其他在新疆新发现的语言也各有各的重要，我们在这里不能详细叙述了。现在我们谈一谈这些语言对中国学术的意义。

自从佛教输入中国以后，在各方面都有了很大的影响，一直到现在这影响还不见衰竭；所以，我们可以说，佛教的输入，真是一件大事。但是关于输入的过程，我们一向不十分清楚。倘若我们问一个比较受过教育的人：佛教是从哪里来的？经过什么地方？大藏经是从什么文字译出来的？他们恐怕都会说，佛教是从印度传来，大藏经当然是从梵文译出来的。然而自从新疆这些语言发现以后，我们才知道，在初期，佛教不是直接从印度来的，而是经过新疆各小国的媒介。初期佛经也多半是从这些语言译出来的。这样一来，我们对中国历史上这一件大事的真相才有清楚的观点；大藏经里面许多以前不容易明白的地方，现在也都可以渐渐弄明白了。

在以前，新疆这地方，无论在历史上或地理上，几乎是一个空白。虽然每一个朝代的史书里都有记载，但这些记载有的太模糊，有的太简略，有的又太不正确，所以我们对新疆知道的真是太少了。自从新疆这些文献发现以后，我们才知道，新疆不但不是一个空白，而且是东西文化交流沟通的所在。东方文化从这里传到西方去，西方文化从这里进入东方。譬如说希腊的雕塑艺术到了健驮罗国混合了别的成分成了一种新风格，再从健驮罗经过新疆传到中国，在中国佛像的雕塑上留下不可磨灭的痕迹。其间经过的过程，我们在新疆新发现的佛像同壁画上，都可以清清楚楚地追踪出来。再进一步，我们现在再来读《史记》、《汉书》和其他史书关于西域的记载，也可以得一个很清晰的轮廓。因为人名我们多半可以找出它的原文，地名我们可以确定它的方位，不像以前那样模糊了。

以上说的新疆的新发现对世界和中国学术的意义，只是随便举出了几点，要详细说起来，可以写几本书。然而，我们不要忘记，新疆这些新发现的语文的研究虽然已经有了几十年的历史，其实是方在开始：有的语言才读通了一半，有的还没有读通，有的连字母我们还不认识。在柏林、巴黎、列宁格勒、伦敦的博物院里，还有很多很多掘出的手稿，待人研究整理。在新疆的废墟里，谁又敢说还有多少东西待发掘呢？

所以，这一门学问，真如朝日初升，前途正未可限量。我们也就可以了解，为什么现在欧美许多新进学者都到这块园地里来工作，无论是语文学家、历史家、考古家、艺术家，都可以找到适合的研究题目。德国的 E. Schroeder 教授，自己是德国语文学的权威，有一次就曾说过：可惜他年纪老了，不然，他一定研究东方语文学；因为在别的语文学的范围内，旧材料已经研究清楚，顶多不过在小地方有点小发现，新材料又没有，所以研究起来毫无生气。将来的天下是属于东方语文学的。他所说的东方语文学，着重在新疆发现的语文。

然而，回头看看我们中国，情况却完全两样。清末的时候，曾一度盛行过元史和西北史地的研究，后来渐渐消沉下去。新疆这些新材料发现以后，除了间或在报纸杂志上看到翻译的外国学者的论文以外，没听说有谁去认真从事这种研究。介绍外国学者的研究成绩，当然有极大的价值，而且是刻不容缓的，对这些介绍人我们都应该有很大的尊敬。然而这究竟是跟着别人走。我们不应该自安于追踪别人，我们也要去研究，让外国学者也跟我们走。

再进一步，在东方语文学，尤其是新疆新发现的语文的研究上，我们中国学者实在应该比欧美学者尽更大的努力。因为第一这些材料是在中国新疆发现的，第二这些语文对中国文化史的关系太深了。我并不主张学术有国家性；不过因为研究方便的关系，一个国家在某一个学科的研究上可以超出别的国家。在这里，我们都希望中国在东方语文的研究上可以领导别的国家。然而，事实正大相反，在这方面的研究上，中国不但不能领导，而且只是跟在后面，有时候，连跟都跟不上，甚至有时候连跟都不想跟。欧洲的许多东方语文学者有时候需要中国古籍的帮忙（这样的时候还真不少）。但欧洲的汉学家数目太少了，他们感觉到非常不方便。在失望之余，便常常用祈求的声调请日本学者帮他们的忙。他们为什么没想到中国学者呢？这原因很简单，无论谁一想都会明白。我认为这是中国学术界的奇耻大辱。我们都要起来，把这耻辱洗掉！

学术研究的一块新园地

我们读中西学术史，都可以发见一个很有趣的现象，就是往往只有新材料的发见才能引起一个新的时代。在欧洲我们不必举很古的例子，只拿梵文来说吧。梵文的研究在印度已经有两千多年的历史了；但欧洲的学者真正开始研究这对他们完全新奇的古文字是十九世纪初年才开始的。在一百年以内因了梵文的研究成立了比较语言学比较宗教学比较文学，结果是十九世纪不但在自然科学的研究上是一个辉煌的时代，在语言学的研究上也超越了前古。

再回头看我们中国，情形也可以说是完全一样。我们在这里不能详细地把中国学术史上因了新材料的发见而引起一个新时代的例子都一一举出来，我们只拿甲骨文的发见作例子来说一说。有清三百年的朴学大师在文字学音韵学校勘学方面的伟大成就是尽人皆知的了。但自从在殷墟里发见了甲骨文以后，到现在时间虽然还不算太长，在这方面工作的学者也还不算太多，在许多问题上，学者们已经有了更新更好的见解，现在我们再来读古书，把握已经比以前大得多了。但我们不要忘记，这才只是一个开端，谁敢说在一百年以后我们的学者会有怎样辉煌的成绩呢？

但甲骨文的发见其重要性只限于中国。同甲骨文的发见同时的还有一个更重要的具有世界意义的发见：在我国西陲甘肃西部和新疆有许多古文献古美术品古器物被欧洲的探险家发见了。他们在古城的废墟里破寺里山洞里找到了许多壁画佛像、中文典籍用种种字母写在纸上绢上贝叶上的文献和其他数不清的古器物。对中国当然这些中文典籍最重要。这里面种类也多得很，其中最重要的就是在中国已经佚失了的而在这里又发见的古书，这些书又引起了许多新问题，陆法言的切韵就是一个好例子。还有许多道教的经典像老子化胡经之类，让我们可以知道，道教怎样设法披上一件佛教的外衣同佛教拉上一点亲戚关系，以求在西域能够立得住脚。这些都是非常有趣而以前我们不知道的。至于在敦煌石室发见的佛曲和唐代的通俗文通俗小说，给中国文学史的研究开了一条新路，更是大家所熟知的了。

对世界学术说，最重要的却是这些用古文字写成的文献。最初欧洲学者们对于这些文献简直毫无办法。单说字母，种类就非常多，而且一大半还不认识，更不用说文字了。他们自己也许还没意识到这些文献的重要，不过觉得这里面或许有新的东西，于是就开始研究起来。他们先设法读通了字母，然后再来研究字句的意义，最后把文法构造也渐渐弄清楚了。就这样他们读通了几种语言。这些工作都是非常困难的，处处需要超人的耐力和敏感。一位德国学者用了四十年的苦功，才把一种语言理出点眉目来。对这些学者我们都应该有无上敬意。

这里面究竟有些什么语言呢？这话说起来太长，也不是用短短几千字可以说得完的。现在我们从里面选出三种最重要的来简略地说一说。这三种都属于印度欧罗巴语系。第一种是吐火罗语。发见的文献几乎全是佛典。这里面又可以分两种方言，通常以 A 同 B 来代表，有的学者把 A 方言叫做焉耆语，B 方言叫做龟兹语，也还没得到大家的承认。吐火罗语读通以后，在印欧比较语言学的研究上引起了一个大的波澜。以前我们只知道印欧语系包括八个语团，现在添上吐火罗成了第九个。其后“合兹提斯”发见了，成为第十个，因为与我们讨论的题目无关，我们在这里不谈。第二种是于阗语。属于印欧语系的伊朗语族。发见的文献多半是佛典。第三种是粟特语，也属于伊朗语族。发见的残稿里面佛典同商业文件都有。这两种新伊朗系语言的意义在供给比较语言学家尤其是伊朗语言学家许多文法上的新材料。对比较佛典的研究也给了不少的新启示。

这几种新发见的语言除了对比较语言学有重大的意义外，对中国历史的研究也非常重要。第一我们现在知道了，古代西域的居民有不少的雅利安族，中国古书上记载的“深目高鼻”的蛮夷就正是现在天之骄子白人的同宗。第二我们现在知道了，以前认为荒漠不毛的中亚就正是中西两大文明汇流的地方。最后我们还知道了，印度文化传到中国来是经过一番媒介的。大藏里的经典很多不是从梵文译来的，中间还经过了一次“胡语”的转译。

以上我们随便谈了几种语言，真可以说是挂一漏万。中亚发见的文物真是浩如烟海，绝不是我们在这篇短文里可以说得完的。不过就在上面这短短的叙述里我们也可以看出来这些文物对我们中国历史文化有多大的意义。自从这些东西发见以后，欧美各国甚至日本都已经有很多学者从事研究这些文献器物了。他们努力的结果已经在语言学上历史学上考古学上有了惊人的发见，成了所谓“东方学”的中心题目。但可惜我们国人除了少数几个学者外还没注意到这种新学问，我们真应该“引以为憾”。

不过现在开始也还不晚。连在欧洲，虽然经过了四十年的研究，这学问还在开端。在巴黎伦敦列宁格勒的图书馆里博物院里还不知道有多少材料等待学者们整理和研究。就以文字说现在还有文献，学者们不能读，甚至有的连字母也还没有读通。在读通的这几种里面还有不知多少问题。有许多字的字义还有待于研究或修正。在这里语言学家艺术史家历史学家地理学家宗教学家民俗学家考古学家都可以找到适当的工作。只要肯来，只要肯工作，绝对不会没有成绩的。德国一位八十岁的德国文学权威教授常常慨叹地说，可惜他老了。倘若他再年青三四十年，他一定从事于中亚文献的研究。我们很希望我们中国的学者们有人到这里来，共同努力创造一个新的时代，这是一块学术研究的新园地。

1946 年 10 月 14 日

关于东方语文学的研究

从今学期起，北京大学文学院里添了一个新系：东方语文学系。这是中国自有大学以来的第一个创举。不在别的大学，而在以兼容并包博大精神出名的北大，是并非偶然的事。我们都要感谢胡适之先生汤锡予先生和傅孟真先生，他们让这在中国自来少有人注意的冷僻学科也得到一块发展的园地。

无论什么新创的事业都容易招人误解。北大东方语文学系也不是例外。很多的人把东方语文学认作日本语文学系的别名。有的人根本不清楚里面究竟研究些什么，只觉得这一系很神秘。所以我们感觉到有需要来作一个简略的说明，让大家明了这一个自从中国有大学以来第一次创立的学系的真相。

首先我们要知道什么是东方语文学。这里所谓“东方”是根据欧洲的用法。英文德文法文原字都是 Orient，而这个字的来源又是拉丁字 Orient，意思是（太阳的）升起，进一步就演化成太阳升起的地方：东方。从欧洲人的眼里看，整个亚洲都在东方。研究亚洲语文的学问就叫做东方语文学。

亚洲是很大很大的，这我们都知道。所以只是研究亚洲一洲的语文工作范围已经够大的了。但是按照欧美大学的惯例，连古代埃及文和非洲语文都划到东方语文学研究的范围里来，东方语文学的范围于是就更加扩大了。根据上面所说的，欧美大学所有的东方语文学就包括以下这些语文：

1. 古代埃及语文

2. 古代巴比伦亚述语文

3. 中国语文

4. 日本语文

5. 满蒙语文

6. 印度支那系语文

7. 阿拉伯语文

8. 土耳其语文

9. 印度语文

10. 伊兰语文

11. 中亚古代语文

12. 非洲语文

以上这许多语文都能在大学里成一系。还有许多不甚重要的语文就要看大学的设备和教授研究的范围而归入这一系或那一系。就连以上这些语文系别也不像我写得这样清楚。譬如有的汉学家也通日文满文或蒙文，学校里倘若没有日文系满文系或蒙文系，那么这教授也就兼开日文满文或蒙文的课。有的伊兰语文学家兼通阿拉伯文土耳其文，他也可以把这三系合成一系。这一切都没有什么一定的标准。分系虽然没有一定的标准，但系总是分的。这原因很简单。在欧洲东方语文学的研究已经有很长的历史。十三世纪中教皇 Innozenz 四世下令在巴黎设一个阿拉伯语文的讲座。这可以说是欧洲东方语文学研究的开始。这以后，语言的数目陆续增加，研究的范围渐次扩大，一直到现在这传统并没有中断，他们的书籍和各方面的设备都已经有了很好的基础，非分系来研究不行了。

现在我们的大学里也开始注意到东方语文的研究了。北京大学首先创立了东方语文学系。我们当然不能也不必学欧美大学分那样许多系，我们只在系里分成若干组，每一组就相当欧美大学的一系。这其实只是名称不同而已，对研究说是一样的。因为是才开创，我们先设三组；第一组：蒙文，藏文，满文；第二组：梵文，巴利文，龟兹文吐火罗文（B），焉耆文（吐火罗文 A），于阗文，粟特文；第三组：阿拉伯文。我们希望将来能够陆续增添别的新组，譬如说波斯文东土耳其文等。我们也希望能够请到专家来教。入这系的同学每人可以任选一组。至于在这组里必修的文字当然是多多益善。但倘能精通一种也就够了。

以上是北大东方语文学系的大概情况。至于为什么设这一系呢？这真是一言难尽。我们现在分两方面来说。

第一是实用方面。我们中华民国号称汉满蒙回藏五族共和，但一直到现在除了对汉族的语言和文化真正作过研究以外，对其余四族简直可以说是一点都没有顾到。外国学者反而越俎代庖，替我们去探险去发掘去研究。他们有没有别的用意，我们现在且不必去追究。但自己家里的事情自己不明白，反让别人来代劳，只这事实就是我们全民族的一个耻辱！再说到中国以外的亚洲各国的语言，我们以前更没有顾到过。但现在自从“胜利”以后，我们已经被逼上梁山，势非顾到这些国家不行了，无论我们愿意不愿意。欧美的大国家只要往外国派遣大使或公使，总找一个对那个国家有认识有研究的人。在他下面照例还有许多专家，就是所谓什么通者。我们姑且不管他们是否真“通”，但对那国家他们真下过工夫。但我们中国怎样呢？试问派到印度阿富汗伊兰去的使节对这些国家有什么认识？结果就可想而知了。因了一个机缘的凑巧，我自己在越南西贡住了一个期间。有一次我在总领事馆里问到越南现在有多少人口。这其实是一个极简单的问题，但上至总领事，下至办事员，没有一个能够回答的。结果是红了一阵脸了事。让这些人去办外交，有什么法子不替中国丢脸？

第二是学术方面。中国同其他亚洲的国家的文化交流，我在这里不能详细讨论。倘若有人要知道详细一点，我在今年7月21日的上海《大公报》上曾写过一篇长文：《东方语文学的重要性》。里面虽然也多半是老生常谈，但还可以参阅。我们在这里只谈一谈中国同印度的文化关系。这两国文化关系的密切我想没有一个人会否认的。倘若没有印度文化加入到中国文化里来，我不能够想象现在的中国文化是什么样子。我并不是说一定会比现在坏，但绝不会是现在这样子，这是可以断言的。自从佛教输入以后，上至文学哲学艺术，下至民间信仰，没有一处没有印度的色彩。甚至我们足以自傲的所谓“国医”，来源都有点问题。它同神农老皇帝的关系也很渺茫，虽然据说他老人家尝过百草。然而我们的学者对这方面的研究怎样呢？除了很少数的学者像陈寅恪先生等以外，一向没有人注意到这一方面。近几十年来中国新疆发现了无数的古物文献，几乎可以使我们人类一部分的历史改观。世界的历史学者地理学者尤其是东方语文学者的眼光都转到这方面来了。他们的研究报告真可以说是琳琅满目，兼有精深与博大。因而一般人民对这方面的兴趣也就跟着大起来。但回头看我们中国，除了很少数的学者以外，依然没有多少人注意到这个。甚至连中文的大藏经都要等外国学者来研究了。无论如何我总觉得这是件很大的遗憾。学术研究当然不能也不应该分国界。但同我们关系密切的学问，我们“近水楼台先得月”总应该先来研究，来领导。现在不但不能去领导，别的国家的学者研究了，我们连跟都跟不上，不，简直连跟的意思都没有。这总不能不算是一件怪事吧！在清末的时候本来已经有些学者注意到这方面的研究了，譬如说洪钧的元史译文证补就是好例子。王静安先生晚年也想治西北史地，可惜王先生一死，这风气就如昙花一现消灭得无影无踪了。

根据以上这一点感触，我们就很希望年青的同学们有勇气到这块新园地里来共同努力。他们只要肯工作，绝对不会失望的。这并不限于东方语文学的同学。文学院其他各系的同学，像中国文学系哲学系历史学系西方语文学系的同学，倘若有“余力”的话，不妨也来试一试。胡适之先生曾说过：为学像金字塔，地基愈宽愈好，上面愈尖愈好。为了得到一个宽的地基，也应该多学一点与自己本行相关的东西。何况有的知识不但只是打地基才用得着，简直与自己的研究范围就分不开。譬如说研究中国佛学，不懂梵文不是很困难么？当然，一直到现在，还有研究佛学而反对梵文的人。这些人真是眼光如豆，他们研究的结果就可想而知了。好在他们总有一天会消逝到他们应该去的地方去的，我们用不着同他们分辨。说到中国文学，你总不能否认佛经翻译文学也是中国文学的一部分。但倘要彻底明了佛经，又非懂点梵文巴利文不行。否则不是闭门造车就是拾人牙慧了。

写到这里，自己一看，觉得很好笑，自己不是在这里作广告招来主顾吗？大有年末大减价的神气。东方语文学仿佛成了虎标万金油，“万病皆治，万国风行”。其实我的用意并不这样。不过因为多少年以来，自己有许多感触，现在想把这些感触告诉给别人。又因为最近常常遇到熟人或非熟人，还有报馆的记者先生们，问到这一系的情形，而且大半对这一系都多少有点误解，所以就不厌其详地写了一大篇，希望让大家多明白一点，自己少费点唇舌，如此而已。

1946 年 12 月 22 日

近十年来德国学者研究汉学的成绩

这不是一篇学术论文，只是一篇简略的报告。其实连简略的报告，我也未必能作得好。因为自己的书籍因了交通的困难都没有带回来，手边可以说是一本参考书都没有。在北平又很难找到新书，德国出版的纯粹论学术的书籍更没有地方去找。所以我现在只能就记忆所及拉杂写一点，详细节目有时难免省略过去；但主要研究的成绩我相信还不会遗漏。倘若读者看了，能对德国学者近十年来研究汉学的成绩得到一个大概的轮廓，或者甚而对他们自己的研究有了帮助，那我就于愿已足了。

题目上写了“近十年来”，我的意思当然是要叙述近十年来德国学者的成绩。但有的时候为了叙述方便起见或者需要一个历史的回顾，我就不得不打破这个界限谈一谈十年以前的成绩。先在这里声明一句，免得有人说是文不对题。还有几本书，我现在已经记不清是不是近十年出版的，原书又不在手边，无从查阅。倘若弄出了错误，当然作者负责。好在我们这里不是算数学，差个一年两年没有什么关系。诸位读者一定能原谅的。

在德国的汉学家中流行着一种说法，就是，中国的经史子集这四部分每一部分都正巧有一个权威汉学家在研究而且都有了很大的成绩。换句话说，在德国汉学家的行列中坐前四把交椅的正巧每人研究了中国经史子集四部的一部。这四个人互相补充，他们合起来就研究遍了中国整个的文化遗产，虽然有时候不能深刻。

这四个人究竟是谁呢？代表经部的是卫礼贤（Richard Wilhelm）。他把许多中国经书译成德文，间或也翻译子书，譬如说《庄子》他就有一个译本。在德国他成了中国文化的宣传者。在法兰克福（Frankfurt a. M）创立了中国学院，是大家都知道的。所以有人说他是以耶稣教牧师的资格到中国来的，终于成了孔教的牧师又回到德国去。他死去已经很久，不在我们本文讨论范围以内，所以我们就不再详细谈了。

代表史部的是福兰克（Otto Franke）。他最初本来是研究梵文的，后来才转到中国语文来。他的著作方面非常广，量也非常多。但是他的研究范围很少离开史部。他的最伟大的著作就是《中国通史》（*Geschichte Des Chinesischen Reiches*）。单以量论，现代用任何文字写成的中国通史没有一本可以同这部巨著比的，中国出的几部也都差得远。他这部大作完全是晚年的产品。多一半的工作是在柏林大学退休以后做的。预定出四大本，现在只出了三本。第一二两本是论中国上古史中古史的。第三本是注释、补充和改正，于 1937 年出版。第四本论中国近代史，材料搜集得已经很多了。我 1942 年在柏林看到他的时候，他还谈到，不久就可以写起来。但战争却把这工作拖延下来。战争结束后，我以为而且希望他一定可以完成，因为虽然他已经八十多岁了，但身体还非常健康。谁知道他竟于去年死去。我们只能希望他儿子傅吾康来完成他父亲的工作了。

子部的代表是 A. Forke。他翻译过许多子书，像《墨子》和《论衡》他都译过。但他的毕生工作却是中国哲学史。在量的方面也很惊人，虽然就质说有些地方不能令人满意。第一部《中国古代哲学史》（*Geschichte Der Alten Chinesischen Philosophie*）是 1927 年出版的。第二部《中国中古哲学史》（*Geschichte Der Mittelalterlichen Chinesischen Philosophie*）1934 年出版。第三部也就是最后一部《中国近代哲学史》（*Geschichte Der Neueren Chinesischen Philosophie*）1938 年出版。有些人对这书不很满意，他们以为 Forke 虽然研究哲学史，但他最大的致命伤却是自己并不是哲学家，对哲学很外行。这话对不对，我不敢说，因为我对哲学也是外行。

最后我们来谈 Erwin von Zach，他是集部的代表。他的中文造诣虽然很高深，但他没有什么创造的能力。所以他一生主要学术工作就限于翻译。他曾经把全部的《杜工部诗集》、《李太白诗集》、《韩昌黎诗集》译成德文，在荷属南洋的一个杂志上发表了。可惜到现在还没有出单行本。他的译文虽然对原文很忠实，但却不是诗。听说他把全部的《昭明文选》也译成了德文，据我所知，似乎还没在任何地方发表过。自从他前几年在南洋惨死以后，这部稿子也不知道流落到什么地方去了。von Zach 的为人很古怪，他最喜欢同人打笔墨官司，他能用最刻薄毒辣的词句攻击对方。法国最近刚死去的汉学大家伯希和（Pelliot）就是他的死敌之一。因了他这种性格，他就最喜欢写书评，而他的书评也充分表现他的性格。他专挑每本书里面的错误，以一百起码，有时到五百一千甚至几千。中国的《辞源》他也评过，好像也被他找出了一千多错而没能打破他这一关。他自己也知道别人对他这样的作风不满意，在一本他翻译的书的序里，他写道，以前他只是挑别人的错，现在他也译了书，有本领有勇气的好汉们尽管来挑吧！我们很可以想见这位出身军官世家的汉学家是怎样狂傲而古怪了。

除了上面这四大金刚以外，德国还有很多比较年轻的汉学家。我们现在也大略谈一谈。海尼士（Haenisch）是接着福兰克任柏林大学汉学正教授的。他虽然以汉学家著名，但他关于这方面的著作实在少得可怜。以前写过一部学习中文文言的书，到现在一共出了三册。一册是简略的文法，另外两册是原文，大半是从民国初年中国小学教科书里选过去的，目的是给德国学生做练习用的。他自己还做了一个翻译，里面到处都是很幼稚可笑的错误。海尼士究竟是老实人。倘若聪明一点的话，何必把这些练习译成德文？反正文章已经选出来了，念全在学生，还有人会怀疑选这些文章的人不懂这些文章吗？在最近几年来，他写了几篇论文。据说其中最有价值的就是一篇论孟子与刘向的文章，柏林普鲁士学士院出版。我因为没有读，不知道内容怎样。

同海尼士年龄差不多的是严复礼（Fritz Jager）。他原来继Forke为汉堡大学的汉学正教授。据他自己说，他是蔡孑民先生的弟子，曾从蔡先生治《史记》。所以他的专门研究就是以《史记》、《汉书》为对象。对中国历史里面的褒贬问题，他有很精深的研究。据说他关于这方面写了很多东西，已经积稿盈尺。不过，也许为了小心起见，他都还没有发表。他所发表的都是些短篇论文。里面论到的东西都很偏僻，譬如说中国古代的奇器等他都论到过。在中国近代学者中他最崇拜胡适之先生。倘若有学生想跟他作博士论文，他给的题目多半与胡先生的研究有关系。胡先生写过《红楼梦考证》，他的一位学生就作了一篇关于《红楼梦》的论文。胡先生写过《说儒》，他就让一位学生作关于《说儒》的论文。他并不是让学生对胡先生的文章发表意见，他只希望他的学生能把胡先生的结论介绍到德国去而已。他的一位高足、现在住在北平的青年汉学家霍福民（Alfred Hoffmann），也译了不少胡先生的著作。《词的起源》、《四十自述》、《敬告日本国民书》和一篇关于文学革命的论文他都译成了德文。严复礼对中国感情很好，但不知为什么，在这次大战前他忽然加入了国社党。正当德日邦交闹得火热的时候，一位日本语言学家做了汉堡大学的校长，他就做了文学院长。德国战败后，他也就因此被英国人撤职。这位年老的、待人接物都有中国古风的学者不知道现在怎样了。

另外一位专门研究《汉书》的青年汉学家是 Hans OG Stange。他曾将《王莽传》译成德文，并且加了很丰富的注释。他是在 1933 年以前就入了国社党，同时又是冲锋队队员。但因为人太不圆滑，在党里混了十年，也没混出什么名目来。到第二次世界大战爆发的那一年才当了葛廷恩大学的汉文讲师。德国一败，立刻被英国人撤职。中间虽然因了他父亲的神通广大，曾一度复职，但最近我接到德国的来信，说他又被撤职了。再复职恐怕就很难了。

在国际上负有声誉的德国汉学家首推夏伦（Gustav Haloun）。他原来是葛廷恩大学汉学副教授，1938 年到英国剑桥大学任正教授。他因为过于谨慎，所以著作不算太多。但据我所知道的，他研究的范围并不小。对于甲骨文、钟鼎文、周秦诸子、周代地理、中国音韵学、文字学，他都有独到的研究。他生平最致力的就是中亚古代史地。二十多年前他写过一本书：《从什么时候起中国人知道了印度日耳曼人》。十年前他又写了篇论文，关于月氏问题。对这个中亚古代史上令人最头痛的问题发挥了不少的新见解，虽然还谈不到是结论。到了英国以后的工作情形，我不大清楚。有一个时期他似乎在治中亚发现的残卷。因为战争关系，我好久没能看到英国学术刊物，他是不是有新的著作发表，我就不得而知了。

另外一位专研究中亚史地而不被德国汉学家认为是汉学家的是 Hermann。很多年以前他写过一本关于横亘中亚的丝路的书，论到东西交通的问题。他也写过一本关于楼兰的书，不是专门学术著作，而是一本比较通俗的书。十多年前他出过一本中国古代地图，是按朝代来分的。评者对这本书可以说是毁誉参半。Hermann 大概不像其他的德国学者一样有窄而深的研究。他的著作都不免有点不深刻，也无怪一般德国人从来未承认他是第一流学者了。

对中国古文字学、音韵学有精到的研究的是 Walter Simon。他在二十年前就有很多文章。或者还有人不知道，我们不妨在这里谈一谈。他论到过中国古代的字尾辅音字，论到过四声的分化。以后他还写过文章专门讨论“矣”字的意义。另外一篇讨论藏文和汉文同源字的论文（*Tibetisch-Chinesische Wortgleichungen*）是一篇非常重要的著作。自从希特勒执政，他因为是犹太人，就被驱逐到英国去。他也写了许多论文。我因为没有读到，目前只好暂时不介绍了。

谈到介绍中国的小说，我们就不能不想到 Kuhn。他把许多中国的新旧长篇小说都译成了德文。我在德国很少遇到德国大学生没有读过他的翻译小说的。他们都知道中国有一部《红楼梦》、《金瓶梅》、《水浒传》。可惜他译的小说都有不少的删节，这总不能不说是美中不足。在德国所有的汉学家中，真正对一般民众有影响的，除了卫礼贤以外，就首推Kuhn了。卫礼贤把中国的思想介绍给德国人民，Kuhn介绍了中国文学。倘若我们打个譬喻的话，Kuhn在德语世界里的位置就相当英语世界里的Arthur Waley。

以研究宋代理学出名的是Werner Eichhor。他发表了很多关于宋代理学的论文。尤其是对于周敦颐和张载他有独到的研究。张载的《西铭》他曾加了注释译成了德文。倘若他顺了这条路走下去，也许可以有很大的成就。但最近多少年来他似乎有点转变了。他注意到民俗学和社会学的问题，写了几篇没有多大价值的论文。同时他又译了几篇熊佛西的戏剧，也都没有什么价值可言。

我上面说到Hermann是不被德国汉学家认为是汉学家的汉学家。像这样的汉学家德国还有几个。我们先说Hentze。他本来学无师承。先在比利时一个大学里弄到一个汉学教授的位置。据说始终并没有一个学生。他的实际工作是替国社党在比利时作前驱。以后就被调到佛兰克府去，名义是正教授，但薪水据说却又不从国库里支。里面情形似乎很复杂，我们局外人也弄不清楚。他写了几部大书讲中国古代钟鼎的装饰和花纹，同在世界别的部分掘出来的古器物的花纹来比较，因而成立许多假设。这本来是偏于人类学的工作；至于从人类学的观点上看他的学说能不能成立，我因为是外行，又还没读到内行的批评，目前还不敢确说。就我浅见所及，他这几部纸张装订都很考究的大作，多一半都是呓语和幻想，谈不到什么学术价值，虽然也有人捧他的场。

第二个我想谈的是Boerschmaun。他的专门研究似乎是艺术史和建筑史，尤其是对于中国建筑史他有很精深的研究。他曾写过几部很大的书讲中国的建筑，其中最有名的一部就是《宝塔》，是专门讨论中国古塔的建筑。他在这方面的成就可以说是空前的。也许就因了他对中国建筑的研究，他对中国语文也多少用过点功。虽然他还不能算是汉学家，对中国文化的了解也许有的汉学家还不能同他比。

以研究中国天文和神话著名的是 Wolfram Eberhard。他写了许多有价值的论文，讨论汉朝的天文和汉朝人对宇宙的玄想。关于安阳发掘他也写过一篇报告。他对于中国民间的童话和神话也有很深的研究。他写过几本书讨论中国神话的类型。他最近还写了一本书，想从中国的民间故事和文人的笔记小说里研究中国的民族性。这部书的稿子我去年春天在瑞士看到过，恐怕现在还没有出版。

现在我想谈一谈几位比较年轻的汉学家。这几位汉学家现在都留在北平。第一个我想谈的就是福克斯（Walter Fuchs）。他的研究范围非常广。他的取材都是有原始性的。在许多方面他都能开一条新路。他的每篇文章都几乎能把握住一个新的问题。他所提出的问题有很多都是前人没有注意到的。关于明清两朝的地图他写过几篇很精辟的文章。他又精通满文，写过几篇讨论满洲语文的论文。对于尼布楚条约他也有过独到的研究。慧超旅行中亚印度的记述，他加了注释译成德文。他几年前出版的康熙时代天主教士的地图（*Der Jesuiten-Atlas der Kanghsi-Zeit*）也是一部很重要的著作。

另外一位我们要谈的汉学家是卫德明（Hellmut Wishelm）。他也是住在北平的，他是我们上面谈到的卫礼贤的儿子。他对顾亭林有独到的研究，写过几篇很有价值的论文。他最近完成的《德华字典》是在这方面最好的一部。

我们还想谈一位现在留在北平的德国汉学家罗越（Max Loehr）。他的专门研究的范围是中国古代的钟鼎彝器，他曾写过许多论文论铜器的鉴定和装饰。

德国近来有成绩的汉学家我上面大概都论过了。但在结束这一节以前我还想谈到一位自己不认为是汉学家而别人也不以汉学家看他的德国学者 Misch。他是德国很有地位的哲学家，是德国近代大哲学家 Diethey 的高足和女婿。Diethey 死后，他的全集就由 Misch 编定出版。Misch 主要成就当然是在哲学方面。但他对中国哲学非常爱好，中国经书和子书的外国文译本他都细心研究过，研究的心得就写在一本叫《*Die Wege in die Philosophie*》（《到哲学去的路》）的书里。他常说，最初欧洲的所谓哲学大半都指的是希腊哲学。自从叔本华（Schopenhauer）提倡研究印度哲学以后，印度哲学也在欧洲学者研究的哲学里占了一个位置。叔本华自己的哲学就受了印度哲学的影响。Misch 希望，从他这一部书起，中国哲学可以同希腊哲学、印度哲学鼎足而三。足见他对自己这部书是非常自负的。他原来是葛廷恩大学的教授，后来到英国剑桥大学去。在大战期间我一直没得到他的消息。战后我才听说，他最近几年来研究中国语文，又完成了一部关于中国哲学的大著，大概还没有出版。以七十高龄竟有这种精神，真值得我们佩服。

以上只介绍了德国学者近十年来研究汉学的成绩。至于研究其他东方语文的成绩，以后再来介绍吧。

1947 年 2 月 19 日

东方语言学的研究与现代中国

说到东方语言学与现代中国，我觉得有必要先来解释一下什么是东方语言学；因为根据我自己的经验，还有许多人对这个名词的含义不十分清楚，甚至十分模糊。粗略地说，东方语言学的范围包括全亚洲的语言。俄文除外，因为俄国虽然有一多半在亚洲，但俄文普通都是归入印欧语系的斯拉夫语言学里面的。在另一方面，埃及虽然不在亚洲，但古代埃及文照习惯是算作东方语言的。

我们都知道，亚洲是非常大的，语言也非常多。除了我们不常听说的许多方言以外，我们可以举出的有：古代埃及文、巴比伦文、亚述文、梵文、巴利文、阿拉伯文、土耳其文、波斯文、满文、蒙文、藏文、中文、日文、高丽文、安南文、暹罗文，还有中亚新发现的吐火罗文、于阗文、窣利文。要仔细列举，这个数目当然还差得太远；但因为其余的语言不像我们上面列举的这些那样重要，所以我们就不再写了。

我们中国既然同上面这许多国家同在亚洲，从茫昧的远古以来就做了邻居，在历史上当然不免发生关系。我用关系这两个字，里面含义很多。有的国家同我们发生过战争，有的甚至征服过我们，终于又让我们同化了，成了中国的一部分。有的同我们只发生过外交关系或贸易关系。但我最著重谈的还是文化关系，因为只有文化关系是永久的，即使时过境迁，它的影响依然会存在的；

其余的关系都只是暂时的。所以我现在只谈文化关系。即使只谈文化关系，也只能粗枝大叶地谈一谈；因为历史太长，国家太多，同我们发生的关系太复杂，关于这方面研究的著作真可以说是汗牛充栋，我们无论如何也谈不完。我们现在只能择出几个国家来，在这几个国家里再择出几个重要点按时间先后来谈一谈。

我们先说埃及同巴比伦。埃及同巴比伦我们都知道是耶稣纪元前的古国，在纪元前三千多年他们就已经建了国了。这似乎比我们中国还早。只看历史上的记载，我们不会发现我们同他们发生过什么关系。但倘若研究一下我们古书里，譬如说《书经》里，讲到天文和历法的地方，我们就可以知道，这两个古老的文化中间并不是没有关系的。根据许多学者的意见，中国的天文、历法和数学都受过巴比伦的影响。又有学者说，中国古书里常见到的上帝的帝字就源于巴比伦。关于这方面，在十九世纪末年很出了些专书。最出名的就是拉库波里（Lacouperie）的《早期中国文明的西方源》（*Western Origin of the Early Chinese Civilization*）。在这方面研究的学者虽然有许多功绩，但他们有些地方太富于幻想，有些捕风捉影的议论。所以时间一久，人们对他们的热情也就渐渐冷淡下来，终于就没有人再提到他们了。不过，我们不要忘记，一直到现在还有学者，譬如说英国人类学家 C. E. Smith，说世界上的一切文化都源于埃及，中国的文化当然也不能例外。中国近来的学者也有的把山海关同巴比伦拉上关系，这当然很有趣。不过他们根本没有古代史的知识，说出话来多荒谬可笑。据我自己的看法，在这方面研究可以说是才开始，我诚恳希望学者们能继续研究下去，将来一定可以把这东西两个最古的文化的关系研究清楚，把现在笼罩在古代史上的神秘的暗雾渐渐扫开来。

我们现在再来谈阿拉伯。中国同回教的阿拉伯虽然在唐代已经发生了关系，但一直到宋元，阿拉伯的文化才真正在中国发生了显著的影响。元朝建立回回国子学，专教阿拉伯语文和学艺，结果是阿拉伯的天文历算地理和炮术都源源输入中国。中国历史上最有名的天文家郭守敬就是在这种影响下产生的。

阿拉伯文化对中国的影响虽然不甚显著，但是知道的人还并不少。倘若我们现在再谈到波斯文化的影响，就很少有人知道了。事实上波斯文化对我们的影响实在非常大，换一句话也可以说，波斯人对我们中国文化的功绩非常大。在纪元前五六世纪的时候，波斯王大流士（Darius）创建了横亘欧亚的大帝国。在那时候，波斯已经因了地理的关系成了东西文化的媒介。到了战国中期以后，伊兰系的文化更源源传到中国来。赵武灵王胡服骑射，废战车，采用骑兵制，据说就是受了伊兰系文化的影响。到了汉魏六朝，印度文化，尤其是佛教，开始传播到中国来。居间介绍的也多半是伊兰民族；因为据我们现在研究的结果，在初期有许多佛经不是直接从梵文译出来的，而是经过中亚诸小国的媒介，这些小国多半是伊兰系的民族。这我们只要一看最初到中国来的和尚的名字就可以知道。凡是姓安的都是安息人，凡是姓康的都是康居人。真正直接从印度来的很少。

到了隋唐时代，伊兰文化更是川流不息地往中国流播。只说宗教就从伊兰传来了三个。第一个是祆教。这是波斯的国教，创始人是查拉图斯特拉（Zarathustra）。从北魏起就开始传入，到了唐代更发扬光大了。第二个是摩尼教，创始者为波斯人摩尼，是混合几种宗教而成的。在国内遭到迫害，终于渐渐流传出来，也到了中国。这教的主要教义就是二元论。他们说有善恶两神，光明就代表善，黑暗代表恶。我们都知道，宋朝最大的哲学家朱子就是一个二元论者，他主张理气二元。有些学者就说，这是受了摩尼教的影响。最后还有一个宗教，它虽然不是源于波斯，但却是经过了波斯才传到中国来的。这就是景教，原来是耶稣教的一派，后来因意见不合，渐渐向东方传播。

除了宗教以外，在别的方面中国也很受了伊兰的影响。在绘画方面，凹凸画输入了中国。在雕刻音乐舞蹈里面也处处可以发现伊兰的作风。甚至在衣食方面都有伊兰影响的痕迹。李太白诗："踏尽桃花何处游？笑入胡姬酒肆中。""胡姬貌如花，当炉笑春风。"这里所谓胡姬有些学者就认为是伊兰系的西域人。还有一件事一直到现在学者们似乎还没有讨论过，我想在这里提出来说一说。绝句在中国文学里占很重要的位置是大家知道的。在外国文学里很少找到这种四行的诗体。即使间或找到，也不能说是一特别体裁。只有波斯有这种诗体。有名的波斯人欧玛尔·海亚姆（Omar Khayam）所著的诗集《鲁拜集》（*Rubaiyat*）就是用这种体裁，每首只有四行，很像中国的绝句。两者之间恐怕不能没有关系。至于究竟如何，就有待于将来的研究了。

最后我们谈到印度。但印度文化给我们的影响太多了，时间太长了，头绪太复杂了，我真不知道应该从何处说起。我们只要想一想那部浩如烟海的大藏经，谁也说不清它究竟在中国文学上，哲学上，宗教上，民间信仰上发生了多么大的影响。这影响的范围可以说是上至学士大夫，下至贩夫走卒，大至京城皇居，小至穷乡僻壤，没有一个人没受到，没有一个地方没受到。连我们的语言里都加入了不少的印度借来的字。有的我们还可以知道，有的我们连知道都不知道了。倘若没有印度文化到中国来的话，谁也不敢说，中国文化现在会成了什么样子。这一些我在这里都不能详细说，只好留待将来了。

我们的题目是：东方语言学的研究与现代中国，但一直到现在我谈的却是过去的文化关系。这似乎有点离题太远。其实不然，因为外国文化过去在我们文化里留下的影响一直活在我们的文化里。到了现在，科学的发明把空间缩小了，国与国的关系，尤其是同在一洲的国家间的关系更密切了。这些外国文化的遗产不只是活在我们的文化里而已，而且渐渐发扬光大起来。在第二次世界大战以前，中国是个四等的弱国，几乎没有什么独立的意志和行动。但是自从第二次世界大战结束以来，中国最少在名义上已经变成一个强国。领导亚洲的责任也就落在我们肩上；无论我们愿意不愿意，我们也得负起这个责任来。但谈到负起责任并不是空口可以做得到的。我们第一步要了解亚洲别的民族，正如他们也要了解我们一样。我们的政府似乎也已经注意到这事情了，譬如派大使到印度去，派公使到埃及波斯（伊兰）暹罗和菲律宾去，在亚洲各国重要的城市里设领事，都可以表现出政府的意思来。这当然很好，但要了解一个民族绝不是只派一个大使公使或领事去就可以做得到的。大使们递国书的辞令尽管多么美，倘若没有别的做法，两个国家仍然不会互相了解，邦交仍然不会更加亲密的。

从我们国家看出去，看到别的国家的情形，就会觉得人家确比我们高明，人家除了同我们一样派大使公使外，还有别的办法。印度政府已经派了一位教授到北大来讲学，还有十几个印度学生已经到北大来了。土耳其政府也派了学生来，而且还有公文寄给中国政府，请我们派十个留学生到土耳其去念书，一切费用都由土耳其政府负担。只有这样，只有认真地去研究一个国家的语言和文化，连上风俗人情，才能真正了解一个国家。两个国家真正能互相了解，感情才能增长。

再回头看我们，觉得我们还是在那里敷衍，最少是没找到，或者根本不想去找，一个有用的办法。事实上我们实在有更迫切的需要去了解别人。我前面说到领导亚洲的责任已经落到我们肩上，无论如何我们也不能而且也脱不掉这责任。同时，我们的侨胞散处亚洲各地，为了他们，我们也应该去研究了解别的民族，增长我们间的感情，使我们的侨胞不致像战前那样到处受虐待和耻辱。

再说到我们国内这几个民族，我们就更感到惭愧。蒙古不是中国的一部分么？但我们国人有谁认真研究过蒙古的语言和文化？现在研究蒙古语言和文化最好的书都是俄国人写的。西藏和新疆也都是中国的一部分，那里的人民同我们一样都是中国人，但也少有人去注意过研究过他们的语言和文化，仍然是外国人了解他们比我们深切。到现在中国同蒙古新疆西藏间造成这种离奇古怪的关系，真让我们啼笑皆非。名义上他们属于中国，是中国人；但是天晓得他们的心究竟向着哪一边。还有回教同胞，也一向没被人注意过。他们的经堂语阿拉伯文除了他们自己研究以外，也很少人注意，很少人鼓励赞助他们。这是我国全体同胞的奇辱大耻。

要想了解别的国家，要想了解我们国家以内别的民族，我们现在只有一条路可走：就是去注意研究东方语言学。懂了他们的语言，才能懂他们的文化思想人情风俗；懂了他们的文化思想人情风俗，才能真正了解他们。在过去有一个时期，救国论很盛行。学哪一行的就觉得只有他那一行才能救国，于是出了许多“心理学救国论”、“生物学救国论”。我最讨厌这种洋八股。当然我现在绝不是在这里作八股，提倡“东方语言学救国论”，说只有东方语言学有无比的神力可以救国；也不是劝每个青年都念东方语言学；因为任何一门学问单独都救不了国，无论它是符号逻辑，或原子物理。但我觉得最少对这方面有兴趣有天才的青年同学不应该都为了实用或时髦起见违反了自己的个性去念工程或法律、经济。他们应该让自己的兴趣发展一下，到这块新园地来耕耘，看看能收获些什么。

1947 年 5 月 20 日北京大学

《儒林外史》取材的来源

在所有的中国长篇小说里，除了《红楼梦》以外，我最喜欢的就是《儒林外史》。平常翻看杂书的时候，遇到与《儒林外史》有关的材料，就随时写下来。现在把笔记拿出来一看，居然已经写了很多。其中有许多条别的学者也注意过（参阅鲁迅《小说旧闻钞》，孔另境《中国小说史料》，蒋瑞藻《小说考证》）。但还有几条是以前任何学者没有注意到过的，而这几条据我看对《儒林外史》取材来源的问题又可以给我们许多启示，所以我就在下面抄下来谈一谈。

尤侗《艮斋杂记》说：

> 箨庵官知府时，终日以围棋度曲自娱。长官讽言曰："闻君署中终日只闻棋声，笛声，曲声，是否？"袁曰："然。闻明公署中终日亦有三声。"长官问何声。袁曰："是算盘声，天秤声，板子声耳。"长官大恚，遂劾之落职。

褚人获《坚瓠集》十集卷一也记载了同一个故事：

> 又闻先生（袁箨庵）在武昌时，某巡道谓曰："闻贵府衙中有二声，棋子声，唱曲声。"先生对曰："老大人也有二声：天秤声，竹爿声。"某默然。未几先生遂挂弹章。

这两条笔记都记的是袁箨庵一个人的事，大概是根据的事实。《儒林外史》第八回也有一个相同的故事：

前任泉臬司向家说道：“闻得贵府衙门里有三样声息。”王太守道：“是哪三样？”蘧公子道：“是吟诗声，下棋声，唱曲声。”王太守大笑道：“却也有趣的紧。”蘧公子道：“将来老先生一番振作，只怕要换三样声息。”王太守道：“是哪三样？”蘧公子道：“是戥子声，算盘声，板子声。”

这里有两个可能：蘧太守或者就是影射的袁箨庵，或者影射的另外一个人，而吴敬梓却把袁箨庵的故事借来用到他身上。

《随园诗话》卷四说：

古闺秀能诗者多，何至今而杳然？余宰江宁时，有松江女张氏二人，寓居尼庵，自言文敏公族也。姐名宛玉，嫁淮北程家，与夫不协，私行脱逃。由阳令行文关提。余点解时，宛玉堂上献诗云：“玉湖深处素馨花，误入淮西估客家。得遇江州白司马，敢将幽怨诉琵琶。”余疑倩人作，女请面试。予指庭前枯树为题。女曰：“明府既许婢子吟诗，诗人无跪礼。请假纸笔立吟可乎？”余许之。乃倚几疾书曰：“独立空庭久，朝朝向太阳。何人能手植，移作后庭芳？”未几山阳冯令来，予问张氏女作何办？曰：“此事不应断离；然才女嫁俗商，不称。故释其

> 背逃之罪，且放归矣。”问何以知其才。曰：“渠献诗云：‘泣诉神明宰，容奴返故乡。他时化蜀鸟，衔结到君旁。’”冯故四川人也。

这不完完全全就是《儒林外史》第四十回和第四十一回写的女诗人沈琼枝吗？

《酉阳杂俎》卷一说：

> 天宝末，交趾贡龙脑，如蝉蚕形。波斯言，老龙脑，树节方有。禁中呼为瑞龙脑。上唯赐贵妃十枚。香气彻十余步。上夏日尝与亲王棋，令贺怀智独弹琵琶。贵妃立于局前观之。上数子将输，贵妃放康国猧子于坐侧，猧子乃上局，局子乱，上大悦。时风吹贵妃领巾于贺怀智巾上，良久回身方落。贺怀智归，觉满身香气非常，乃卸幞头，贮于锦囊中。及上皇复宫阙，追思贵妃不已，怀智乃进所贮幞头，具奏他日事。上皇发囊泣曰：“此瑞龙脑香也。”

《儒林外史》第五十三回也有一个类似的故事：

> 陈木南又要输了。聘娘手里抱了乌云盖雪的猫。“望上一扑，那棋就乱了。”

这同杨贵妃的故事完全一样。我不相信，这是偶合。我觉得这是吴敬梓有意的借用。

以上一共举了三个例子。仅就这三个例子说，我觉得我们就应该把自来对《儒林外史》取材来源的看法修正一下了。一般人都以为《儒林外史》里的人物大都是实有其人，上元金和的《跋》就开了一个名单。以后别人也作过同样的推测。我不否认，书中人物有很多是影射的真人；但倘若说，人既然是真的，事情也就应该是真的，这就有了问题。张铁臂的故事完全钞自《桂苑丛谈》，这别的学者也已经指出来过。我们在上面第三个例子里又指出来聘娘的故事抄袭的杨贵妃故事。这只是两个例子，实际上《儒林外史》借用以前笔记或小说的地方绝不会就只是这两处。从这里我们可以看出来。吴敬梓并不真是想替这些儒林里的人物立传，他是在作小说，同别的小说家一样。在以前的小说或笔记里，只要看到有用的材料，他就搜集起来，写到他自己的书里。倘若读者真正相信这书里所写的都是实有其人，实有其事，听了金和的话到雍乾间诸家文集里去搜寻，那就会徒劳无功了。

1948 年 1 月 23 日北大

读马元材著《秦史纲要》

我自己对秦史可以说是毫无通解，听说马先生是研究秦史的专家，所以就把他的大著《秦史纲要》从图书馆里借出来，预备仔细读一读。但我还没读到正文，只读到他的自序的第二页，就读到下面的话：

> 抑予因之而有感矣！读书之道，真不易言。予治秦史，其最基本之根据，即为史记。史记者，乃幼而习之之书也。即以发心治秦史之年起计之，至今亦已十有二年。钻研于史记之中者，何止百千万遍。乃逾十年，至三十年秋，始识'禁不得祠'之'不得'，即为'浮屠'。又逾二年，至本年春（民国三十三年——羡林注），始识'羡门'即'沙门'，'安期'即'阿耆尼'。（均见本书下册及拙著《秦时佛教已流行中国考》——作者原注）

不必再看全书，只是这短短几句话我觉得就有商榷的必要了。

马先生所说的《秦史大纲》下册和《秦时佛教已流行中国考》似乎还没有出版，至少是我还没有看到。我不知道内容怎样；但只看上面自序里的一段话也就可以看出来，"禁不得祠"的"不得"就是后来的"浮屠"这件事是他在民国三十年（1941

年）秋才发现的，而且看口气还是独创，并不是抄袭别人。这使我大吃一惊。远在 1927 年日本学者藤田丰八就写过一篇论文（《东洋学报》第十六卷第二号），主张“不得”就是梵文 Buddha 的音译。中外学者们对这篇文章的反应差不多一致，他们都认为这学说不能成立。原文“禁不得祠明星出西方”的“不得”是虚字，不是实字。汤锡予先生（用彤）在他的《汉魏两晋南北朝佛教史》上册页七一八也讨论过这问题，他也认为这说法毫无根据。可是马先生竟在藤田论文出版以后十四年，在他自己发心治秦史以后十年，又忽然发现了“不得”就是“浮屠”。在他的大著《秦时佛教已流行中国考》里，这也许就是主要论证，我们除了吃惊以外，还有什么可说呢？

我们当然不能要求一个学者要读尽世界上所有的书，这根本是不可能的；但在他研究范围以内的书籍和论文，他总应该大体知道。尤其是像藤田这篇论文好多学者都讨论过，一个自命研究秦史的学者似乎不应该不知道。即使我们再退一步说，倘若一位学者想写一篇论文证明秦时佛教已经流入中国，他无论如何也应该看一看汤著《汉魏两晋南北朝佛教史》。但马先生对这一切竟都茫然，我们除了吃惊以外，真没有别的可说了。

我们现在再谈马先生在“发心治秦史”以后十二年发现的两个外来的假借字。“羡门”即是“沙门”，“安期”即是“阿耆尼”。我们从史记的记载里只能看出，“羡门”是一个住在虚无缥缈间的仙人。然而马先生却说，这就是印度的和尚。按“沙门”的梵文原文是 Sramana，巴利文 Samana。唐慧琳《一切经音义》卷十八说：“沙门，梵语讹也。正梵音云室啰末拏。”（《大正大藏经》卷五十四第四二〇页上）据我们现在的研究，“沙门”并不“讹”，因为它不是直接由梵文译过来的，而是经过一番媒介。在吐火罗文A（焉耆语）里，梵文 Sramana 变成 Samam，在吐火罗文B（龟兹语）里变成 Samane。中文“沙门”就是从吐火罗文里译过来的。马先生既然主张“羡门”即是“沙门”，是不是知道“沙门”的来源还有这样许多曲折，是不是能证明“羡门”也是经过了吐火罗文的媒介才译成中文的？他最少也应该能证明“羡门”是从印度古代俗语（Prakrit）里译过来的，因为梵文 Sramana 绝不会译成“羡门”。我恐怕这些马先生都做不到。然而他自己却认为这已经毫无问题。在他的秦史里他已经替“羡门”立了一个独立的传了。

至于“阿耆尼”，梵文原文是 Agni，是火神，在印度古代非常受尊崇。梨俱吠陀里有很多歌是赞咏火神的。中译“阿耆尼”与梵音相当；但“安期”却有了问题。据高本汉（Bernhard Karlgren）的构拟，（安）字的发音是：

an/an/an（Grammata Serica，146）

“期”字的发音是：

kiag/kji/ki（Grammata Serica，952）

马先生能证明为什么梵文 Agni 到了中国变了音么？除了这译音方面的困难以外，我们也不明白，为什么印度的火神跑到中国来摇身一变成了仙人？我们也希望马先生能解释给我们听。

我对马先生大著自序里那几句话的批评就到这里为止。也许有人认为我小题大做。马先生只是寥寥数语，我却写了一大篇。但我觉得马先生的那寥寥数语却代表现在中国学术界一个很流行非常时髦又非常荒谬的一种风气，我们应该起来纠正。有许多所谓学者对中亚古代语文毫无通解，却偏好来谈对音。他们连最根本的常识都没有，连最简单的方法都不知道，他们有的只是极可怜的一点幻想，他们就用了这幻想来研究问题。只要他们高兴，他们可以把任何中国字同任何外国字拉在一起，说这个中国字就是这个外国字的音译。他们仿佛是玩积木的小孩子，能够把外国字的字母一个个分开来，再一个个重新排起来，前后次序对他们根本不重要。这种作风让我们看了真是啼笑皆非。我们简直可以说，这是学术的妖孽。最近有好多学者写这样的文章。在读这些文章以前，我不相信，世界上会有这样荒谬的东西；读了以后，我才知道，我究竟还是井底之蛙。南京一位老学者在这方面尤为努力，他写过许多这样的文章。最妙的是，他也有一篇文章说“不得”就是“浮屠”，登在《真理》上（这是张苑峰先生告诉我的），真可谓无独有偶了。

我写了一大篇，并不是对马先生有什么不敬，我只是借题发挥，希望学者们在研究对音的时候要特别小心。马先生的书也许还有有价值的地方，恕我是外行，在这里只谈他自序里的那一段话，其余就不谈了。

1948 年 6 月 15 日北京大学

《列子》与佛典

——对于《列子》成书时代和著者的一个推测

《列子》是一部伪书，自来学者少有异议。自唐柳宗元，宋高似孙、黄震、朱熹、叶大庆，明宋濂，清姚际恒、钱大昕、钮树玉、姚鼐、何治运、俞正燮、吴德旋、汪继培，下至章炳麟、陈三立、梁启超、顾实、马叙伦、陈文波、冯友兰、王德箴，[1] 有的认为《列子》本有其书，只是经过了后人的增窜；有的认为全书都是伪造的。怀疑的程度虽然不同，但大家都认为《列子》是一部伪书。只有很少数的人读到《列子》而没有怀疑，像梁刘勰，宋洪迈，元刘埙，明王世贞，清褚人获[2] 等。另外还有两家，虽然也承认《列子》不是出于列御寇之手，但大体上却是替《列子》辩护的：一是《四库全书总目提要》二十八子部道家类；一是日本学者武内义雄。[3] 可惜这些替《列子》辩护的学者们的意见都太空虚，不能让人心服。

替《列子》辩护既然难成立，我们回头再看怀疑《列子》的学者的意见。统观这些学者，我觉得他们每个人都举出了很坚实可靠的证据，但他们却只证明了一点，就是：《列子》是一部伪书。至于这部书究竟伪到什么程度，换句话说，就是：这部书究竟是在哪一年著成的？著者究竟是谁？虽然他们有的也多少说到过，但我总觉得理由都太空洞，或者只是想象之辞。钱大昕说："恐即晋人依托。"[4] 姚鼐以为《列子》里面有汉魏以后人的附益，也许张湛就有所矫入。何治运举出了许多证据，说《列子》出于《尔雅》、《易纬》，在佛法入中国和两汉“圣学昌明”之后，没有确定说什么时候。[5] 俞正燮说：

> 《列子》晋人王浮葛洪以后书也，以《仲尼篇》言圣者，《汤问篇》言火浣布知之。

这理由似乎不大充足。《仲尼篇》言圣者，最多只能证明《列子》出于佛法入中国之后；《汤问篇》言火浣布也只能证明《列子》出于火浣布输入以后，都不能证明《列子》是王浮葛洪以后的书。大概王浮葛洪都是制造伪书的专家，所以俞正燮就想到他们身上去了。章炳麟先说《列子》作于佛法初兴之世，后来又说：

> 《列子》书汉人无引者。王何嵇阮下及乐广，清谈玄义，散在篇籍，亦无有引《列子》者。观张湛序，殆其所自造。湛谓与佛经相参，实则有取于佛经尔。

他说《列子》可能是张湛伪造的，实在是一个大胆的假设，发前人所未发；但可惜并没能举出具体的证据，只是一个揣测而已。[6] 陈三立以为季汉魏晋之士，看了佛典以后，就杨朱之徒所依托的，增窜而成《列子》。马叙伦举了二十个事例证明《列子》是伪书，连刘向的《叙录》也是伪造的。他的结论是：

> 魏晋以来，好事之徒，聚敛《管子》、《晏子》、《论

语》、《山海经》、《墨子》、《庄子》、《尸佼》、《韩非》、《吕氏春秋》、《韩诗外传》、《淮南》、《说苑》、《新序》、《新论》之言，附益晚说，成此八篇，假为向叙以见重。

他最后说：

夫辅嗣为《易》注多取诸老庄，而此书亦出王氏，岂弼之徒所为与？

陈文波在他的论文《伪造列子者之一证》里举出了几个前人没有注意到的证据，他先说《列子》“颇似魏晋时之出产品”，又说“晋人或有见于《庄子》之寓言，于是杂凑群书，以成《列子》”。以上这些说法都太笼统。

我们上面谈到，学者们对于《列子》成书年代的意见既然都未免有点空泛，那么我们是不是还有办法把这部书著成的年代更精密的确定一下呢？我觉得我们还有办法，而且办法也许还不止一个。我现在只根据中译的佛典来试一试。

张湛在《列子序》里说：

然其所明，往往与佛经相参。

章炳麟已经怀疑到，并不是《列子》与佛经相参，而是《列子》钞佛经。我也有同样的感觉，我觉得张湛在这序里不打自招地说出了《列子》一部分取材的来源。关于《列子》与佛典的关系，以前有许多学者谈到过。高似孙说：

> 至于“西方之人，有圣者焉，不言而自信，不化而自行。”此固（故）有及于佛，而世犹疑之。[7]

朱熹说：

> 又观其言“精神入其门，骨骸及其根，我尚何存？”者，即佛书四大各离，今者妄身尚在何处之所由出也。他若此类甚众，聊记其一二于此，可见剽掠之端云。

叶石林说：

> 《列子》《天瑞》、《黄帝》两篇皆其至理之极尽言之而不隐，故与佛书直相表里。[8]

王应麟说：

> 《列子》言西方之圣人，西极之化人，佛已闻于中国矣。[9]

明宋濂举出许多《列子》与佛典相合的例子。清何治运以为《周穆王篇》的西极化人和《仲尼篇》的西方圣人就是指的佛。龚自珍[10]和杨文会[11]也有同样的意见。章炳麟和陈三立都指出《列子》

与佛典的关系。马叙伦说的尤其详尽。他先指出西方之人就是佛，最后又说：

> 又如《天瑞篇》言天地空中之一细物，有中之最巨者。《周穆王篇》言西极之国，有化人来，入水火，贯金石，反山川，移城邑，乘虚不坠，触实不硋，千变万化，不可穷极，既已变物之形，又且易人之虑。《汤问篇》言其山高下周旋三万里，其顶平处九千里，山之中间相去七万里，以为邻居焉。其上台观皆金玉，其上禽兽皆纯缟，珠玕之树皆丛生，华实皆有滋味，食之皆不老不死，所居之人皆仙圣之种。一日之夕，飞相往来者不可数焉。此并取资于浮屠之书，尤其较著者也。

这些意见有的都很中肯；但类似上面举出的这些记载散见佛典，我们虽然可以说，《列子》剽掠了佛典，我们却不能确切地指出剽掠的究竟是哪一部，因而也就不能根据上面这些证据推测出《列子》成书的年代。反过来说，倘若我们能够在《列子》里找出与佛典相当的一段，而且能够指出钞袭的来源，我们也就能够推测《列子》成书的时代。这种例子，在《列子》里并不是没有，下面我就举出一个来。

《列子·汤问篇》五有这样一段：

> 周穆王西巡狩。越昆仑，不至弇山，反还。未及中国，道有献工人名偃师，穆王荐之，问曰："若有何能？"

偃师曰："臣唯命所试。然臣已有所造，愿王先观之！"穆王曰："日以俱来，吾与若俱观之！"翌日，偃师谒见王。王荐之曰："若与俱来者何人邪？"对曰："臣之所造能倡者。"穆王惊视之，趋步俯仰，信人也，巧夫！领其颐，则歌合律；捧其手，则舞应节；千变万化，惟意所适。王以为实人也，与盛姬内御并观之。技将终，倡者瞬其目而招王之左右侍妾。王大怒，立欲诛偃师。偃师大慑，立剖散倡者以示王：皆傅会革木胶漆白黑丹青之所为。王谛料之：内则肝胆心肺脾肾肠胃，外则筋骨支节皮毛齿发，皆假物也，而无不毕具者，合会复如初见。王试废其心，则口不能言；废其肝，则目不能视；废其肾，则足不能步。穆王始悦而叹曰："人之巧乃可与造化者同功乎？"诏贰车载之以归。夫班输之云梯，墨翟之飞鸢，自谓能之极也。弟子东门贾禽滑厘闻偃师之巧，以告二子。二子终身不敢语艺，而时执规矩。

在西晋竺法护译的《生经》（*Jātaka-nidāna*）卷三《佛说国王五人经》二十四里有一个相同的故事：

时第二工巧者转行至他国。应时国王喜诸技术。即以材木作机关木人，形貌端正，生人无异，衣服颜色，黠慧无比，能工歌舞，举动如人。辞言："我子生若干年，国中恭敬，多所馈遗。"国王闻之，命使作技。王及夫人，升阁而观。作伎歌舞，若干方便。跪拜进止，胜

> 于生人。王及夫人，欢喜无量。便角瞻（宋元明本作眨）眼，色视夫人。王遥见之，心怀忿怒。促敕侍者，斩其头来："何以瞻眼，视吾夫人？"谓有恶意，色视不疑。其父啼泣，泪出五（宋元明本作数）行。长跪请命："吾有一子，甚重爱之。坐起进退，以解忧思。愚意不及，有是失耳。假使杀者，我共当死。唯以加哀，原其罪釁。"时王恚甚，不肯听之。复白王言："若不活者，愿自手杀，勿使余人。"王便可之，则拔一肩榍，机关解落，碎散在地。王乃惊愕："吾身云何嗔于材木？此人工巧，天下无双，作此机关，三百六十节，胜于生人。"即以赏赐亿万两金。即持金出，与诸兄弟，令饮食之，以偈颂曰：
>
> 观此工巧者　多所而成就
> 机关为木人　过逾于生者
> 歌舞现伎乐　令尊者欢喜
> 得赏若干宝　谁为最第一[12]

我们比较这两个故事，内容几乎完全相同，甚至在极细微的地方都可以看出两者间密切的关系，譬如《列子》里说"倡者瞬其目而招王之左右侍妾"，《生经》里就说："便角瞻眼，色视夫人。"但这两个故事间的关系究竟应该怎样去解释呢？看了这两个故事这样相似，我想无论谁也不会相信这两个故事是各不相谋的独立产生的，一定是其中的一个钞袭的另外一个。现在我们就看，究竟哪一个是钞袭者。

首先我们要追究，这个故事的老家究竟是在什么地方，是印度呢？还是中国？在中文译本里，整个故事叫做《佛说国王五人经》，这个机关木人的故事只是其中一部分。《佛说国王五人经》讲的是五个王子的故事：第一个智慧（Prajñāvanta），第二个工巧（Śilpavanta），第三个端正（Rūpavanta），第四个精进（Vīryavanta），第五个福德（Puṇyavanta）。每个王子各有所长，正如他的名字所表示的。每个王子都找到机会显他的本领，结果还是福德王子占了第一。这五个王子显本领就用五个故事来叙述，我们上面钞的机关木人的故事是属于第二个工巧王子的。这五个小故事合起来成了一个大故事，就是《佛说国王五人经》。这个大故事在印度很流行。除了《佛说国王五人经》以外，保存在中文《大藏经》里的还有《佛说福力太子因缘经》（*Buddhabhāṣitapuṇyabalāvadāna*，《大正新修大藏经》第173号，南条文雄《目录》第953号）。在用混合方言写成的Mahāvastu里也有这个故事（ed. Senart第三本第33—41页）。不但在印度，在中亚也可以找到这故事，譬如在吐火罗文A方言（焉耆文）的残卷里就可以找到（*Sieg und Siegling*，*Tocharische Sprachreste*，I. Band，Berlin und Leipzig 1921，p. 1—14）。有一点我在这里先要声明：整个大故事的内容和结构虽然差不多都一样，但每个王子的故事有时候却多少有点差别。属于第二个工巧王子的机关木人的故事，我一直到现在除了在《生经》、《佛说国王五人经》里找到以外，在别的地方还没有发现类似的故事。但这个小故事既然嵌在那个大故事里面，所以我相信，它的老家也一定就是印度。[13]

我们上面已经说到，《列子》与《生经》里机关木人的故事绝不会是各不相谋的独立产生的，一定是其中的一个钞袭的另外一个。现在我们既然确定了印度是这个故事的老家，那么，《列子》钞袭佛典恐怕也就没有什么疑问了。

我们现在再看，在中文《大藏经》里除了竺法护的译文以外，是不是还可以找到别的与《生经》机关木人的故事相类的故事。倘若有的话，《列子》也许并不是钞袭竺法护。但据我浅见所及，在竺法护以前并没有任何相同或相似的译文。所以我们现在还可以再进一步说，《列子》里这个故事不但是从佛典里钞来的，而且来源就正是竺法护译的《生经》。

这一点弄清楚，我们再来看竺法护的译本。在所有古代的经录里面，竺法护译的《生经》都有著录。

梁僧祐《出三藏记集》卷二：

《生经》五卷或四卷[14]

隋法经《众经目录》卷三：

《生经》五卷[15]

隋彦悰《众经目录》卷一：

《生经》五卷或四卷[16]

唐静泰《众经目录》卷一：

《生经》五卷或四卷一百七纸[17]

唐道宣《大唐内典录》卷二：

《生经》五卷太康六年正月十九日译，或四卷见《聂道真录》[18]。

从上面的著录来看，译者毫无问题。至于译出的时间据道宣《大唐内典录》是太康六年，相当公元 285 年。我们也没有理由怀疑这个记载。

写到这里，我觉得我们对《列子》成书的时代可以作一个比较确切的推测了：《列子》既然钞袭了太康六年译出的《生经》，这部书的纂成一定不会早于太康六年（公元285年）。陈文波曾指出《列子》钞《灵枢经》。《灵枢经》据说是钞自皇甫谧所集的《内经·仓公篇》。陈文波就认为《灵枢经》之出世当在皇甫谧时。据《晋书》五十一《皇甫谧传》，皇甫谧死在太康三年（公元282年）。所以，就我们现在所发现的材料来说，《列子》钞的最晚的一部书就是《生经》。

关于《列子》注者张湛的身世，我们知道的极少。唐殷敬顺《列子释文》也只说：

> 张湛，字处度，东晋光禄勋，注此《真经》。

《晋书》又没有传，生卒年月不详。我们唯一可根据的就是他的《列子序》。我现在钞一段：

> 湛闻之先父曰：吾先君与刘正舆、傅颖根皆王氏之甥也。并少游外家。舅始周，始周从兄正宗辅嗣皆好集文籍。先并得仲宣家书，几将万卷。傅氏亦世为学门。三君总角，竞录奇书。及长，遭永嘉之乱，与颖根同避难南行。车重各称力，并有所载。而寇虏弥盛，前途尚远。张谓傅曰："今将不能尽全所载，且共料简世所希有者，各各保录，令无遗弃。"颖根于是唯赍其祖玄父咸子集。先君所录书中有《列

子》八篇。及至江南，仅有存者，《列子》唯余《杨朱》、《说符》目录三卷。比乱正舆为扬州刺史，先来过江。复在其家得四卷。寻从辅嗣女婿赵季子家得六卷，参校有无，始得全备。

这序里面提到的人名，在正史里面大半都可以找得到。傅颖根就是傅敷，《晋书》卷四十七《傅玄传》附有他的传，说他：

永嘉之乱，避地会稽。

与张湛序相合。又据《三国志·魏志》卷二十一《王粲传》：

献帝西迁，粲徙长安。左中郎将蔡邕见而奇之。时邕才学显著，贵重朝廷，车骑填巷，宾客盈坐，闻粲在门，倒屣迎之。粲至，年既幼弱，容状短小，一坐尽惊。邕曰："此王公孙也。有异才，吾不如也。吾家书籍文章，尽当与之。"

《三国志·魏志》卷二十八《钟会传》附《王弼传》裴注：

《博物记》曰：初王粲与族兄凯俱避地荆州。刘表欲以女妻粲，而嫌其形陋而用率。以凯有风貌，乃以妻凯。凯生业，业即刘表外孙也。蔡邕有书近万卷，末年载数车与粲。粲亡后，相国掾魏讽谋反，粲子与焉。既被诛，

> 邕所与书悉入业。业字长绪，位至谒者仆射。子宏，宏字正宗，司隶校尉；宏，弼之兄也。
>
> 《魏氏春秋》曰：文帝既诛粲二子，以业嗣粲。

也与张湛序相合。以上两件事都证明他的序与史实相符。但我们却不能因为他说到的几件事都可靠，就认为序里所有的话全可信。关于钞录《列子》一段，我觉得就绝不可信。张湛的序要我们相信，《列子》这部书是他祖父在永嘉之乱逃难时钞录下来的，原本当然更早。永嘉之乱大概是指的永嘉五年（公元311年）晋怀帝的被虏。我们上面已经说到，《列子》的成书不会早于太康六年（公元285年）。永嘉五年上距太康六年只有二十六年。我们绝对不能相信，在《生经》译出后短短二十几年内，在当时书籍传播困难的情况下，竟然有人从里面钞出了一段凑成一部《列子》。而且据张湛的暗示，这书藏在王家不知已经藏了多少年，这更是绝不可能的。我以为，这都是张湛在捣鬼。但他为什么这样做呢？最合理的推测就是，《列子》本文完全是张湛伪造的。为了灭迹起见，他写了这篇序，以史实为根据，加入一段童话般的故事，目的在惑乱读者。

归纳起上面所说的来看，我们可以立一个假设：《列子》这部书是彻头彻尾一部伪书[19]，刘向的《叙录》[20]，《列子》本文，《列子序》和《列子》注都出于张湛一人之手，都是他一个人包办的。我希望将来能够找到更多的材料证成这一个假设[21]。

1948年12月4日初稿

［1949年2月5日改作毕］

附记： 此文初稿曾送汤用彤先生审阅，汤先生供给了我很多宝贵的意见，同时又因为发现了点新材料，所以就从头改作了一遍。在搜寻参考书方面，有几个地方极得王利器先生之助，谨记于此，以志心感。

2月5日羡林记于北京大学图书馆

注释：

1 柳宗元，见《柳河东集》卷四，《辩列子》。高似孙，见《子略》，顾颉刚校，第58页。黄震，见《慈谿黄氏日抄》卷五十五，《读诸子》：《列子》。朱熹，见《朱子全书》卷五十八。叶大庆，见《考古质疑》卷三（见《海山仙馆丛书》）。宋濂，见《诸子辨》，顾颉刚标点，第三版，第15—16页。姚际恒，见《古今伪书考》，顾颉刚校点，第54—56页。钱大昕，见《十驾斋养新录》卷十八，《释氏轮回之说》。钮树玉，见《匪石先生文集》卷下，《列子跋》。姚鼐，见《惜抱轩文后集》卷二，《跋列子》（见《四部备要》）。何治运，见《何氏学》卷四，《书列子后》。俞正燮，见《癸巳存稿》卷十，《火浣布》说。吴德旋，见《初月楼文续钞》，《辨列子》。汪继培，见《列子张注》八卷，附《释文》二卷，汪继培序（见《湖海楼丛书》）。章炳麟，见《菿汉昌言》卷四。陈三立，见《东方杂志》第十四卷第九号，《读列子》。梁启超、顾实，见霍世休《唐代传奇文与印度故事》，《文学》中国文学研究专号第1053页注⑧。马叙伦，见《国故》第一—三期，《列子伪书考》（又见《天马山房丛书》）。陈文波，见《清华学报》第一卷第一期，《伪造列子者之一证》（又见《古史辨》第四册）。冯友兰，见《中国哲学史》下册，第619页。王德箴，见《先秦学术思想史》第51页。

2 刘勰，见《文心雕龙》卷四，《诸子》。洪迈，见《容斋续笔》卷十二，《列子书事》。刘埙，见《隐居通议》卷十九，《列子精语》。王世贞，见《读列子》。褚人获，见《坚瓠续集》卷四。

3 江侠庵编译《先秦经籍考》中，《列子冤词》。

4 钱大昕《十驾斋养新录》说，释氏轮回之说出于《列子》，非常可笑。

5 马叙伦《列子伪书考》说："何治运以为出郭璞后人所为。"不知何据。

6 梁任公、顾实、霍世休也有同样的揣测。见霍世休《唐代传奇文与印度故事》二。霍氏说，他曾著《〈列子·汤问篇〉质疑》一文，不知写成了没有。

7 黄震、沈濂（《怀小编》卷三，"西方之人"）、王世贞、顾颉刚都怀疑"西方之人"不是指的佛。

8 马端临《文献通考》卷二百十一，《经籍考》三十八，子，道家引叶氏语。

9 《困学纪闻》卷十。

10 《定庵文集补编》卷二，撮录《列子》。

11 《冲虚经发隐》。

12 《大正新修大藏经》（下面缩写为㊅），3，88a。E. Chavannes 法译文见 *Cinq Cents Contes et Apologues*，Tome Ⅲ，p. 166—175。季羡林德译文见 *Zeitschrift der Deutschen Morgenländischen Gesellschaft*，H. 2，1943。

13 关于机关木人的传说请参阅 C. H. Tawney 和 N. M. Penzer，*The Ocean of Story*，Vol. Ⅲ，p. 56. ff.。

14 ㊅55，7b。

15 ㊅55，128a。

16 ㊅55，154a。

17 ㊅55，186c。

18 ㊅55，233a。

19 这并不是一个新意见，参阅注 6。但真正找到确凿的证据恐怕还是第一次。

20 僧徒也有伪造刘向文的，参阅俞正燮《癸巳类稿》，《僧徒伪造刘向文考》。

21 《民彝》杂志一卷三期有一篇文章《读〈列子·汤问篇〉》，我还没能看到。

五四运动后四十年来中国关于亚非各国文学的介绍和研究

今年是五四运动的四十周年纪念，也是中华人民共和国建国十周年纪念。在这样一个极有意义的年份里来回顾一下四十年来中国关于亚非文学的介绍和研究，也是很有意义的事情吧！

我们想先以国家为单位，逐国谈一谈介绍和研究的情况，然后再归纳起来，作一个总的分析和评述，指出其中的一些规律。

蒙古人民共和国

蒙古人民共和国成立于1924年。在这以前，汉蒙两个民族，在相当长的时间内，在政治、经济、文化各方面都有过千丝万缕的关系。

从1924年到1949年中华人民共和国的成立，正是反动集团统治中国的时代，不管是北洋军阀，还是国民党反动集团，对社会主义的蒙古人民共和国都是极端仇恨的。他们恨不能把它从地图上擦掉，当然更谈不到介绍它的文学作品了。

因此，在中国解放前的长时间内，我们竟连一本蒙古人民共和国的作品也没有介绍。

中华人民共和国成立后不久，我们就开始介绍蒙古人民共和国的文学作品。在不算太长的时间内，我们已经取得了一些成绩。计出版：

长篇小说	4 册
中篇小说	3 册
短篇小说集	7 册
诗歌	3 册
歌剧	1 册
古典新编	1 册
研究著作	3 册
共计	22 册

蒙古新文学奠基人纳楚克道尔吉和达木丁苏伦的作品都翻译了一些。纳楚克道尔吉的诗集《我的祖国》，歌剧《三座山》，达木丁苏伦的短篇小说都翻译过来了。著名作家策伯格米德的长诗《在墓旁》，仁亲的长篇小说《曙光》，僧格的中篇小说《阿尤喜》，也都有了汉译本。

我们的翻译工作还只是开始。有一些重要作品，像纳楚克道尔吉的短篇小说，达木丁苏伦的诗歌《我的白发母亲》、《送给苏联人民的颂歌》、《乔巴山五十周岁颂歌》、《送给伟大的中国人民的颂歌》，都还没有翻译过来。我们的研究工作也才只是开始，有待于将来更大的努力。

朝鲜民主主义人民共和国

中朝两国有着悠久的文化交流的关系。在几千年的历史上，我们互相学习过不少东西，从而丰富了我们的文化。

到了近代，由于日本帝国主义者的侵略，我们两国的文化交流受到了很大的阻碍，陷于停顿。

从1919年到1949年三十年内，我们只出版了三本质量很成问题的介绍朝鲜文学的书籍。

1945年8月15日朝鲜解放。1949年中国解放。我们同属于一个社会主义大家庭，从此我们两国的几千年的旧关系又有了崭新的内容。1950年美国帝国主义者及其帮凶侵入朝鲜。中国人民派出了志愿军，支援朝鲜抗战。中朝两国人民同心协力，终于打败了侵略者，保卫了两国的安全和世界和平。我们这种用血写成的友谊就更加坚强，更加牢不可破了。

在这样的情况下，我们两国的文化交流就在新的基础上空前地展开了。十年来，我们介绍了大量的优秀的朝鲜古典和近代现代作品。其具体统计见下表：

诗歌	13册
短篇小说	15册
长篇小说	6册
儿童文学	13册
戏剧	7册
古典剧	1册
电影剧本	1册
古典小说	1册
民间故事	6册
通讯报道	3册
共计	66册

在诗歌方面，我们翻译了许多赵基天的诗，并且出版了他的诗选。在小说方面，无产阶级重要作家韩雪野的短篇小说《狼》、《离

别》，长篇小说《大同江》、《历史》，李箕永的短篇小说集《江岸村》，长篇小说《故乡》、《土地》第一部等都有了汉译本。儿童文学如《少年游击队》（从俄文译），李园友的《斧头将军》，剧本如柳基鸿改编的《狼》，赵灵出的《战友》也都翻译过来了。古典名著《春香传》不但译成了汉文，而且被改编成各种剧种，连农村也在演出。

如果要对我们的翻译工作作一估价的话，我们可以说，最重要的朝鲜文学作品已经介绍了一部分。但是仅从数量上来看，也还远不能满足。许多重要的古典作品和近代现代优秀作品都还没有翻译。古典文学中的《沈清传》，带有反封建的意味的《洪吉童传》、《孔菊与潘菊》都还没有汉译本。又如金万重的《谢氏南征记》是汉文章回小说体写成的，就当时来说是有进步意义的。十七、十八世纪朴燕岩的作品，丁茶山的《饥民诗》，十九世纪进步讽刺诗人金笠的反封建的讽刺诗，也都是应该介绍的作品。

崔曙海（1901—1932 年）的短篇小说《脱出记》，赵明熙《洛东江》（1927 年）都还没有翻译。至于韩雪野的重要著作如长篇小说《黄昏》（1930 年）、《青春期》（1937 年）、《塔》（1941 年）、《雪峰山》（1956 年），李箕永的《鼠火》、《春天》、《图门江》，洪命熹的历史小说《林巨正》，姜敬爱（1906—1943 年）的《人间问题》，宋影的《石工组合代表》、《拒绝一切会见》都是朝鲜现代文学的重要作品，我们应该尽早地介绍过来。

谈到朝鲜文学的研究工作，它可以说是薄弱环节。朝鲜的李应洙同志首次在北大讲过朝鲜文学的课程，培养了几个青年教师，他们可以说是朝鲜文学研究的新军，估计将来研究队伍还会逐渐扩大加强。

越南民主共和国

跟我们同朝鲜民主主义人民共和国的关系一样，我们同越南民主共和国的关系也是双重的：在历史上，我们两国有过极其悠久的文化交流的关系；在目前，我们同是社会主义大家庭的成员，是兄弟之邦。

可是我们对越南文学的介绍和研究怎样呢？从五四运动到中华人民共和国的成立，除了杂志上仅有的一两次零星介绍外，竟连一本越南文学作品也没有翻译。

中国人民一解放，上述的情况就立刻改变了。根据最近的统计，我们已经出版的介绍越南文学作品的单行本二十九册。其中：

中篇小说	4 册
短篇小说集	5 册
诗歌	4 册
戏剧	3 册
报道文学	5 册
儿童文学	2 册
传记	1 册
民间文学	5 册
共计	29 册

以上大都是 1950 年以后的越南优秀作品。越南两次文艺创作奖的得奖作品，像武辉心的中篇小说《矿区》、阮廷诗的中篇小说《冲击》、阮克庶的报道文学《清香战役》、阮辉想的报道文学

《高谅纪事》、秀南的报道文学《人民在前进》（以上均为1951—1952年度越南文艺协会评奖得奖作品），原玉的中篇小说《祖国站起来了》、阮文俸的中篇小说《水牛》、苏怀的短篇小说集《西北的故事》、素友的诗集《越北》、潘武的话剧《烈火燃烧起来了》、阮辉想的长篇小说《阿陆哥的故事》（以上均为1954—1955年度第二次评奖得奖作品）等都有了汉译本。我们主要是从越南文直接翻译，但也有通过俄文的。

我们的成绩不能算小。但是越南文学是丰富多采的，我们的工作无论从质量上看，还是从数量上看，都还差得远。从作品的内容来看，我们介绍的大部分都是反映武装斗争的。反映国内社会主义建设的比较少。1930—1945年8月革命这一阶段的作品，几乎还都没有介绍。古典文学作品也还没有介绍。

但是这个缺陷，我们正在弥补中。古典名著阮攸的《金云翘》已经有了一个汉译本，不久就可以出版。1930—1945年这一阶段的两部重要作品吴必素的《熄灯》和武仲凤的《决堤》，正在翻译中。在不太长的时间内可以出版。

至于研究工作，我们只能说是才开始。北大东语系越南语专业今后对这方面课程的设置（已开了文学史课）及全国各大学对东方文学研究的开展，将会有助于我们研究工作的飞快发展。

日本

日本和我国的文化交流，具有悠久的历史。古代日本曾大量吸取我国的文化，我国古代的文学，当然也大量被移植过去。十一世纪初期出现的日本古代文学作品《枕草子》、《源氏物语》

等，里边引用了许多白居易的诗歌，就是最好的佐证。德川时期（公元1600—1867年）我国的一些说部文学传入了日本，给日本文学以很大的影响。举一个例说，《水浒传》的最早译本，出现于1757年，换句话说，也就是在二百年前，日本就有了它的译本了，而且以后还不断重译，到今天为止，二百年之间，前后出现了十多种译本及注释本。不但如此，在日本江户文学中还出现了十多种模仿的作品，其中如山东京传的《忠臣水浒传》（1798年刊）、泷泽马琴的《倾城水浒传》（1825—1835年刊），都是日本近世文学中的有名的作品。可见其影响之深。其他如《三国志演义》、《红楼梦》、《今古奇观》等我国的古典小说，也是很早就译介过去，为日本一二百年来广大读者所爱读所熟知的。

日本介绍我国的文学是这样的情况，但是我国介绍日本文学却是近几十年的事，而且主要是介绍日本现代文学。日本的古典文学，据我们所知，在解放前只有少部分选译的《狂言》、《万叶集》等两三册而已。此外辛亥革命前后商务印书馆出版的《说部丛书》中收入了明治初期的启蒙小说等二十余种，但这些作品还很难说是具有文学价值的创作。因此正式介绍日本现代文学作品，应当说是由1922年鲁迅译的日本白桦派作家武者小路实笃的《一个青年的梦》开始。

在解放前的近三十年的时间里，我国一共翻译了日本文学作品个人专集（长篇或短篇集）八十二种，共三十八个作家，其具体情况如下表：

第一表

流派	作家	册数
前期浪漫主义	1	2
自然主义	3	4
颓废主义	1	7
人道主义（白桦派）	4	15
新现实主义	4	19
无产阶级文学	16	25
其他	9	10
共计	38	82

除专集之外，还出版了二十八种包括不同作家的合集，这种合集由于收入的一般都是短篇小说或戏剧，所以作品的数量既多，涉及作家的面也相当广泛，其具体情况见下表：

第二表

流派	作家	作品
前期浪漫主义	2	7
自然主义	2	4
颓废主义	1	4
人道主义（白桦派）	7	30
新现实主义	12	42
无产阶级文学	30	67
新感觉派	14	26
其他	12	20
共计	80	200

此外，还翻译了有关文学理论的书籍三十一种，其具体情况

见下表：

第三表

内容	册数
革命文学理论	8
有关介绍苏联文学艺术的著作	6
资产阶级文学理论	12
合集	5
共计	31

通过以上三个表，我们可以看出从1922年至解放止，我们一共翻译了日本文学方面的著作，从册数计算共一百四十一种，介绍的作家即使以第二表为根据，再加上第三表，将近一百人，介绍的作品，如以第一表及第二表所列专集均做一篇作品算，尚得三百一十三篇，但事实第一表除长篇外，也包括了一部分个人的短篇集，第三表中也包括了一部分合集，因此从实际篇幅来看当然要大于统计数字。

从以上的数字来看，解放前我国介绍日本现代文学，从数量说相当可观。其所以出现这种情况，有以下几种原因。第一，由于社会发展的条件，我国现代文学的出现迟于日本约三十年，因此当我国在党的领导下掀起了文学革命之后，大量翻译各国的现代文学作品以资我国借鉴的要求就提出来了。根据叶丁易同志《中国现代文学史略》上所讲："1921年以后到五卅运动这一时期，据不完全统计……新文学的著作和翻译约有千种左右，新文学阵营的力量较之初兴起时要雄厚得多了。"正说明翻译的要求是必然的。其次我国从事新文学运动的人，有许多都是在日本生活过的，对他们来说，翻译日本现代文学作品是比较轻而易举的。再一个很重要的原因，在我国新文学运动开始前后，日本文学界无产阶级文学运动正在抬头，日本第一个真正宣传马克思主义文学理论的杂志《播种人》创刊于我国五四运动后二年，即1921年，这样随着日本无产阶级的文学的发展，关于日本的革命文学理论及革命文学作品就被逐渐介绍过来，以资我们参考，这也是很自然的事。我们上边列举的三个表，其中包括了大量的日本革命文学作品，其原因就在此。

由于以上各种原因，日本现代文学是被大量介绍过来了，但是根据我们已有的材料，结合日本现代文学具体的情况，我们觉得解放前对日本文学的译介，还是存在不少问题的。

（1）由于各个译者的立场不同，在党领导下的进步翻译工作者，他们除了努力于介绍日本的革命文学外，就是介绍资产阶级作品，也是选择其中批判的现实主义的作品加以介绍，而另一些人则走着相反的道路，他们专去介绍日本资产阶级文学中的腐朽部分。比如以宣传“痴呆的爱”专门描写变态性欲心理的谷崎润一郎，在日本是所谓“恶魔主义”的“艺术大师”，这种消磨人的斗争意志的颓废作品，在解放前的翻译里却占了相当大的比重（他一个人的作品就译出了七册专集和四个短篇），这正足以说明在资产阶级统治的社会里，文学正被统治阶级利用做毒害人民的工具。

（2）基于上述同样理由，许多日本资产阶级作家中一些具有鲜明的现实主义倾向的作家的作品，或则是没有被介绍，如二叶亭四迷的《浮云》，内田鲁庵的《腊月二十八》，木下尚江的《火柱》及《良人的忏悔》；或则是虽然介绍了某个作家的作品，但译的并不是他的最有价值的作品，反而是他最坏的作品。如岛崎藤村，不是译他的对存在着贱民阶级的日本社会提出强烈抗议的《破戒》，而是译他的为日本文学史家认为是脱离现实主义道路的《新生》（描写与姪女的恋爱及“自我救济”的过程）。对夏目漱石来说，不去译他早期充满了反对与讽刺日本现实的《我是猫》、《疾风》（原名《野分》）、《其后》等具有社会意义的作品，却译了他走上唯美的逃避道路的《草枕》。对于田山花袋，译了他暴露性欲苦闷的具有着浓厚的自然主义倾向的《棉被》，而他的真正代表作《乡村教师》、《一兵卒》却没有介绍过来。类似这种选材标准就不但不能使读者从日本作家那里吸取有益的精神营养，相反却很容易把读者带上邪恶的错误的道路上去。

（3）另一种情况是不顾作家的发展情况，因为利用作家已有的名声，而有意或无意地毒害读者。如鲁迅早期翻译了白桦派作家武者小路实笃的反战作品《一个青年的梦》，这篇作品发表于第一次世界大战期间，批判日本军国主义，后来日本反动政府一直把它列为禁书，可见是有一定进步意义的，但是后来却有许多站在资产阶级立场上的译者不管作品的主题内容如何，竟译他的作品，周作人更替他宣扬“新村运动”来麻痹阶级斗争。林房雄一个时期写了一些无产阶级文学作品，但他后来可耻地变节了，写出来替统治阶级捧场的《青年》，也有人把它译出来了。

（4）译了相当数量的没有内容的形式主义文学，特别是新技巧派作家们，是作为对日本无产阶级文学对抗形态出现的，这些作家的作品有的还和无产阶级文学合成一个集子，更容易使读者读后思想混乱不清。

（5）左翼文学经过了我国进步的文学工作者（如沈端先同志就译了不少）之手，被相当广泛的介绍过来了，这的确是可喜的事实，但也有一些美中不足之处，那就是漏掉一些极重要的作品，如小林多喜二、德永直两个主要作家的作品是译得太少了，许多篇幅较长的重要作品都没有译过来（如小林只译了一个长篇《蟹工船》，两个短篇，德永也是这种情况），但也应指出如黑岛传治、叶山嘉树等人的作品译得相当多，这应该说是和译者的努力分不开的。

总之，解放前近三十年对日本文学的翻译，最主要的功绩是在于介绍了日本无产阶级文学作品及革命文学理论，这是首先值得我们肯定的。但是对于日本资产阶级文学的译介，正如我们上边所分析的，基本上是处于一种无政府状态中，只不过随着译者发源于阶级感情的爱好，各行其是地翻译过来的，因此离真正有计划有目的的翻译介绍，以便使我们能从里边吸取有益的部分这个目标很远，甚至有许多作品，只能起毒害读者的作用。

下边来谈一谈解放后我们翻译介绍日本现代文学的情况：

从解放到现在根据我们不完全的统计，除了散见于杂志的不计外，作为单行本出版的一共有五十五种。其具体数字见下表：

战前作品	13
战后作品	32
战后诗歌	2
古典作品	2
童话	6
共计	55

通过上表我们可以看出，解放后我们着重介绍的是日本战后的文学，我们在解放后短短的几年里，已经介绍了战后作品三十二种，其中包括短篇集五种，收入了不同作家的不同作品三十五篇。我们介绍过来的作品都是反映战后日本人民争取独立、民主、自由的斗争的作品，也有一部分是暴露为反动政府所统治着的日本社会的丑恶现实及人民的贫困生活的。这些作品中特别值得提出的是日本进步作家的作品如野间宏的《真空地带》与德永直的《静静的群山》以及他的短篇集《街》，还有高仓辉的《箱根风云录》与《猪之歌》等。这些作者不但在日本国内得到了广大读者的拥护，而且在译介到我国及苏联等社会主义国家后，也得到了社会主义阵营广大人民的喜爱。

关于战前的作品，我们也翻译了夏目漱石的早期作品如《我是猫》、《哥儿》，岛崎藤村的《破戒》。这些作品，我们在上边已经提到是作者真正的代表作，是广大的日本读者迄今喜爱不衰的作品，我们现在把这类作品陆续翻译过来，正说明只有在人民当家作主的社会主义国度里，才真正理解作家的真实才能及其创作的精华所在。在资本主义国家里，即使作家给人民留下一些可贵的文学遗产，也往往为统治阶级所歪曲，故意贬低其好的作品的真价，抬高其失败的或有缺陷的作品，以蒙蔽人民观察真实的眼睛。

我们还翻译了日本优秀的革命作家的珍贵遗产。如我们出版了小林多喜二选集，宫本百合子选集，将这些为无产阶级革命事业献出了生命，为革命文学做出巨大贡献的作家所留给全世界人民的宝贵的文学遗产加以介绍，是非常必要的。在他们的选集里，我们翻译了他们的全部优秀的作品，如在小林的选集里，收入了他的《1928 年 3 月 15 日》、《蟹工船》、《不在地主》（意即“城市地主”）以及作者牺牲前的——也是他在艺术上取得最大成就的《党生活者》，这样，加上一些其他作品，小林多喜二作品的全部精华就尽于此了。至于宫本百合子的选集，也在陆续出版，据说不久德永直的选集也将与读者见面。

我们现在译的日本古典文学作品，虽然只有两种《日本狂言选》与《浮世澡堂》，但这是真正能代表古典中具有丰富人民性的作品；特别是前者，它标志了日本中世纪文学的最高成就，它是日本古典文学中最不受封建意识所沾染的健康的讽刺文学，今后我们也将沿着这个正确的方向，逐步翻译日本的文学遗产，诸如“物语”、“和歌”、“俳句”等。当然二十世纪初日本资产阶级有才能的作家给我们留下的，立脚于现实主义精神的作品（如长塚节的《土》，石川啄木的诗歌）这些译介工作都是我们日本文学翻译工作者所必需担当起来的任务。

四十年来，在日本文学的翻译中，正像上边所谈到的，存在着两条道路的斗争，是利用翻译工作，宣扬日本资产阶级的腐朽没落的文学呢，还是努力于介绍日本人民所寄托希望的先进的文学呢？在翻译日本文学中，斗争的结果，革命的方向取得了胜利，其结果可以从我国左翼文学运动彻底的胜利来证明。让我们在党的领导下，继续为介绍日本人民的真正的文学遗产，加强两国人民的友谊而继续努力！

关于日本文学的研究工作，在解放前也几乎是白纸状态。谢六逸曾经写过一本《日本文学史》，除了介绍一些资料外，不能够供给我们更多的帮助。也曾经有人在杂志上零星地介绍过一点日本古代的“和歌”、“俳句”，但只停留在文学形式的介绍上，甚至还夹杂着资产阶级的猎奇成分，离阐明日本文学的本质还远得很。

日本的古典文学，已有一千三四百年的历史，内容也相当丰富。《万叶集》、《古事记》、《源氏物语》、《今昔物语》、《伊势物语》、《平家物语》、《枕草子》以及近松的戏曲、西鹤的小说，这些古典作品，我们的国家出版机构，都正在组织翻译。但是如何配合这些翻译，进行全面的研究，以便帮助我国的读者更好地理解这些文学作品的真价和本质，这将是我们今后的艰巨任务，也是我们必须担负起来的任务。

日本的现代文学，经历了百年来日本历史的几次急剧变革，反映了阶级关系非常复杂的日本资本主义社会，反映了日本广大人民群众不断进行斗争的图景。因此如何正确地运用马克思列宁主义的文艺观点，分析、研究这些作品（现代日本文艺作品的翻译将陆续出版），也是刻不容缓的工作。

虽然我们过去对日本文学研究得较少，但在我们的文学工作者的队伍里，有着一定的研究日本文学的力量。许多文学工作方面的领导同志对日本文学是有造诣的，再加上新生力量的成长，我们相信在不久的将来，随着祖国社会主义建设事业的飞跃发展，在日本文学研究方面，也将出现一个崭新的局面。

柬埔寨

柬埔寨也同我们有过悠久的文化交流的关系。解放前，我们一本柬埔寨的文学作品也没有介绍过。解放后，介绍了一本《柬埔寨民间故事》(1957 年出版)。

对柬埔寨文学的研究，还可以说是一个空白点，必须加强。

缅甸

在历史上，缅甸同我们有过悠久的政治的、经济的和文化的关系。解放前，我们一本缅甸文学作品也没有介绍过（在缅甸的华侨可能有一些零星的介绍)。

解放后，我们开始翻译和研究缅甸文学。到现在已经出版了德钦哥都迈等人的诗集《人民需要明朗的朝霞》，貌廷的短篇小说《鄂巴》，另外，还出版了两本貌阵昂的《缅甸民间故事》的译本。

应该说，我们介绍和研究缅甸文学，只是才开始。很多缅甸优秀的古典文学作品像《琉璃宫史》等，以及近代现代文学作品，像德钦哥都迈的许多重要著作，我们都还没有介绍。以后必须加强这方面的工作。

印度尼西亚

印度尼西亚也同我们有过长久的文化交流的关系。解放前，印度尼西亚的文学作品一本也没有介绍。解放后，介绍过来的有慕依斯的《错误的教育》和《苏拉巴蒂》，孙达尼的《天上有星星》和《饭店之花》，嘉查的《印度尼西亚民间故事》，维拉普斯达卡的《机智的鼠鹿》，《印度尼西亚民歌选》等。

即将出版的有杜尔的《游击队之家》，玛拉·卢斯利的《西蒂·努尔帕亚》，伊斯甘达尔的《珍珠》等。

印度尼西亚的古典文学作品，像《马来由的历史》、《室利拉囊》、《享杜瓦》，都是长期流行在民间为人民群众所爱好的。但是我们一本也还没有介绍。这不能不说是一个缺点。现代文学作品介绍面也还太窄。

印度

中国翻译印度书籍，不自五四始。可以溯源到一千多年以前。从公元后二世纪起，中国就开始大量地翻译印度书籍。这一个伟大的译书运动一直延续到十一世纪。它一方面把印度人民的智慧介绍给中国人民，另一方面也给印度人民保留了大量的本国已经失传了的古代典籍。在人类历史上，这是绝无仅有的。

但在将近一千年的长时间内，我们翻译了几乎全是佛典，其中只有极小的一部分是关于医学，天文学和数学的。至于文学书籍呢？只介绍了几部有佛典形式的作品，像马鸣菩萨的《佛所行赞》等，还有一些《本生故事》。其他的文学作品，一本也没有译，连像《摩诃婆罗多》和《罗摩衍那》那样的伟大著作都没有翻译。流行遍全球的《五卷书》也没有汉文译本。

二十世纪初叶，苏曼殊曾写信给他的朋友，说有一个印度的梵文学者要同他合作翻译迦梨陀娑的《云使》。是否译出来了，不得而知；看样子是根本没有翻译。他还写信告诉自已的朋友，说他翻译了印度“近代才女”佗露多的诗。

真正介绍印度文学，是从五四运动开始的。

而第一个被介绍过来的就是印度近代最伟大的爱国诗人泰戈尔。

1921 年 1 月出版的《小说月报》第十二卷第一号里，也就是改革后的第一号里，郑振铎就从泰戈尔的《新月集》里译出了几首诗。

1924年，泰戈尔应中国方面的邀请，来中国访问。他在南北几个大城市里讲演多次，受到热烈的欢迎。《小说月报》特别给他出了专号。于是他的声名遍全国，他的作品就大量地被翻译过来。当时译成汉文的有《吉檀迦利》、《园丁集》、《新月集》、《春之循环》、《国家主义》、《飞鸟集》等书。零星的译诗散见许多杂志中。

泰戈尔是尽人皆知的爱国主义者，为了对英国抗议，他丢弃了英国政府送给他的“爵士”称号。当时中国作家热心地翻译他的作品，是因为他是爱国诗人呢？是因为印度与中国有长期的文化关系？还是因为他亲身到了中国？看来三者都有。

《小说月报》是文学研究会主办的，文学研究会反对为艺术而艺术，主张为人生而艺术。在1924年出版的泰戈尔专号（第十四卷第九号、第十号）里，有很多泰戈尔作品的译文，也有不少论泰戈尔的文章。张闻天、沈雁冰（茅盾）、郑振铎、王统照等都写了介绍的文章。在这些文章里，作者们当然随顺当时的潮流，谈到东方的精神文明，谈到什么“爱之光的普照”，谈到什么“知识上与灵魂上的同路的旅伴”。但是，在许多文章里，都特别强调了泰戈尔的爱国主义，强调了他喊出了印度人民内心里所要喊出来的，把他称作“黎明的高歌者”。伟大的文学家鲁迅也可以算是接近文学研究会这一派的，他一向重视被压迫民族文艺的介绍，他对泰戈尔是怀有敬意的。他曾说过：“印度除了泰戈尔，别的声音可还有”（《三闲集》，《无声的中国》）。文学研究会和鲁迅强调了泰戈尔爱国主义的一面，也是没有什么奇怪的。

除了泰戈尔以外，当时被介绍过来的印度重要作家只有迦梨陀娑一个人。他的名著《沙恭达罗》是从法文转译过来的。于1933年出版。

此外，被介绍过来的就只是一些短篇小说、民间文学、寓言和童话，像许地山译的《太阳底下降》和《二十夜问》等都属于这一类。有一个质量极坏的《五卷书》的译本，叫做五叶书，是从英文转译过来的。

谈到研究工作，那就更微不足道。只有许地山一个人在这一方面进行了一些工作。他写过一篇论文:《梵剧体例及其在汉剧上底点点滴滴》（《小说月报》，第十七卷号外，中国文学研究［下］）。他还写了一本介绍印度文学的小册子。柳无忌写的一本《印度文学》（1945年出版），主要是根据许地山的那一本书。

下面列一个小的统计表:

作家、作品	出版种数
泰戈尔	9
迦梨陀娑	4
短篇小说集	2
民间文学	8
共计	23

这个统计表还并不十分完全，但是拿来说明问题，是够用的。我们从1919年到1949年三十年内在介绍和研究印度文学方面所作出的成绩大体上就是这一些。

1949年中华人民共和国成立后，在介绍和研究印度文学方面，进入一个新的开端。

解放后十年以来，中国介绍印度文学，无论是从数量来看，还是从质量上来看，都大大地超过了解放前的三十年。

我们先列一个统计表：

作家、作品	出版种数
迦梨陀娑	4
泰戈尔	12
梵文古典剧	2
民间文学	11
普列姆昌德	4
安纳德	7
阿巴斯	1
钱达尔	5
其他进步诗人	3
其他进步小说家	6
其他	3
共计	58

上面所说的种数是指的已经出版的单行本，散见杂志中的译文没有列入，解放前出版解放后又加以校订重新出版的几种也列在里面。

把上面这一个统计表拿来仔细分析一下，我们可以发现以下的几种情况：

第一，古典文学的介绍真正开始了。解放前，虽然出了几个迦梨陀娑《沙恭达罗》的译本，但是都是从英文和法文转译过来的，没有一本是从梵文里直接译的。解放后，我们不但有了直接从梵文里译出来的《沙恭达罗》和《云使》，而且有了戒日王的《龙喜记》和首陀罗迦的《小泥车》的汉文译本。从梵文原文直接翻译，就能更好地体会原著的精神，因而也就有助于译文质量的提高。在介绍印度古典文学方面，这是一个不小的进步。《沙恭达罗》不但从梵文译了过来，而且中国青年艺术剧院成功地把它搬上了舞台。在中国上演梵文古典剧，这还是破天荒第一次。这出戏受到了广大人民的欢迎，成为保留剧目。一直到今天还在演出。此外，这一些译本还都有一篇比较长的序言，对本书的人民性和艺术性作了初步的分析，给今后更深入的研究打下了基础。

第二，泰戈尔的著作继续大量地翻译过来。上面已经谈到，从1921年起，中国就开始认真地介绍泰戈尔的作品。到了1949年已经翻译了不少。但是同解放后十年来的介绍工作比较起来，还差得很多。近几年来，所有解放前出版的泰戈尔的作品译本，都重新校订出版，有的重译。此外还翻译了很多以前从来没有翻译过的作品。中国人民同印度人民一样，把泰戈尔看作是伟大的作家。他热爱自己的祖国，写文章赞扬苏联，对中国抱有无穷的希望。在日本帝国主义侵略中国的时候，他毅然谴责这些野蛮的侵略者。在临终的病床上，还关心中国人民的抗战事业。他对东方被压迫人民的民族解放的伟大事业，从不失望。他认为东方人民一定会站立起来。在许多诗歌里，他都歌唱了东方的黎明。他再三预言，光明要来自东方。由于这一些原因，他的作品就在中国广大的人民中间获得好评。

第三，现代印度进步作家的作品开始翻译过来。只要是热爱自己的祖国，反对帝国主义的侵略，能反映人民群众的思想感情，为人类进步事业而努力的，我们都认为是进步作家。这些作家是解放前从没有介绍过的。我们目前正在大量地介绍中。普列姆昌德的主要作品，像《戈丹》等，都已经从印地文直接译出；他的许多短篇小说，也都有了汉文译本。阿巴斯和钱达尔的许多作品，也都译了过来；有的是从原文翻译的，有的是通过俄文。巴达查里雅的《饥饿》，巴苏的《新兵》，班纳济的《帕德玛河上的船夫》，迦尔琪的《第一个微波》，查特吉的《嫁不出去的女儿》等作品都已有了汉文译本。进步诗人的诗歌，像查托巴迪雅亚的《我歌唱人类》也都介绍过来。上面谈到的这一些译本很多都有一篇译者的前言或后记，初步对这些作品作了估价，这可以说是研究的开端。在这些进步作家的作品里，洋溢着对劳动人民的深厚的感情，对外来的侵略者和压迫者烈火般的憎恨，因而很容易引起中国人民内心里的共鸣。它们之所以受到热爱，是很自然的事情。

第四，印度民间故事、古代的寓言和童话介绍过来了。在民间文学、寓言和童话方面，印度是有异常丰富的宝藏的。我们在解放前已经介绍了一些，但很不系统，很不全面。现在介绍工作还在继续进行，有的通过西方语言，有的直接翻译。鲁迅很推崇的五世纪译为汉文的古代寓言集《百喻经》，现在有人译成了白话，供人民群众欣赏。印度古代最著名的寓言童话集《五卷书》，解放前只有一个从英文转译过来的莫明其妙的译本，现在已经有人从梵文原文译出。

我们目前介绍和研究印度文学的情况就是这样。

在这个工作上，我们虽然已经取得了很大的成绩；但是从中印文化关系的角度上来看，从印度光辉灿烂的文学传统的角度上来看，从中国人民的要求和需要来看，我们的工作显然是十分不够的，我们介绍的方面还不够广，研究还不够深。从作家人数来说，印度的优秀作家是很多的；但是我们才介绍了十多个。从印度语言的数目来看，印度各种语言的文学至少也有十几种；但是我们才只介绍了四五种。我们远远不能满足于目前的情况。

现在专门领导亚非各国文学等等方面的研究工作的机构，正在筹建中。国家的出版社也拟定了宏伟的出版计划，准备大量出版印度优秀的古典作品和现代作品。今年先出版十卷泰戈尔选集，已经邀请了不少的专家从事翻译。少数几个从事于印度文学研究工作的学者也准备多做一些介绍和研究的工作。《摩诃婆罗多》和《罗摩衍那》都已列入翻译计划。迦梨陀娑的作品，除《沙恭达罗》和《云使》以外，其余的也准备翻译。有一些学习印度语言的青年学生目前正学习印度文学史，给将来的研究工作打基础。估计几年以后，一支新的生力军就可以成长起来。

我们目前就可以看到，将来会有一天，印度优秀的文学将大量地介绍到我国来。通过文学作品的介绍和研究，我们两个伟大国家的人民会更加互相了解，我们的友谊会更加巩固。

锡兰

1958 年出版了一本西雅达沙·马拉尔哥达的《亚洲的黎明》。

巴基斯坦

我们介绍巴基斯坦的文学作品，开始比较晚。因为过去国内几乎没有人会乌尔都语。

最近一两年，我们翻译了不少的巴基斯坦的诗，像著名进步诗人费兹的诗，已翻译了过来。出版单行本的有：《伊克巴尔诗选》，1957 年出版；1958 年出版了《牢狱的破灭》（其中一部分是印度诗人的作品）、《歌颂新中国》和卡斯米的《金头花》等。

菲律宾

解放后，我们翻译过两本菲律宾的文学作品：桑·巴东布赫的《梨加雅，我的爱人》和路易士·塔鲁克的《人民的诞生》。

泰国

1949 年中华人民共和国成立以前，我们连一本泰国的文学作品也没有介绍过。

解放后，我们出版了一本《泰国现代短篇小说选》，包括西巫拉帕等作家的作品。西巫拉帕的长篇小说《向前看》已经译出，不久即可以出版。此外还翻译了达云的《黑暗的生活》。1951 年在泰国还出版了华侨译的西巫拉帕的《后会有期》。

现在北京大学东语系已经开了泰国文学史这一门课。

西巫拉帕等作家的短篇小说已译出，将收在亚洲现代短篇小说集内出版。

我们虽然已经做了不少的工作，但是还远远不够。泰国优秀的古典文学作品，像《金螺传》等，多少年来流行在泰国民间，广泛地为人民所阅读。但是这样的作品一本也没有介绍。现代进步作家介绍得也还是不够全面。

阿富汗

1957 年出版了一部《阿富汗诗选》。

伊朗

伊朗是一个文明古国，有历史悠久的十分丰富的文化传统。在文学、艺术、科学各方面，都对人类有过辉煌的贡献。在文学方面，它在古代曾产生了许多伟大的作家。

在两千多年的历史上，我们两个国家有过频繁的文化交流。伊朗（古时候叫作安息、波斯等）在文学、艺术、科学等方面的成就，传了过来。很多草木鸟兽也从波斯传到了中国。另一方面，我们中国的许多发明创造，许多产品，像丝、纸等等，也传到了波斯。

虽然有这样频繁、这样广泛的文化交流，但是，在极长的时期内，我们却没有翻译任何一本伊朗古代的优秀文学作品。上面谈到的交流，并不是通过翻译来进行的。

从五四运动到 1949 年，三十年内，在伊朗文学的介绍方面，除了报章杂志上一些零星的翻译外，印成书的就是郭沫若根据英国费慈吉拉德的译文转译的莪默·伽亚谟的《鲁拜集》。从英文译出来的《波斯传说》，还有《波斯民间趣事集》。

1949 年以后，我们开始注意波斯文学的介绍。北京大学东语系已经开了波斯文班。在中国的大学里教授波斯文，这还是第一次。介绍过来的波斯文学作品计有：拉胡蒂的诗集《伊朗人民的呼声》、赫达雅特等的《波斯短篇小说集》。

已出版的这些作品，有的是从俄文转译的，有的是从英文转译的，如《蔷薇园》，也有从波斯文直接译过来的，如《伊朗人民的呼声》。虽然只从波斯文译了一本书，但是这件事情本身却有很大的意义。它说明我们已经开始不通过其他语言的媒介而进行波斯文学的研究了。

阿拉伯

归在这一项下的是阿拉伯的古典文学和阿拉伯国家文学作品的选集。因为这样的作品无法列入任何一个阿拉伯国家项下。

我们同阿拉伯国家也有过悠久的文化交流的历史。公元前二世纪，张骞就报道了阿拉伯国家的情况。从七世纪到十三世纪，两国贸易往来极其频繁。陆路通过波斯及中亚；海路经过印度洋、马来半岛到广州。阿拉伯的天文、历法、医学都传了过来。中国的丝织品、瓷器，特别是造纸术，也传到阿拉伯去。从那里又向欧洲传布。

但是文学方面的交流却比较少见。阿拉伯文学作品翻译成汉文的只有光绪十六年（1890 年）云南回族学者马安礼译成的《天方诗经》，连同阿拉伯文原诗刊行于成都。

1914 年，商务印书馆的《说部丛书》里收了奚若译的《天方夜谭》，是从英文转译的。五四运动以后，1924 年，奚若译的《天方夜谭》又收入新学制中学国语科补充读本内。但是从 1924 年一直到 1949 年，其他的阿拉伯文学作品，却一本也没有介绍。

中华人民共和国成立以后，阿拉伯许多国家反帝斗争也正高涨起来。中国政府和人民同情而且支持这些正义的斗争，因此，我们同阿拉伯许多国家不但已经建立了外交关系，而且在经济和文化方面，关系日益密切。我国的人民十分关心阿拉伯人民的斗争，他们对阿拉伯国家的优秀的古典文学和进步的现代作品都感到很大的兴趣。

在这样的情况下，我们一方面在大学里加强了阿拉伯语文的学习，另一方面，大力介绍阿拉伯国家的文学作品。多少年来，我们都熟悉《一千零一夜》（天方夜谭）里面的故事。很多人在中学念英文的时候，读本就是英译本的《一千零一夜》。但是从阿拉伯原文翻译这一部古典名著还是解放后的事情。此外，对世界文学发生过很大影响，译本遍及全世界的著名的寓言和童话集《卡里来和笛木乃》也从阿拉伯文直接译出出版。现代的优秀作品，我们也翻译了不少。这些作品都受到广大人民的欢迎。诗歌和小说的选集计有：1958 年出版的《现代阿拉伯小说集》、《现代阿拉伯诗集》、《阿拉伯人民的呼声》、《我们和阿拉伯人民》等。

下面再按国家来分别谈一谈介绍文学作品的情况。

阿联

1957 年出版了《埃及短篇小说集》，其中收了马赫穆德．台木尔等人的作品，《亡灵书》和叙利亚作家基布兰的《先知》，1958 年出版了《埃及古代故事》和《叙利亚和平战士诗选》等。

伊拉克

1958 年出版了《伊拉克和平战士诗选》和诗集《明天的世界》。

黎巴嫩

1957 年出版了汗纳的《教堂的祭司》（据俄译本译）。1958 年出版了《黎巴嫩和平战士诗选》、《贝鲁特素描》、《和平的风》等。

约旦

1958 年出版了《约旦和平战士诗选》。

阿尔及利亚

1953 年出版了占海司的《凯尔凯勃》，1958 年出版了狄普的《火灾》。

以色列

解放后，出版了以色列作家罗丝·吴尔的《智慧帽》和《野东西》。

土耳其

解放后，我们出版了很多土耳其文学作品，其中多一半是土耳其进步诗人希克梅特的诗，如《希克梅特诗集》、《土耳其的故事》、《你们底手和他们的谎话》等。另外还有阿里的《沥青路》，哈理德的《桃园》等书。

埃塞俄比亚

1952 年出版了亚伯拉罕·姆斯的《怒吼》。

尼日利亚

1955年出版了伊泰密的《非洲民间传说》。

喀麦隆

1958年出版了马迪的《非洲，我们不了解你》。

南非联邦

1958年出版了旭莱纳的《一个非洲庄园的故事》。

上面以国家为单位，比较详细地分析评述有关国家文学介绍和研究的情况。现在我们再归纳起来谈几个问题。

首先列一个总的统计表：

	五四到解放	解放到现在
蒙古	——	22
朝鲜	3	66
越南	——	29
日本	141	55
柬埔寨	——	1
缅甸	——	4
印度尼西亚	——	6
印度	23	58
锡兰	——	1
巴基斯坦	——	4

菲律宾	——	2
泰国	——	4
阿富汗	——	1
伊朗	3	3
阿拉伯(古典文学或阿拉伯各国文学总集)	2	5
阿联	——	4
伊拉克	——	2
黎巴嫩	——	4
约旦	——	1
阿尔及利亚	——	2
以色列	——	2
土耳其	——	5
埃塞俄比亚	——	1
尼日利亚	——	1
喀麦隆	——	1
南非联邦	——	1
总计	172	285

这个统计表十分明确地说明了问题。除日本文学外（原因已在日本项下谈过了），其他亚非国家的文学，介绍过来的种数，都是解放后大大地超过了解放前。假如把日本一项除掉，那么解放前只介绍了三十二种，解放后介绍了二百三十一种，其比数是一比七点二强，这也就是说，自解放后，除日本外，其他亚非国家文学的介绍，在短短的十年内比起过去的三十年要超过七点二倍，更何况有许多国家解放前根本就一本也没有介绍过。解放后这样大量地介绍了亚非文学，其原因何在呢？

原因是十分明显而且是尽人皆知的。中国人民站起来了，封建主义消灭掉了，帝国主义者夹着尾巴逃跑了，社会主义的建设开始了，在东风压倒西风的形势下，我们的人民对正在为民族独立而斗争的亚非各国人民表示出极大的关心和极高的敬意。我们也曾长期在殖民主义枷锁下受过苦，对殖民主义统治，我们有足够的认识。我们同情而且支持亚非各国人民的正义斗争，这是十分自然的。因此我们也就很希望通过文学作品了解亚非各国人民的生活情况，斗争情况，他们的快乐和痛苦，他们的愿望和理想。

此外，毛泽东同志指示我们："中国应该大量吸收外国的进步文化，作为自己文化食粮的原料，这种工作过去还做得很不够。这不但是当前的社会主义文化和新民主主义文化，还有外国的古代文化，例如各资本主义国家启蒙时代的文化，凡属我们今天用得着的东西，都应该吸收。"（《新民主主义论》，《毛泽东选集》，第二卷，第678页）我们遵循这个指示，一方面重视我们自己的文化遗产，用取其精华、去其糟粕的精神来学习它、研究它；另一方面，我们也珍视其他国家的文化遗产，愿意虚心地学习这些遗产中的精华，来丰富我们自己的社会主义文化。中国与其他亚非国家，历史上有过极其悠久的文化交流关系，地理上又比较接近，所以我们对于介绍亚非国家的文学作品就特别感到有兴趣，特别重视。

成绩就是这样产生出来的。

在第一阶段，也就是从1919年到1949年，在介绍外国文学的工作中，我们可以很清楚地看到一个两条道路的斗争。一条道路可以拿鲁迅作代表。鲁迅晚年成为一个"文化新军最伟大和最英勇的旗手”，但他的思想也是有一个发展过程的。他在日本留学时期，还没有接受马列主义，却已经注意到介绍被压迫民族的文学。这种做法他始终坚持。同时他还大力介绍俄罗斯和苏联文学。

1921 年成立于北京后来又迁移到上海去的文学研究会，走的也是这一条道路。文学研究会主张为人生而艺术，反对为艺术而艺术，文学主张是现实主义的。茅盾的意见可以作为代表。他的文学主张可以归纳为以下几点：文学应该反映时代，反映社会，不应该逃避现实；文学应该表现被迫害的国度的被损害者与被侮辱者，而且表现的态度不应该是纯客观的。

这种理论可以代表文学研究会一部分进步会员的意见。他们不但有理论，而且也有行动。文学研究会的机关刊物《小说月报》，在介绍被压迫的民族的文学方面，尽过很大的力量。这个刊物发表过许多别人很少注意的国家的文学作品的译文，而且还特别出过被压迫民族文学专号。在介绍印度文学，特别是泰戈尔的工作上，《小说月报》也尽过很大的力量。

带有浪漫主义倾向的创造社，基本上也是现实主义的。正如鲁迅先生指出的，创造社不大重视翻译，而重视创作（《上海文艺之一瞥》）。这并不是说，创造社的成员一点翻译都不搞，郭沫若同志就曾翻译过不少哥德的作品，他还翻译过古代波斯诗人迦亚谟的《鲁拜集》。田汉也译过《哈孟雷特》等。

上面谈到的这些文学团体和作家，在介绍外国文学方面走的道路是正确的道路。在当时共产党领导的日益高涨的革命运动中，在马克思列宁主义在中国的传播中，他们在不同的程度上受到影响和鼓舞。这是他们走上这个正确的道路的原因。

这一条道路应该说是主流。

另外还有一条道路。这一条路可以拿《学衡》、《甲寅》、《新月》等杂志为代表。这是一条反动的道路。他们代表的是资产阶级右翼，有很浓的封建和买办气息。

现在我们拿《新月》作一个例子来说明这个问题。1928 年，《新月》创刊。在发刊词中，他们就对进步的文学加以攻击。他们提出了两个文学原则：“一是不妨害健康的原则，二是不折辱尊严的原则。”言词很含混，但内容却是再清楚不过的，他们的意思是不能批判黑暗政治，不能写无产阶级的生活。

他们也介绍外国文学作品，但介绍了曼殊斐尔一类的作家。被压迫民族文学，亚非各国的文学，是不在这些封建老爷买办官僚的眼中的。

至于以后的汉奸文学和法西斯的“民族主义文学”，更是下流卑鄙，谈不到什么真正的亚非文学的介绍了。

在介绍外国文学，特别是介绍亚非各国文学上存在的两条道路的斗争，到了解放，才算是基本上结束。根据毛主席的指示和广大人民的要求，我们已经大大地加强了对外国文学，特别是亚非文学的介绍工作。到现在，专门研究亚非文化的机构正在筹建中。一批年青的研究工作者正在培养和成长。亚非文学作品的出版量一天天增加，译文的质量也一天天提高。研究工作可以说是已经开始，即使我们目前力量还不够大，条件还不够好，还有很多急需弥补的薄弱环节和空白点，但是从发展上看来，我们的工作大有发展的余地，瞻望前途，我们充满了无穷的信心。

最后，我们必须声明一下，作为亚非文学的组成部分之一，苏联各民族文学中东方部分，是必须包括进来的。事实上，解放后，我们在这方面做了一些介绍工作，但由于可能另有专文介绍，这里就从略了。

本文，因时间关系，收集的材料还不能说很充分，分析得也可能有不够恰当的地方。亚非国家，一般说都具有悠久的历史，丰富的文化传统，在文学事业上，也是丰富多采的。这篇文章，涉及的国家既多，语言也非常复杂，写起来有不少困难。如果多少能对今后我们介绍研究亚非文学的工作起些微的作用，那将是我们最大的荣幸。希望同志们批评、指正。

附记：本文日本部分由刘振瀛执笔，其余的部分以及全文的结构和问题的提法都由季羡林负责。学报编辑部梁毅、杨济安等同志曾到北京图书馆抄录资料，并作出初步统计。在写作过程中，曾得到东语系金克木、黄敏中、韦旭昇、赵福顺、黄秉美、赛西雅拉图、卞立强、梁立基、龚云宝等同志的支持与帮助。李铮同志帮助核对资料，抄录全文。

从历史上看中国伊拉克两国的文化关系

中国和伊拉克都是文明古国，黄河流域和美索布达米亚两河流域都是在世界上最早产生文化的地方。

我们两个国家不但产生了高度的文化，对世界文化宝库作出了巨大的贡献，而且从很古的时代起，就互有所闻，互相往来，交流文化。

中国古代正史《史记》和《汉书》都有许多关于古代所谓西域的记载。《史记》大宛列传里记述了大宛、乌孙、康居、奄蔡、安息、条枝等国的情况。《后汉书》卷一百一十八(注)西域传更进了一步，记载更详细了。其中有一些地名今天已无法确定究竟是什么地方，学者们在这方面的意见也有分歧。但是，从记述的内容来看，其中有一些是与今天的阿拉伯国家有关的。

到了唐代（公元618—907年），中国正史里有了明确的关于阿拉伯国家（当时叫做大食）的记载。《旧唐书》和《新唐书》都给大食立了传，记载了大食国在中国隋朝大业年间（605—618年）建国的情况。其中特别引起我们注意的是有关伊斯兰教创始人穆罕默德的记载。《旧唐书》卷一百九十八西戎传大食传写道：

有摩诃末者，勇健多智，众立之为王，东西征伐，开地三千里，兼克夏腊，一名钐城。

《旧唐书》还记载了建都于今天伊拉克首都世界名城巴格达的黑衣大食（即阿巴斯王朝）建国的情况。阿巴斯王朝第一代始祖是阿蒲罗拔。他死后，弟阿蒲恭拂继位。他继续派遣使节到中国来。

根据中国史书的记载，从唐高宗永徽二年（651 年）起至唐德宗贞元十四年（798 年）止，一百多年的时间内，从大食派使臣到中国来共有三十六次。玄宗时代更是特别频繁，有时候一年就派三次。这里面有白衣大食的使臣，也有黑衣大食的使臣。中国派到大食去的使臣史书上没有记载，估计也不会少。

我们要知道，古代所谓使臣同现代有所不同。他们既是外交使节，也是文化使节，有时候做生意也是通过派遣使臣的方式。这些使臣就带着货物到别的国家去，也把本国所需要的货物带回来。唐代从大食带到中国来的货物是很多的。根据中国正史的记载，其中有良马、龙脑香、豹等等。中国著作里也有的提到大食产品，像玛瑙、乳香等等。这些东西对当时中国人民的生活有一些影响。

在这时候，阿拉伯人在世界通商活动中占着很重要的地位。有很多阿拉伯商人活跃在南海一带。中国的商船在这一带也很活跃。因为，到了唐代，中国的造船术已经很发达，它影响了许多国家的造船术。中国造的船坚固而安全，许多国家的人都乘坐中国船。

到中国来的阿拉伯人非常多。他们大半都住在当时的中国通商口岸广州、泉州、扬州等城市。有的只是暂居，有的久居不返。他们同中国人和睦相处，在文化上和贸易上，互通有无。许多阿拉伯人学习了中国语言、文字，成了著名的诗人、学者。唐宣宗时的李彦昇就是最著名的例子。

伊斯兰教创始于唐高祖武德年间（619—626年）。不久就传入中国。明何乔远《闽书》卷七方域志有下面的记载：

> （吗喊叭德）门徒有大贤四人，唐武德中来朝，遂传教中国：一贤传教广州，二贤传教扬州，三贤四贤传教泉州。

这一段记载大体上是可靠的。在唐代，伊斯兰教已经在中国广泛流传。教徒有的是从阿拉伯来的，有一些中国人也信了伊斯兰教。

在这时候，当然也有不少的中国人到阿拉伯去，杜环就是其中之一，他曾到过大食国，《通典》卷一百九十三还保留了他的《经行记》，对当时伊拉克一带的情况作了生动详瞻的记述。他在那里看到了“绫绢机杼、金银匠、画匠、汉匠起作画者京兆人樊淑、刘泚，织络者河东人乐隈、吕礼。”这几句话有极其重大的意义。它告诉我们：第一，中国丝早已传到阿拉伯；著名的横贯欧亚两洲的“丝路”就通过伊拉克一带，中国的丝可能在公元前就传来了。第二，中国丝工和画工也已到了阿拉伯。这都说明，我们两国的文化关系又进一步发展了。中国的重要发明，像罗盘针等，和重要产品，像茶叶等，也是通过这一条路传出去的。

杜环是在天宝十载（751年）到伊拉克去的。他在《经行记》里面没有谈到其他同去的人。实际上同他一起去的还有造纸工人。阿拉伯旅行家贝鲁尼在他的游记里写道：

初次制造纸是在中国。

中国人把造纸法输入撒马尔罕。从那以后，许多地方都造起纸来，以满足当时存在着的需要。

中国造纸术在唐代传入阿拉伯，通过阿拉伯的媒介传入欧洲，对世界文化的传播起了促进作用。

由于两国往来频繁，陆路和海路的道路都有详细的记载。《新唐书》卷四十三下地理志保留了唐德宗的宰相贾耽的地理著作《广州通海夷道》，详细地记载从广州出发，海行绕过印度，经波斯湾到大食国去的路程，里面提到了缚达城，就是今天的巴格达。

阿拉伯许多在唐代到中国来的旅行家，对沿途所见所闻，以及当时中国的情况，都有细致翔实的描述。生在今天伊拉克境内的商人苏莱曼所写的游记是其中最著名的。他曾到中国和印度等地经商，回国后，于唐宣宗大中五年，公元 851 年，写成一书。里面记述了中国广州的情况，以及中国风俗、中国宗教、人民生活。此外，还有阿布赛德·哈散根据听闻，写成书籍。他的一个朋友伊本·瓦哈伯曾拜访唐懿宗。这书里面记载了他同懿宗有趣的长篇的谈话。伊本·库达特拔的《省道记》、麻素提的《黄金草原》和伊本·麦哈黑尔的《游记》，都是有名的游记。里面有不少的关于中国的记述，大大有助于阿拉伯人了解中国的情况。

苏莱曼游记里有一段关于中国瓷器的记载：“中国人能用陶土做成用品，透明如玻璃，里面加了酒，从外面可以看到。”在那时候，中国瓷器早已传入阿拉伯。阿拉伯人民十分喜爱它。但因路远难运，所以价格极昂；他们于是就自己仿造，从七世纪开始，一直到十八世纪。在伊拉克萨麦拉地方曾掘出了一些瓷器，其中有从中国运去的，也有阿拉伯仿制的。

根据《宋史》卷四百九十大食传的记载，从宋太祖乾德四年（966 年）起至宋高宗绍兴元年（1131 年）止，一百多年的时间内，大食共派遣使臣三十次。中国也派遣使臣到大食去，乾德四年中国皇帝就曾派一个佛徒僧徒行勤带一封信给大食国王。

在这期间，中国同大食的往来有一个特点，这就是，大食商船的船主很活跃。他们有时候就带了货物来中国，并且写信给中国皇帝。他们带来的东西是丰富多采的。这就说明，中国同大食的贸易关系又进一步发展了。

在这期间，大食国不但与宋朝来往频繁，而且与辽国也有往来。

从 924 年到 1021 年，不但有使节来往，在 1021 年辽国国王还和大食国王通婚，建立了亲戚关系。

在宗教来往方面，到了宋朝，还继续有人从阿拉伯来到中国，创建清真寺。比如泉州的清净寺就是从撒郙威来的纳只卜穆·兹喜鲁丁创建的。

在这时候，中国有不少商人和外交使节到了大食国。有一些文人学士就根据这些人的经历，写成文章。其中最著名的就是赵汝适的《诸蕃志》。这一部书对大食国做了虽然简略但却翔实生动的记述：

白达国系大食诸国之一都会。自麻罗拔国约陆行一

> 百三十余程，过五十余州乃到。国极强大，羊马器甲甚盛。王乃佛麻霞勿直下子孙，相袭传位，至今二十九代，经六七百年。大食诸国或用兵相侵，皆不敢犯其境。王出张皂盖，金柄，其顶有玉师子。背负一大金月，闪耀如星，虽远可见。城市衢陌，民居豪侈。多宝物珍段，少米鱼菜。人食饼肉，酥酪。产金、银、碾花、上等琉璃、白越诺布、苏合油。国人相尚以好雪布缠头，及为衣服。七日一次削发，剪爪甲。一日五次礼拜天。遵大食教度。以佛之子孙，故诸国归敬焉。

此外，周去非《岭外代答》也对大食诸国，特别是白达国，作了记述。

《诸蕃志》特别有价值的地方还在于它详细地记载了从大食国以及其他国家输入到中国来的货品。从大食国来的货品共有：乳香、没药、血碣（竭）、金颜香、苏合香油、栀子花、蔷薇水、丁香、没石子、木香、阿魏、芦荟、珊瑚樹、琉璃、真珠、象牙、膃肭脐、龙涎等。在这些东西里面，香料和药品占的比例最大。唐宋时代，阿拉伯香在中国的消费量很大。香的用途也很多，或用来熏衣服，或用来和土涂墙，或把香掺进蜡烛里去，或用为化妆品，或供咀嚼以祛口臭。最重要的还是用来做药。从唐朝开始，香料在中国药里面的地位越来越重要了。根据宋朝的《政和新修经史证类备用本草》里面的记载，从大食运来的香料和其他药品在中国药材里已经占了比较重要的地位。比如无名异、阿魏、丁香、沉香、乳香、苏合香、没药、诃梨勒等等，有的注明是“产于大食国”，有的注明“产于西国”。总之都是和大食有关系的。这样，从大食运来的这一些药品就丰富了本来已经很丰富的中国药材的宝库。

另外一种值得注意的东西是蔷薇水。大食国的蔷薇水在历史上是很著名的，它曾运到许多国家去。在中国宋代，它显然也是很流行的。宋蔡絛《铁围山丛谈》卷六写道：

> 用白金为甑，采蔷薇花，蒸气以成水，则屡采屡蒸，积而为香，此所以不败。但异域蔷薇花气馨烈非常，故大食国蔷薇水虽贮琉璃缶中，蜡封其外，然香犹透彻，闻数十步，洒人衣袂，经十数日不歇也。

在宋朝，居留在中国的阿拉伯人更多了。他们主要是住在广州、泉州等通商口岸的大城市里。其中有很多人非常有钱。在法律方面，有时候也受到优待。甚至还有不少人同中国人联姻，有的竟娶了宋朝宗室的女儿，做了左班殿直的官。当时南洋的贸易实际上就操在这一些阿拉伯商人手里。他们不但贩运本国的货物，产生在其他国家的物品，他们也从事贩运。

到了元朝，蒙古大帝国横跨欧亚两洲。有不少的阿拉伯人来，为蒙古大汗服务。《元史》里面阿拉伯人有专传的不在少数，其中最著名的当然是赛典赤瞻思丁父子。他死在云南，至今还为人所怀念。

至这时候，阿拉伯的学术文化大量流入中国。大天文学家郭守敬改订中国历法，也曾受了阿拉伯天文学的影响。埃及天文学家伊本·优努斯（？—1007 年）所著的历表是他的主要参考书之一。《元史》卷一百九十儒学传中有瞻思传。瞻思祖先是大食国人。他“邃于经，而易学尤深。至于天文、地理、钟律、算数、水利、旁及外国之书，皆究极之”。他治学的特点是与传统的中国学者不同的。他的著作很多，可惜都散佚了。存者仅《河防通议》二卷。

1266 年，元朝定都北京。在建设新都方面，大食国人也黑迭儿出了很大的力量，大殿、便殿、百官衙署、池塘苑囿，都由他计划安排。这也是我们两国文化关系史上一个值得注意的人物。

马可波罗《行纪》里还有一段很有意义值得重视的记载：

> 温敢城（似即尤溪）未降顺大汗前，其居民不知制糖，仅知煮浆，冷后成黑渣。降顺大汗以后，时朝中有巴比伦地方之人。大汗遣之至此城，授民以制糖术，用一种树灰制造。

可见，在制糖技术方面，中国的某一些地方也曾向阿拉伯人学习了。

元代以后，明代继续同阿拉伯国家（当时史书称之为天方等）保持着来往的关系。明初大航海家郑和自己虽然没有到过天方（指麦加），但是，宣德五年（1430 年），他曾分遣船只到了古里，从那里有通事七人随默伽国人到了天方，来回一年，买到各色奇货、异宝及麒麟、狮子、驼鸡等物，并画了天堂图，回京上奏。其国主也派人到中国来。以后往来不绝。从十五世纪中期到十七世纪初期，这一期间，天方国不断派人到中国来访问。中国也有人到天方去。

除了天方国以外，明朝还与默德那国有直接交通。

宣德时（1426—1435 年），其国主曾遣使偕天方使臣到中国来。以后没有再来。《明史》上有默德那的传。此外，同明朝往来的阿拉伯国家还有祖法儿、阿丹（今日亚丁）、剌撒等地，《明史》也都有专传。

根据随郑和航海的费信所著的《星槎胜览》的记载，中国当时从这些国家输入的货物有珍奇动物，像狮子、祖剌法、豹、鹿等，还有高八尺的天马；此外就是乳香、龙涎香、宝石、真珠等。中国运去的交换的东西是金、银、缎匹、色绢、白花青瓷器、铁鼎、铁铫之属。中国丝绸缎匹的输出，自古已然，现在只是范围更大了而已。值得注意的是铁器的输出，这对阿拉伯人民的生产和生活会有很大的影响。

一直到清朝（1616—1911 年），中国同阿拉伯国家的来往始终没有断绝。可惜，在这时期，西方的资本主义国家一个一个地兴起来了。它们逐渐垄断了欧亚的贸易，因而也就阻碍了我们两国人民的来往。在清朝我们再也看不到像唐、宋、元、明四朝那样的频繁的往来和密切的文化关系了。

从上面简短的回溯里，我们可以清清楚楚地看到，中伊两国的友谊至少已经有了二三千年的历史。在这一段漫长的时间内，我们互相学习了许多极可珍贵的东西，这大大地帮助了我们各自文化的充实与发展。

最近一百多年以来，我们两国曾有过极其相似的经历：我们都曾在殖民主义和帝国主义压榨剥削下辗转呻吟，受尽了苦头。因此，我们就更容易互相了解，互相同情。中华人民共和国的建立引起了伊拉克人民的重视。当卡赛姆总理领导的革命胜利了的时候，中国人民也感到高兴。这些事情都足以说明两国的关系。

我们中国人民十分珍视阿拉伯人民所创造的光辉灿烂的文化，十分珍视我们的传统友谊。我们在过去已经介绍了阿拉伯文化。自从中华人民共和国成立以来，我们的政府和人民更大力提倡这种介绍工作。十三年来，我们出版了不少的有关阿拉伯文化和文学艺术的书籍。阿拉伯文学名著《一千零一夜》、《卡里来和笛木乃》等等都有了从阿拉伯文直接译过来的完整的汉文译本，受到广大中国人民的欢迎。我们有一些青年也在努力学习阿拉伯语言。就拿我所在的北京大学一个学校而言，解放以后，我们已经培养了三百名专门学习阿拉伯语的学生，现在在校学习的还有六十多名。他们都了解这个学习的意义，因此绝大多数学习都很努力。

在中伊两国文化交流史上，世界名城巴格达占着很重要的地位。因此，我们是怀着很大的兴趣和很高的敬意来参观这一次建城千年的纪念大会的。我们相信，我们两国的传统友谊今后还会继续发展下去，在我们古老的友谊之树上，还会开出更多更多更光辉灿烂的友谊的花朵。

1962 年 8 月

注： 中华书局版《后汉书》卷八十八。——编者注

中国同孟加拉国的友谊源远流长

中国古代历史书上有很多关于天竺的记载。今天的孟加拉国所在地就是古代天竺的一部分。说明中国与天竺的关系，那可真可以说是源远流长了。在有文字的记载出现以前，就已经有了来往。比如在天文学上的二十八宿，两国古代都是知道的。又如许多神话故事，两国都有内容完全相同的。这样的故事在中国，见于屈原的《天问》以及其他的著作中。在天竺，则见于民间传说和一些古代典籍中。究竟谁影响了谁呢？现在还无法说清楚。但这并不是重要的问题。不管谁影响谁，我们从茫昧的远古以来就有往来，互相学习，这一点是肯定无疑的了。

后来，随着佛教的传入中国，两国之间的往来更加频繁了。许多天竺和尚来到中国，也有许多中国和尚到了天竺，到了今天孟加拉国所在的地方。中国晋代著名的高僧法显赴印度留学好像还没有到过东孟加拉。同时赴印度留学的其他僧人也好像都还没有到过东孟加拉。

从唐代著名的高僧玄奘（600—664年）起，到东孟加拉去的中国和尚就多起来了。玄奘在他的名著《大唐西域记》卷十里有关于奔那伐弹那国（Puṇḍravardhana）、三摩呾吒国（Samatata）及以东六国和羯罗拏苏伐剌那国（Karṇasuvarṇa）的记载。这些国究竟在今天什么地方？学者们之间是有争论的。但是奔那伐弹那国、三摩呾吒国和羯罗拏苏伐剌那国都是在今天的孟加拉国境内，大家的意见是一致的。关于奔那伐弹那国，玄奘写道：

> 周四千余里。国大都城周三十余里。居人殷盛，池馆花林往往相间。土地卑溼，稼穑滋茂。般榱娑果既多且贵，其果大如冬瓜，熟则黄赤，剖之中有数十小果，大如鹤卵，又更破之，其汁黄赤，其味甘美，或在树枝，如众果之结实，或在树根，若伏苓之在土。气序调畅，风俗好学。伽蓝二十余所，僧徒三千余人，大小二乘，兼功综习。天祠百所，异道杂居，露形尼乾实繁其党。

关于三摩呾吒国，玄奘写道：

> 周三千余里。滨近大海，地遂卑溼。国大都城周二十余里。稼穑滋植，花果繁茂。气序和，风俗顺。人性刚烈，形卑色黑。好学勤励，邪正兼信。伽蓝三十余所，僧徒二千余人，并皆遵习上座部学。天祠百所，异道杂居，露形尼乾，其徒特盛。

短短的一段话，对当时孟加拉的风土、人情、物产、果实、宗教、信仰，都做了生动具体的描绘。玄奘的记载今天成了极其珍贵的文献。玄奘本人也成为我们两国人民友谊的象征。

唐代另一个著名的高僧义净（653—713 年）也曾到过孟加拉。在他的《大唐西域求法高僧传》中，他提到僧哲禅师，“思慕圣踪，汎舶西域，既至西土，适化随缘，巡礼略周，归东印度，到三摩呾吒国”。可见另一个中国和尚僧哲禅师也到过孟加拉。

此外，唐朝还有很多中国和尚到过孟加拉，我们在这里不一一列举了。

孟加拉这个名字，在中国古代的史籍中，以及唐代的地理书或旅行记中，似乎还没有出现。据我所知道的，最早出现是在宋代。《宋史》卷四百九十（开宝八年冬）“东印度王子穰结说啰来朝贡”。宋赵汝适的《诸蕃志》卷上开始有关于孟加拉的记载：

> 西天鹏茄啰国都号茶那咭城（Janagar）。围一百二十里。

金朝兴定四年（1220 年）乌古孙仲端西使也到过孟加拉。元代大德三年（1299 年）奔奚里遣使来中国，带来虎、象及桫罗木船等物品。所谓“奔奚里”，指的就是孟加拉。元汪大渊的《岛夷志略》中谈到朋加剌，指的也是孟加拉。

到了明初，由于东西交通频繁起来，中国书中有关孟加拉的记载也一下子多了起来。《明史》卷三百二十六记载说，永乐六年（1408 年）榜葛剌王霭牙思丁遣使来朝贡方物。七年（1409 年）其使凡再至，携从者二百三十余人，受到隆重的招待。自是比年入贡。十年（1412年），贡使将至，遣官宴之于镇江。使者告其王之丧，遣官往祭，封嗣子赛勿丁为王。十二年（1414年），嗣王遣使奉表来谢，贡麒麟及名马方物。十三年（1415年），遣侯显往榜葛剌。正统三年（1438年）贡麒麟。四年（1439年）又入贡。自是不复至。

在明初最著名的事件是三保太监郑和（1371—1435年）下西洋。他曾几次到过孟加拉。随从郑和出使的人写了书。传到今天的有费信的《星槎胜览》、马欢的《瀛涯胜览》和巩珍的《西洋番国志》，这些书大概有些地方是互相抄袭的。我现在只把《瀛涯胜览》中有关孟加拉的记载抄录一段。

> 榜葛剌。地广人稠。财物丰硕。自苏门答剌国海行见山。并翠蓝岛（今晏陀蜜（Andaman）及呢古巴拉（Nicobars）二群岛）西北行二千里方至浉地港（Chittagong）。更小舟入。五百余里至锁纳儿港（Sunurganw）。舍舟而陆。西南行三十五里站，至其国。有城郭。王宫暨大小府寺皆在城。乃回回人。风俗淳厚。男妇皆黑色。白者稀。男皆祝发。白布缠身。圆领长衣。仍束綵帨，蹑皮履。王及将领冠服，用回回制。甚洁整。语言榜葛俚（Bengali）自成一家。亦有巴儿西（Parsee）语者。市用银钱，曰傥伽。重三钱。径寸二分。面有文。以此权物价重轻。亦有海叭曰考黎（Cowry）。婚丧皆回回教。气候常热如夏。

其余两书都差不多，我不再抄录了。汇集马欢、费信等的书而成的《西洋朝贡典录》，内容也一样，也不再抄录了。《明史》的记载，《皇明世法录》卷八十一的记载，有的也从这些书取来，内容差不多，更没有抄录的必要。

在明代编辑的《华夷译语》中有《孟加拉译语》一书，是专门供给中国翻译学习孟加拉语言的。从这一件事就可以看出来，我们两国当时交往之频繁、友谊之密切了。否则，还用得着翻译教科书或翻译手册吗？

明茅元仪《武备志》卷二百四十中有郑和航海图，用地图把他从中国出发到亚非许多国家的航行路线画了出来。其中也有榜葛拉，旁边画着撒地港的地形，就是今天的吉大港（Chittagang）。

在这些交往中，有几件事情值得我们特别注意。第一，中国造纸术传入孟加拉。中国是发明造纸术的国家，这种技术传遍了全世界，其中也包括孟加拉。马欢在《瀛涯胜览》中描述孟加拉的纸说：

> 一样白纸，亦是树皮所造，光滑细腻，如鹿皮一般。

《西洋番国志》里说：

> 一等白纸，光滑细腻如鹿皮，亦有树皮所造。

《西洋朝贡典录》讲到，孟加拉“有桑皮纸”。

第二是丝和瓷器。中国也是丝的原产地。丝当然也传到了孟加拉。元汪大渊《岛夷志略》说：

（孟加拉）贸易之货用南北丝、五色绢缎、丁香、豆蔻、青白花器、白缨之属。

《瀛涯胜览》，榜葛剌国说：

货用金、银、布缎、色绢、青白花瓷器、铜钱、麝香、银珠、水银、草席、胡椒之属。

明费信《星槎胜览》的记述与《瀛涯胜览》同。

《西洋朝贡典录》记榜葛剌“女子椎髻、短衫、围色布丝棉”。当时孟加拉丝织技术还不高。《瀛涯胜览》等书中说：

桑柘蚕丝皆有，止会作线缲丝嵌于中并绢，不晓成绵。

明初以后，由于种种原因，中孟两国的来往少了起来。特别是在西方殖民主义者侵入东方以来，我们的来往更受到阻碍。但是，人民的来往是什么人也阻止不住的。从中国清代的一些著作中，仍然可以找到来往的记载，清谢清高《海录》卷上就有关于孟加拉的详细记载：

明呀喇，英咭利所辖地。周围数千里。西南诸番一

> 大都会也。在徹第缸海西岸。由徹第缸渡海，顺东南风约二日夜可到。陆路则初沿海北行，至海角转西，又南行，然后可至。为日较迟，故来往多由海道，其港口名葛支里。

除了谢清高以外，清代还有很多官员、学者和商人到过孟加拉。

从他们留下来的生动细致的记载中，可以看到，当时孟加拉的经济非常繁荣，文化水平很高，也许在当时的天竺是最高的。一直到今天，孟加拉文学，无论在印度或是在孟加拉国，水平都是最高的，其根源就在这里。

不管古代我们两国人民之间的来往和文化交流是多么频繁，不管我们对这种情况感到多么骄傲与欣慰；更重要的是我们目前的友谊与来往更加令人欢欣鼓舞。1947 年印、巴分治，东孟加拉成为巴基斯坦的一部分。我国周恩来总理于 1956 年 12 月 28 日和 1964 年 2 月 24 日两次到达卡访问，受到隆重热烈的欢迎。第一次访问达卡的时候，欢迎群众竟多达二十万人，占当时全城人口的三分之一，可见孟加拉人民对中国人民友谊之深厚。1971 年 12 月，孟加拉国成立，穆·拉赫曼当政，我们两国没有正式外交关系。但民间往来从未中断。1974 年 10 月 13 日，孟加拉国遭受水灾。中国红十字会向孟加拉灾民赠送小麦五千吨，若干针织品和毯子。1975 年 4 月 10 日，孟加拉国总统对董必武同志逝世向周恩来总理发来唁电。1975 年 5 月，在我国广交会期间，两国第一次签署了四个贸易协定。1975 年 8 月 15 日孟加拉国改换政府。8 月 31 日周总理电告孟加拉国总统，中国承认孟加拉人民共和国。9 月 1 日，艾哈迈德总统复电，欢迎中国承认，相信我们两国的关系“将得到进一步加强和巩固”。1975 年 10 月 4 日，两国外长在纽约签署联合公报，决定自即日起建立外交关系并互派大使。

从那时到现在，已经将近四年了。我们两国的友谊日益增强，往来日益频繁。1976 年 5 月至 7 月，在不到两个月的时间里，孟加拉国先后派出了贸易、孟中友协、新闻和乡村发展等四个重要代表团到我国来访问。同年 11 月，中国贸易代表团访问了孟加拉国。在这几年里，只是我一个人在北京大学就招待过几个孟加拉国的代表团。其中一个是宗教界代表团。由于我们的友谊基础雄厚，源远流长，所以我们总是有共同的语言，我们的感情总是很容易得到交流与共鸣。

1977 年 1 月，齐亚·拉赫曼将军访华，受到中国政府和人民的热烈欢迎，大大地促进了两国关系的发展。同时，两国签订贸易协定和经济、技术合作协定。1978 年 3 月，中国人民对外友协代表团访问孟加拉国，受到各界人士热烈欢迎。3 月 18 日，李先念副总理访问孟加拉国，以齐亚·拉赫曼总统为首的孟加拉国广大官员和人民群众举国上下，隆重热烈欢迎了中国人民的使者。李先念副总理和齐亚·拉赫曼总统在讲话中总是强调我们传统的友谊，共赞中孟两国人民的友谊不断发展。

尽管我们两个国家社会制度不同，但是我们同属第三世界，我们在国内有许多相同或者相似的问题，在国外我们面临着许多共同的任务。在这风云多变的大地上，第三世界国家纷纷站起来，反抗大小霸权主义，保卫世界和平。我们的传统友谊已经有了几千年的历史，现在又添上了新的内容。我希望，而且也坚决相信，我们这十分古老的而又有了崭新的内容的友谊将会日益加强，将会开出更加灿烂绚丽的花朵。

1979年5月

答《外国文学研究》杂志记者问

记　者：您对东方文学，尤其是印度文学的研究造诣很深，首先想请您谈谈研究东方文学的意义。

季羡林：我天生地和人为地成了一个杂家。对印度文学、语言、历史、宗教等等，什么都懂一点，什么都不深入。我自己深以为苦，想改一改，但恐怕希望不大了。因此我对印度文学的研究根本谈不上什么造诣，更谈不到“很深”。

至于研究东方文学的意义，我认为是很大的。在历史上我们同东方国家有过程度不同的文化交流关系。今天我们又面临着许多共同的问题，有许多共同的利益。想写一部好的中国文学史，如果不了解我们同东方国家在文学方面互相学习的情况，就很难写得深入、全面。研究东方国家的文学，对发展我国文学创作，会有很大的好处，会有许多可供我们借鉴的地方。在政治上，这种研究还可以加强我们同东方国家人民的了解与友谊。

记　者：印度文学和中国文学在历史上一直是交光互影的。您和国内一些同志已经开展了这方面的比较研究，总的来说，也许还只是开始，不知道是不是该这样估计？这是一项十分复杂而有趣的课题，听说在年轻的专业工作者中有志者不是一两个，您看应该从哪些方面着手？需要注意些什么问题？特别是在方法论上，您有什么忠告？

季羡林：据我理解，这属于比较文学的范畴。现在有很多人想大力提倡一下比较文学，我完全赞成。有许多外宾经常问到我，中国有没有比较文学系。我说没有。他们都感到很失望，而且很不理解。

要想研究比较文学，当然不限于印度文学。但是从中国方面来看，研究比较文学，首先必须研究印度。但是，一定要努力去探讨中印两国文学交光互影中的规律性的东西，决不能东拉西扯，牵强附会。那不叫比较文学，而叫“比附”文学。

要想从事这方面的研究，中印两国的文学都必须比较精通。否则无从着手。

记　者：我国青年一代对东方文学所知甚少，在这样的情况下，我们在教学与研究工作中如何引导青年学习东方文学？

季羡林：我们对东方文学的研究与介绍，在深度与广度方面都有所不足。社会上还存在着轻视东方文学的风气。东方国家的文学水平很不齐。但像印度、伊朗等国的古代文学，比之希腊罗马，毫无逊色，而且在某些方面还要超过西方。可惜我们工作跟不上，才产生了青年对东方文学了解很少的情况。要想引导青年学习东方文学，在教学方面必须增加这方面的课程。在研究方面，必须加强研究，能深入浅出，写出一些既有科学内容又容易理解的文章和书籍。

记　者：目前高等学校有关专业的外国文学课时很少，东方文学的教学比重似乎一时很难增加，特别是这方面的教师奇缺，问题不少。不知道您所主持的北大东语系，有什么打算？或者说，作为北大的副校长，东方文学研究的专门家，您有什么打算和设想？

季羡林：情况确实是这样。目前还有一个比较奇怪的现象，精通东方各国语言的同志们从事文学研究的不多，劲头也不大。而很多不懂东方语言的中文系的教师却对东方文学兴趣很大，干劲十足。在“文化大革命”以前相当长时期内这种情况就已存在。他们已经写出了不少的文学史之类的书籍和讲义。但因他们对语言隔膜，书中难免有这样那样的问题。无论如何，他们的成绩和干劲是必须充分加以肯定的。

北大有三个外语系。专就东方语言文学系来说，我们有一百多教员，十几个语种，应该说，力量还是有点的。但过去对东方文学的研究提倡不力，所以谈不到什么成绩。现在我们已经注意到这个问题，已经成立一个东方文学研究室，从事文学研究的教师约有二十位，今后将大力开展这方面的工作。

最近一年以来，我们注意到，必须提倡比较文学的研究。在这方面我们以前毫无成绩。今后必须大力扭转这种局面。让我们高兴的是，在这一次外国文学学会的年会上，很多来自不同学校的同志们都表示出对比较文学研究的极大兴趣。中国比较文学研究会的成立就是最有力的证明。我想联合北大三个外文系和中文系共同协作成立一个比较文学研究室之类的机构，推动这方面的工作。

此外，最近有的同志同我谈到研究艺术史的问题，这里面包括中国艺术史和外国艺术史。我觉得这是一个很好的意见。最近有些报纸提到要提高中国学生艺术欣赏的能力，要对他们进行美育的教育。这实在非常重要。中国现在有不少的青年，艺术欣赏能力实在比较低，他们对文学、音乐、绘画等等方面好的东西简直不能欣赏，而对一些低级趣味却趋之若鹜，这种局面也必须扭转。

1980 年 12 月

正确评价和深入研究东方文学

今天在座的同志中，大多数是青年，女同志也很多，这说明我国东方文学的研究和教学工作后继有人，我十分高兴。我们年纪大了，早晚要交班的。为了东方文学的事业后继有人，我愿意跑一跑龙套，给青年同志们引一引路。

这是教育部举办的《东方文学》讲习班，参加讲习班学习的同志，都是高等师范院校的教师。因此，我讲一讲与东方文学有关的问题，供同志们参考。

一　“东方文学”的来历和含义

什么叫做“东方文学”？“东方文学”的来历和含义是什么？对这个问题不考虑，就觉得没有什么；仔细一想，就感到有问题了。“东方”本是一个纯粹的地理概念。但我们所说的“东方文学”如果只是一个单纯的地理概念，则麻烦了。一千多年来，我国总是把印度当作西方。唐时高僧玄奘从凉州出玉门关赴天竺，我们一直把这叫做“西天取经”，而现在印度则是东方的主要国家之一。梁漱溟写过一本《东西文化及其哲学》，书中的西方也是指印度而言。鲁迅在1907年写的《摩罗诗力说》中，对欧亚文学都有介绍，特别是对印度古代文学评价很高。鲁迅在论文中指出：“天竺古有《韦陀》四种，瑰丽幽夐，称世界大文；其《摩诃波罗多》暨《罗摩衍那》二赋，亦至美妙。厥后有诗人如加黎陀萨

(Kalidasa) 者出，以传奇鸣世，间染抒情之篇。”(《鲁迅全集》，第一卷，人民文学出版社 1956 年版，第 194 页。) 但鲁迅也没有提出东方文学的名称。事实上，“东方文学”这个名称是在解放以后逐步形成的，它由单纯的地理概念而加入了政治的内容。我们所说的“东方”，指过去的殖民地、半殖民地，即我们现在所说的第三世界。文学是不能脱离政治的。“东方文学”这个概念既有地理因素，又有政治因素，是亚洲和非洲文学的总称。不过，日本不属于第三世界，从经济发展的水平来看，它应该属于西方国家集团，但其文学仍属于“东方文学”的范畴。由此可见，“东方文学”的概念还是比较复杂的，这也说明了东方文学构成的复杂性。这是我要讲的第一个问题。

二　关于西方国家对东方文学的评价问题

在西方国家中，东方文学是不大受重视的，他们奉行的是“欧洲中心主义”。这种错误观点对我们也有很大影响。听说教育部委托华中师范学院制订的高等师范院校外国文学教学大纲，把东方文学作为一个独立体系同欧美文学平行，这很好。直到今天，我们有些同志，甚至在学术界有影响的同志，对东方文学的评价仍然估计不足。例如在《大百科全书·外国文学》卷的编写过程中，就反映了这种重西轻东的思想。从 1979 年起，为确定编写原则，多次开会，经过反复讨论，提出了实事求是地评价东西方文学的原则，规定了条目的规格、字数和评语内容。看来好像是一致了。可是，结果呢，不仅在字数上西方作家比东方作家多，而且评价也有一些差别。这说明有个别同志，特别是研究西方文学的同志，脑子里总看不起东方文学。

在西方国家中，则是欧洲中心主义，不管是历史或是文学，都是如此。在某些西方人看来，好像什么都是西方第一，东方则什么都不行。在苏联也是一样，什么都是苏联第一。我们既不同意欧洲中心主义的观点，也不同意什么都是中国第一的说法。这些都不是实事求是的科学态度。西方人对东方的看法，也是有变化的。印度过去没有自己写的历史，是英国人写的。十八到十九世纪的英国人写印度历史时，还是比较实事求是的。如对1857年印度民族大起义的原因的分析和评价，还是比较客观的，既没有过分美化英国宗主国，也没有过分地丑化印度。因为那时资本主义还处在上升时期，故尚能实事求是，重视历史事实。但在进入帝国主义阶段之后，英国人写印度史时则不同了，他们对印度极尽诬蔑、歪曲之能事，造谣、说谎，无所不用其极，把印度说得一无是处，简直是一个极其野蛮而落后的民族，这完全是颠倒事实。资本主义上升时期的资产阶级，还有一点信心，敢于讲一些真话。后来，走下坡路时，就不敢讲真话了。一个人吹牛、说谎、不敢讲真话，并不证明这个人强。一个阶级，一个国家，也是如此。“文革”期间“四人帮”不敢讲真话，因为他们没有信心。英国人歪曲印度历史，也是这样。

国内有的同志看不起东方文学，是不应该的。在西方作家中，有的对东方文学的评价还是很高的，如德国的歌德就是一个代表。歌德看了一本法译本的中国小说《风月好逑传》之后，准备据此写一部长诗。他说，他读了中国的这部传奇后，感到“中国人在思想、行为和情感方面几乎和我们一样，使我们很快就感到他们是我们的同类人，只是在他们那里一切都比我们这里更明朗，更纯洁，也更合乎道德。”他在回答“这部中国传奇在中国算不算最好的作品”的问题时，指出：“绝对不是，中国人有成千上万这类作品，而且在我们的远祖还生活在野森林的时代就有这类作品了。”（《歌德谈话录》，人民文学出版社1978年版，第111—113页。）对于歌德的意见，我们不能完全同意。因为他对一本在中国并不入流的小说，评价太高了。歌德对印度迦梨陀娑的名剧《沙恭达罗》的评价也是很高的。看一看这些欧洲人论东方，我们国内那些看不起东方文学的同志怎样想呢？解放前，不仅外国人对我们中国和东方的文化评价不全面，我们自己也觉得什么都不如人家。如果说解放前我们比人家差，那么，新中国成立后，我们就不应该自己看不起自己了，我们一定要批判西方资产阶级的“欧洲中心主义”，才能正确认识东方文学，正确评价东方文学，给东方文学以应有的地位。

三　如何正确评价东方文学

我们中国人讲的东方文学，不包括我们中国文学在内。但从世界文学的角度来看，应该包括中国文学。因此，我们对东方文学作出总的评价时，一定要把中国文学的成就包括在内，否则，就不可能对东方文学作出正确的评价来。

在评价东方文学时，我们坚决反对欧洲中心主义以及受其影响的资产阶级学者的错误观点，但是也不能说东方什么事都是世界第一，这也是不符合实际的。国家不论大小，都有自己的优点和缺点，都有自己的创造和不足，都会对人类做出或大或小的贡献，也都要向别的国家和民族学习。这就是历史唯物主义的观点，实事求是的观点。例如鲁迅的《狂人日记》、茅盾的《子夜》和巴金的《家》，日本岛崎藤村的《破戒》等，从形式上说都不是中国或日本的古典文学的继续，而是向西方（包括俄国）文学学习而得来的。但这种学习不是生搬硬套，而是具有新的、伟大的创造。例如鲁迅的《野草》和屠格涅夫的《爱之路——散文诗集》都是散文诗，形式相近。但鲁迅的《野草》不仅思想境界比屠格涅夫的《散文诗》要高，而且艺术性也强多了。比如在屠格涅夫的诗中，有几篇诗《会见》、《我怜悯……》、《当我一个人的时候》，最后都写到坟墓，好像没有任何出路。而鲁迅的《过客》中，老翁虽向过客指示前面是坟，而小女孩却向过客指出前面还有许许多多的野百合花和野蔷薇花。再如泰戈尔的短篇小说，从形式上看也受到欧洲文学，特别是英、法文学的影响，但又有伟大的创新。泰戈尔的短篇小说情节简短，篇幅不长，但容量很大，差不多都像一首诗那样优美动人。他不是简单地学习欧洲文学，而是有自己的独特风格，其艺术性往往超过契诃夫和莫泊桑。这些例子都说明东方近现代文学确实受到西方文学的影响，但又具有自己深厚的民族特点和伟大的创造。

欧洲文学同样也受到东方文学的影响。伊索寓言，薄加丘的《十日谈》，乔叟的《坎特伯雷故事集》，安徒生、格林的童话等，有一些故事同印度的《五卷书》相似。究竟谁受谁的影响，有两种不同的意见。我认为古希腊文学受印度文学影响的可能性更大一些。因为说伊索寓言影响了印度文学的根据不足，而印度文学通过波斯、阿拉伯而影响古希腊和欧洲文学，则有路线可循。

不仅东方的文学对欧洲有影响，东方的哲学对欧洲也有影响。

从东方本身来看，东方各国的文学也是相互影响的。中古时期，东方形成三个文化圈：一是以中国为中心的文化圈；二是以印度为中心的文化圈；三是以阿拉伯为中心的文化圈。这几个文化圈之间也是相互学习、相互影响的。

总之，在评价东西方文学时，都要实事求是，既不能说东方什么都是第一，也不能妄自菲薄，更不能容忍欧洲中心主义者对东方文学的歪曲。

四　怎样才能学好东方文学

东方文学是否算作一门独立的学科？这有不同看法。我们应该承认这是一门独立的学科。要搞好国别文学的研究工作比较好办一点；搞东方文学的教学和研究工作，则范围太大了，不容易搞好。但只要决心搞，还是可以做出成绩的。在座的一百多位同志中，大部分是三十岁左右的青年同志，是否有志于一辈子从事东方文学的教学和研究工作？我看应该下这个决心，应该为发展我国的东方文学研究和教学工作，贡献我们的一生。这是值得的，也是光荣的事业，而且一定会做出成就。如何才能学好东方文学？我在这里提出几点意见，供同志们参考：

第一，希望有志于从事东方文学工作的同志，在广泛了解和掌握东方各国文学概况的基础上，重点学习一个国家的文学，掌握这个国家的语言。平均使用力量，什么国家都搞一点，都不深入。但也只有比较宽广的基础，才有可能重点搞好一个国家文学的研究。这两者是相辅相成的。

第二，要加强对文艺理论的研究。我们有些研究国别文学的同志，研究水平老提不高，搞了二十多年，写出来的文章还是那样，了无进步。我看关键在于文艺理论水平不高。因此，加强马列主义理论和文艺理论的学习，十分重要。我指的理论有四个部分：（一）要加强对马列主义和毛泽东文艺思想的学习，这是第一重要的工作。（二）学习西方的文艺理论。从古希腊到现在，西方已总结了一整套的文艺理论。要好好学习莱辛、歌德、席勒、菲尔丁、雨果、巴尔扎克和高尔基等大作家关于文学的论述，也要看一看卢卡契的文章。他们的意见我们不一定都接受，但多看看，很有好处。朱光潜先生编写的《西方美学史》是一部很好的著作，大家要好好读一读。我在清华大学念书时，学的是西洋文学系，许多课程差不多都忘了，但听朱先生讲的西方美学史，至今没有忘记。（三）要学习中国的文艺理论。中国的文艺理论十分丰富，在世界文论中可以说是独树一帜。关于中国的文艺理论，可以读郭绍虞先生编写的《中国文学批评史》。近代学者王国维的《人间词话》（1908 年），也是一部值得参考的美学著作。但中国古代的文艺理论存在一个问题，就是不大容易说清楚。如常用的“神韵”等词，就不大好理解。如有的著作中对孟浩然诗作的评价是：“自然浑成，而意境清迥，韵致流溢。”对韦应物的评价是：“风格婉丽，立调流美。”对骆宾王的评价是：“格高韵美，词华朗耀。”对张九龄的评价是：“缠绵超旷，各有独至。”“情致深婉，蕴藉自然。”这些古典用语，其意究竟何在？谁都难以说清楚。要译成现代的语文，用今天的科学语言来解释一下，就难了。如果要译成外文，则更难了。这是需要我们研究工作者解决的一个重大难题。(四)要学习东方国家的文艺理论。有的东方国家的文艺理论(如印度),也存在一个说不清楚的问题,同样需要用今天的科学语言去解释。

第三,要注意提高汉文的修养。有的同志写文章,别字连篇,病句很多,我劝青年同志们买一本新华字典放在案头,随时查一查。我今年七十多岁了,也经常查字典。我并不以此为丑,因为汉字太复杂了,要完全驾驭它,真不容易啊。

第四,希望研究东方文学时,要找出其内在的规律性来。研究任何一门学科,都要找出它的规律性。研究东方文学,也是如此。作为一门独立的学科,必然有其内在的联系和规律可循。东方文学在我国是一门年轻的学科,要掌握其规律还需要有一个探索的过程。如果我们的马列主义水平和文艺理论的修养深厚一些,只要我们肯钻研,勇于探索,是可以找出东方文学的规律来的。只有找出它的规律,东方文学才能真正成为一门具有独立体系的学科。

举办这次东方文学讲习班是很有意义的,它将为我国的东方文学研究事业的发展,创造一个良好的条件。我相信,在座的同志中,一定将会有人为东方文学事业做出巨大的贡献。我们的事业后继有人,前途无限。

关于开展敦煌吐鲁番学研究及人才培养的初步意见

粉碎“四人帮”以来，我们敦煌、吐鲁番学的研究又进入一个新的阶段，取得了显著的成绩。但是，我们也必须看到，我们在某一些方面，同其他一些国家比较起来，还有相当大的差距。俗话说：“冰冻三尺，非一日之寒。”造成这样的局面，由来已久。现在全国有关学者都有决心改变这个局面，大家都同意团结协作、振兴中华这个精神。因此，我们都有信心，发愤图强，急起直追，一定能够改变这种局面。

对于开展敦煌、吐鲁番学研究及人才培养，有一些想法写在下面，供同志们参考，请同志们指正。

一　编目

（一）编制文献目录

1. 国内主要研究单位已入藏的敦煌写卷的胶卷、冲洗照片的目录

2. 国内主要研究单位所藏敦煌吐鲁番学书籍刊物的联合目录

编制这两种目录的目的在于使大家了解文献的收存情况，既便于互通有无，又便于今后采购、添置尚缺文献。有些文献急待添购，特别是欧洲出版的某些原写卷的刊布物，例如，1939 年，德国莱比锡的 Zentralantiquariat 将 F. W. K. Müller，A. von Le Coq，

W. Bang，A. von Gabain，R. R. Arat 研究吐鲁番回鹘文献的作品集中再版，极便检阅。又，近年来，东德的 G. Hazai，M. Zieme 陆续刊布吐鲁番回鹘文原件；法国的 J. Hamilton 准备刊布敦煌的回鹘文献；1980 年起，法国开始刊布伯希和的《笔记》（*Carnet de notes*），其第一卷内容为伯希和编号敦煌第 1—30 洞的榜题、题款等。另外，西方转写、翻译和阗文献的著作（H. W. Bailey，R. Emmerick 等），研究塞语的学者（如 W. B. Henning）的论文集，近年来西德哥廷根大学和科学院出版的有关吐鲁番梵文佛典的字典和著作等等，也应尽早购齐。

（二）编制敦煌吐鲁番遗书、文物总目

1. 搜集国内已出各种文书续目

2. 编译英、法、俄、日等国已出各种目录

台湾中国文化学院已着手编译英国翟理斯的《伦敦所藏汉文敦煌卷子目录》，并在此基础上重编《伦敦所藏汉文敦煌卷子解题目录》，我们应从更大规模上进行这一工作。

3. 在王重民先生主编的《敦煌遗书总目》基础上重编《敦煌吐鲁番遗书总目》

4. 敦煌吐鲁番遗书目录

5. 汇编敦煌吐鲁番出土的丝织品、幡幢、绘画目录

第一步是从已出版之中、日、西文书刊中辑录。

二　网罗散失

（一）伯希和所摄敦煌石窟照片

法人 R. Jera-Bezard 拟对 1924 年刊布的伯希和的六卷本《敦煌

石窟》一书中数百帧照片重新加工

（二）巴黎集美博物馆、伦敦大英博物馆、Queen Victoria & Prince Albert 博物馆、印度新德里国立博物馆、柏林国立博物馆等所藏幡幢、丝织品、绘画照片

可先从已出版的书刊中积累。

（三）东德、法国已发表和即将发表的吐鲁番回鹘文写卷照片

（四）国外已发表的和阗文、粟特文、藏文等语种的原写卷照片

（五）斯坦因、斯文赫定、勒寇克、格伦维德尔、大谷探查队等劫走的吐鲁番等地的其他实物照片

三　科研

谈到科研工作，我只想在这里提出两点，供同志们参考。第一，一定要了解世界各国以及国内各单位研究情况。要扩大视野，扩大知识面。在选定一个题目以后，一定要尽可能地搜集这方面的文献，包括其他学者的研究成果，只有在这个基础上，才能有的放矢，达到创新的目的。第二，对国外学者的研究成果，要客观地实事求是地予以评价。外国的个别学者盛气凌人，大言不惭。但有时候把中国古典文献句读点错，证明他们也不过是“银样镴枪头”，“泥足巨人”。尽管这样，他们的研究工作如果确有真知灼见，我们也决不抹煞。

在科研中，我想特别提出一个课题，就是文物保护的问题。这可能牵涉到一些科技问题。比如对壁画的保护问题，至今也并没能解决，我们中国学者有责任在这方面进行探讨。

四 人才培养

小平同志高瞻远瞩，多次讲到人才培养的重要。这是很有远见的。而我们眼前科研工作者队伍的情况是一个倒三角形。老的专家最多，中年次之，年轻的同志最少。要想改变这种状况，就要努力培养人才。

培养人才的途径是多种多样的。在大学里设置有关敦煌、吐鲁番的专业，招收这方面的研究生。这是一个途径。此外还可以举办各种类型的、期限不同的讲习班，这也是一个有效的办法。杭州大学等单位已经这样做了。

从事敦煌、吐鲁番学的研究工作，需要多方面的知识，我在这里想提出一个我认为是我们的薄弱环节的事实，这就是，我们对新疆古代语言文字的研究基础太差，有一些语言，我们有少数的专家，有一些简直就是空白点，比如古和阗语、窣利语、佉卢文书写的尼雅俗语等等。我们应当尽快填补这个空白，否则认真的研究就很难谈得上。

培养民族科研工作者，比如新疆各族以及藏族，更是刻不容缓的任务。许多重要文物以及文献资料都保存在这几个地区。把这几个地区的学者，特别是青年学者，吸引来参加敦煌吐鲁番学（其中应该包括西藏保存的贝叶经），是会有利于这门学科的发展的。

五 人才交流

现在，一方面我们感到人才太少；另一方面却又积压人才。有的同志说，这是“人才的集体所有制”。我们必须改变这种局面，使得人尽其才，才尽其用。改变的途径就是人才交流。

我们希望大学与大学之间拆掉篱笆，我们也希望大学与科研单位之间拆掉篱笆，大家可以互通有无，让自己的专家学者到外地、外单位去讲学，去工作一段时间，特别是到边疆地带，比如说到敦煌、到新疆，限定期限，签订协议书。工作完了，仍回原单位。如果有人愿意留在那里，人才接受单位当然会欢迎的。人才所有单位，也不要阻拦，大家都应该有一个全国一盘棋的观点。

六　出版工作

（一）发挥我国所长，刊布文书原件，出版图谱、资料集等

1.《敦煌石窟》第1—？册

2. 雕塑图录

3. 绘画图录（佛像画、佛本生、因缘、佛传画、经变画、佛教史迹壁画、供养人画像及其榜题、结衔等）

4. 乐舞资料集

5.《吐鲁番出土文物》第1—10册

6.《吐鲁番古冢遗物》第1—10册

7.《吐鲁番晋—唐古墓发掘报告》

8.《吐鲁番出土文书》已完成三册，计划出版十册

9.《吐鲁番出土织品》

10.《吐鲁番出土艺术品》

11.《吐鲁番出土墓志》

12. 在汉文典籍方面，应以专题分类的形式编辑出版，如

① 儒家经书（全集，可分多册）

② 唐及唐代以前的历代史书（全集，可分二册）

③ 唐代法制文书（律、令、格、式和判）（全集，可分为二册）

④ 唐代地志（全集，可分二册）

⑤ 唐代官府文书（全集，可分二册）

⑥ 北朝和唐代的户籍簿、计帐、差科簿（全集，可分三册）

⑦ 唐和五代的各种契约（全集，可分二册）

⑧ 唐代屯田营田文书（全集，可分二册）

⑨ 天文、历、算、医学（全集，可分三册）

⑩ 书仪（全集，可分四册）

⑪ 文字、音韵（全集，可分三册）

⑫ 类书（全集，可分四册）

⑬ 太公家教、兔园策府等（全集，可分二册）

⑭ 各种转贴、社约（全集，可分四册）

⑮ 寺院文书（全集，可出四册）

⑯ 吐蕃统治敦煌时期的文书（全集，可分二册）

⑰ 归义军时期的文书（全集，可分四册）

⑱ 历代文集（全集，可分多册）

⑲ 历代诗集（全集，可分多册）

⑳ 佛经（选集，可出多册）

㉑ 老子、庄子、文子、列子、抱朴子（全集，可出三册）

㉒ 道经（全集，可出二册）

（二）进行多方面的研究，出版论文集、专著等

1. 配合出版吐鲁番文书，出版吐鲁番文集

2. 阿斯塔那古冢研究

3. 中亚，新疆、敦煌及内地石窟寺的比较研究，典型洞窟的综合考察和研究，石窟的断代

4. 中亚、新疆、敦煌出土的丝织品研究

5. 碑铭研究

6. 敦煌吐鲁番雕塑（佛像之外包括华盖、佛像冕服等）绘画（壁画、屏风画、绢画、纸画、白描等）及其主题、图像、技巧等的研究

7. 石窟建筑（包括佛龛、台座、禅窟等）

8. 图案与纹饰研究

9. 乐舞研究

10. 书法研究

11. 汉文典籍研究（儒家典籍、史籍、地志、类书、书仪、训蒙书、讲唱文学、韵文〔包括长短歌咏、押座文、瓒倡、邈真赞、曲子词等等〕，通俗诗文、敦煌俗语俗字、韵书等等。）

12. 敦煌石室经卷中未入佛藏著述（逸经、伪经、疑似经、杂经等等。）

13. 敦煌的译经和经疏

14. 敦煌佛教人物研究

15. 敦煌的禅宗和汉藏文禅宗文献研究

16. 敦煌吐鲁番地区佛教研究

17. 敦煌吐鲁番地区其他宗教研究

18. 敦煌的道教文献

19. 从敦煌吐鲁番地区的宗教看中外文化交流

20. 敦煌吐鲁番官私文书研究（诏敕、律令格式、告身、牒

文、诉状、判辞、公验、过所、上表文、契等）

21. 敦煌吐鲁番经济社会文书研究（手实、户籍、计帐、田簿、税役、兵役文书、车马坊文书、社司转贴、杂斋文等）

22. 敦煌吐鲁番的寺院组织和寺院经济

23. 河西史地、敦煌史地、吐鲁番史地研究

24. 河西、吐鲁番地区的民族史

25. 敦煌吐鲁番地区出土的民族文字、语言研究（目前有条件的，先组织人力，着手进行。如回鹘文和吐火罗文A（焉耆文）的《弥勒会见记剧本》等等）

26. 中西交通史上的敦煌、吐鲁番

27. 敦煌吐鲁番地区的天文历算之学

28. 敦煌所见早期印刷品

29. 敦煌吐鲁番的纸

30. 见于汉、藏、和阗语文献的医学与本草

31.《吐鲁番—古高昌文化》

（三）出版定期学术刊物

七　机构设置、经费补助

敦煌学研究，已设有敦煌文物研究所，许多大学也设置了不同形式的机构。但对于吐鲁番学的研究，则至今尚无适当的机构。

（一）建立全国吐鲁番学图书资料中心

解放前，吐鲁番出土的文物，尤其是大批文书（包括汉文和回鹘文等）流散到国外，现在得知汉文文书主要在日本，回鹘文书则分散在德国。我们建议，在北京和新疆两地建立吐鲁番学图

书资料中心。由北京图书馆或北京大学中国中古史研究中心和新疆社会科学院拨出专款建立《吐鲁番文书特别库藏》：1. 采取各种措施、途径搜集、复制流散在德国和日本等地的全部吐鲁番出土的文书原件，制成缩微胶卷、照片。2. 搜集、复制国内各文物博物单位保存的全部吐鲁番出土文书原件，制成缩微胶卷、照片。也可先编出文书目录。3. 搜集、复制国外有关吐鲁番学研究已出版的专著、期刊、论文、报告等图书资料。先编制书目，以为全国从事吐鲁番学研究工作者提供资料和条件。

（二）创造条件，成立吐鲁番学研究机构

吐鲁番古文化群，是吐鲁番学研究工作的一批十分宝贵的完整的科学资料。但一百多年来，自然和人为的因素，使得吐鲁番地区的古迹遭到十分严重的破坏，有的古城已完全破坏。因此在吐鲁番地区急需要建立吐鲁番文物考古研究机构，负责全面的保护工作，并有领导有计划地组织专业力量开展考察研究工作。

当前，我们建议可先在全国文物管理委员会下对吐鲁番地区的全国重点文物保护单位，设立专门委员会。具体建议由文物局、中国社会科学院考古研究所从北京、新疆物色从事考古、文物、古建等专业人员，志愿去吐鲁番从事文物考古工作，组成：高昌故城保护管理委员会、交河故城保护管理委员会、伯孜克里石窟保护管理委员会等。委员会的任务是：1. 坚决认真贯彻国家文物法令，严厉制止各种破坏行为。2. 由文物局拨专款解决农民在高昌故城内开荒种地的问题，购下高昌故城内全部土地，围绕高昌故城修建土坯围墙，有计划有管理地适当开放故城展览点。3. 在专业委员会下设科学研究组，开展对故城的科学研究工作。首先对全城石窟进行全面测绘、航拍全城石窟照片，取得故城和石窟的全貌资料；然后将故城划分成若干个区，提出分区进行清理的意见和方案，报请全国文物管理委员会批准同意后，才开始工作。

4. 故城的保护修复工作，是一项极其严肃的科学研究工作，要坚决制止任何违反科学的修复工作，要防止古迹修复工作中的现代化倾向。修复工作开始以前，要先提出修复的工程方案，经全国文物管理委员会审查批准后，方能动工。

八 指导思想

为了把以上七项工作做好，还有一个最重要的条件，就是必须以马列主义为指导思想。我们是社会主义国家，做什么事都应以马列主义为指导，这本是天经地义的事。但是由于种种原因，目前社会科学界出现了一种轻视马列主义理论的倾向，好像马列主义理论现在不那么行时了。这是不利于科学研究工作的。同时，还有另一种倾向，就是抹煞考证在研究、整理古代典籍中的作用。个别学者粗枝大叶，引用资料不加考证，真伪不辨，来源不明。这样得出来的结论，不管用什么理论的花环来装饰，也是靠不住的，经不起推敲的。我们一定要认真细致地甄别资料。清代汉学家所使用的方法，外国学者所使用的某些方法，只要有用，我们都可以使用。在这样的基础上，再运用马列主义的立场、观点、方法来驾驭资料，这样得出的结论就比较可靠。只有这样，才能开创出具有中国特色的敦煌、吐鲁番学，为振兴中华贡献我们能贡献的力量。

1983 年 6 月

东方文学

东方文学，顾名思义，就是东方的文学。但“东方”这个词儿的含义，却并不十分固定。从地理上来看，应该指的是亚洲。但是多少年来又搀入了政治含义，“东风压倒西风”，好像又指的是被压迫、被剥削的国家。不管怎样，根据上面两个标准，东方文学大体上指的是亚洲和北非说阿拉伯语国家的文学。它是同欧美等西方文学相对而言的。

这样一个含义，就决定了东方文学的特点。世界上不管哪一个国家的文学，都会有文学的共同性，这是不言而喻的，但是它们也各有特殊性。在历史上，东方各国人民都对人类的共同文化宝库有所贡献。但这并不否定某些国家对别的国家影响大一些。有的人称之为“文化圈”。不管这个名词儿正确与否，这种现象是有的。在东方，这样的“文化圈”可以说是有三个：中国、印度、阿拉伯伊朗伊斯兰。东方国家，有自己的传统，这是主。同时也受到这些文化圈的影响，这是辅。

自从西方殖民主义东来，东方国家不同程度地受到剥削和压迫。这种情况必然反映到文学创作上来。在最近一百多年以来，东方文学一个很重要的主题就是：一方面反对外来的殖民主义，一方面反对本国的封建主义。这样形成了的特殊性是西方文学所没有的。

这样一个特点就决定了东方文学对我们有特别重要的意义。

近代史开始以来，中国人民在反对殖民主义、帝国主义方面，就同东方其他国家的人民息息相通，互相同情，互相支援。到了今天，全国人民正在中国共产党的领导之下，意气风发、斗志昂扬地建设四个现代化。我们更需要加强同其他国家，特别是东方国家人民的友谊与了解，来保卫世界和平，而要做到这一点，就必须在更大的规模上，对东方各国人民的生活习惯、思想状况有进一步亲切的了解。怎么去了解呢？十亿人民都到国外去，是不可能的。退而求其次，就用得着文学作品。

除了政治上的考虑之外，还有学习上的考虑。中国有长达几千年历史的非常光辉灿烂的文学传统，这是宝贵的财富，我们必须加以继承，这是主。此外，我们也必须借鉴外国文学创作，首先当然是东方文学，这是辅。这对我们创造自己的有特色的社会主义新文学会有很大的帮助。有这个借鉴同没有这个借鉴是不相同的。从事文学创作或研究的人大概都会有这方面的感性认识。

但是研究阅读东方文学的意义还不只是这一些。现在全国，全世界也一样，有很多人正在从事一种似新而实老的学科的研究，这就是比较文学。从上一个世纪起，欧洲一些国家已经开始研究比较文学。近几十年来，简直可以说是风靡全球。最近几年，我们中国对比较文学的兴趣也发展很快，青年学生对此更表现出极大的兴趣。过去已经有一些外国学者表示一定要把东方文学纳入世界比较文学的轨道上，否则比较文学是不会有什么前途的。他们高呼要成立比较文学的东方学派，其中也包括中国学派，我认为这种想法是非常有道理的。过去是用西方文学同西方文学比，其局限性是明显的。一加入东方文学，则目光顿时扩大，倘若坚持下去，则比较文学必然大放异彩。

想要完成这一件工作，阅读和研究东方文学是绝对不可缺少的。有了东方文学的知识，无论进行东方文学与西方文学的比较，还是进行东方国家之间的文学的比较，都能够做到游刃有余，得心应手，这是可以肯定的。

1983年6月

敦煌舞发展前途无量

首先要声明，我是一个典型的舞盲，我曾在欧洲看了十年芭蕾舞，又曾看过几十年的印度各派的舞蹈。但是，我应该承认，除了欣赏其中一些美丽的动作以外，对其内容和意义，我都有点丈二和尚，摸不着头脑。因此，几十年来，正如我安心做一个乐盲那样，我安心做一个舞盲。“朽木不可雕也”，对于舞蹈，我确实是一块朽木，又有什么办法呢！

但是，我这次到了兰州，参加中国敦煌吐鲁番学会成立大会和1983年全国敦煌学术讨论会，看了两次舞蹈：一次是甘肃省歌舞团演出的《丝路花雨》，一次是甘肃省艺校演出的敦煌舞基本训练和舞蹈小品的汇报。我意外地得到了极大的艺术享受，仿佛一声狮子吼，我心中豁然开朗！我这个舞盲似乎要睁开眼睛了。

中国古文化的瑰宝敦煌我是去过的。但是我欣赏的只是那些瑰奇多彩的壁画，雄伟壮丽的雕塑。我认为，壁画永远就是壁画，雕塑永远就是雕塑，我从来也没有想到怎样发展，怎样利用敦煌的壁画和雕塑。我知识范围的狭窄和眼界的短浅，决定了我只能想到这个程度，是强求不得的。

但是《丝路花雨》和敦煌舞基本训练汇报却明确无误地告诉我，敦煌壁画中的舞蹈姿态，可以发展成为五彩缤纷的舞剧和舞蹈小品。《丝路花雨》现在已经蜚声全国和全球，受到普遍的热烈的欢迎，推陈出新，发扬了祖国的艺术，为祖国争了光。舞蹈基本训练和一些舞蹈小品，虽然目前还只限于兰州，但是我同其他看过的人都坚决相信，它也一定能走出兰州，走向全国，走向世界，同样推陈出新，发扬祖国艺术，为祖国争光。

这里的推陈出新，比我们平常了解的还颇有所不同，平常讲的是就本门艺术而推陈出新，这里却是从壁画而推陈出新成为舞蹈。换句话说，也就是从不同的艺术部门而推陈出新成另一部门的精品。这样的尝试，过去似乎还没有过。仅仅在这一点上，其意义也是巨大的。

如果我这样理解是正确的话，既然舞蹈能够做到，其他艺术部门为什么就不能做到呢？比如说，音乐。敦煌壁画中有不少的音乐场面，其中的乐器是比较具体的，因而是比较容易理解的。但是乐曲却非常不具体，因而也就非常难以理解。我们在兰州曾听到过古乐谱的破译演奏，尽管对破译结果还有不同的意见，但是我们听起来却有很深的感受。有许多著名的古曲，比如“何满子”、“阳关三叠”、“秦王破阵乐”等等，以前只知其名，现在却能听到其声，真是耳目为之一新。诗、乐、舞自古以来，是三位一体的艺术，后来才分了家。然而乐和舞是怎么也分不开的，古代的许多乐曲本来就是舞曲，所以舞蹈的推陈出新和音乐的推陈出新结合起来，听其声，观其容，不是更加有声有色吗？这些话完全是外行的话。既然想到了，就提出来供内行参考。

还有一些方面，也可以推陈出新，比如建筑、雕塑，这个已有人论述过，我在这里不再赘述。至于衣饰、家具等等，也都可以照此办理的。

现在再回过头来谈舞蹈。我在上面大力赞扬了敦煌舞。是不是说现在编出来的敦煌舞已经是尽善尽美了，用不着再发展了呢？不是的。宇宙间万事万物都是在不断发展的，敦煌舞何独不然？如果允许我这个刚睁开眼的舞盲说几句外行话的话，我就想提出一点意见。中国的艺术，尤其是诗歌，讲求神韵，讲求意境，讲求意在言外，讲求羚羊挂角，无迹可求等等，用一句通俗的话可以说是让人看了有点余味无穷，如食橄榄，不是一吃完就一了百了。敦煌舞能否在推陈出新中，把中国传统艺术中的这些精华吸收进去呢？现在的敦煌舞好像缺少这一点中国味，这不是单纯指舞蹈动作的味，而是在艺术的整体创造上，让人一览无余，缺少含蓄蕴藉的韵味，缺少意境。

我认为，要做到这一点是并不容易的。这需要有多方面的文化修养，决不能一蹴而就。要对全部中国艺术史有比较精深的研究，对中国艺术理论要努力钻研，特别重要的是要对中国诗词有深入的研究，至少要背熟几百首古代诗词，七八十篇中国古文，从古代的名篇中简炼揣摩、含英咀华，体会什么叫神韵，什么叫意境，积之既久，自有所成，用到舞蹈上来，必然有同今天不同的效果。我们万不能专就技术论技术，就结构论结构，以为有了技术就万事俱备。一定要有高于表面上艺术的艺术和高于表面上结构的结构。给观众以更深的、更耐人咀嚼的东西。据我所了解的，现在从事舞蹈工作的一些青年或者中年，所缺少的正是这样的文化修养。如果真是这样的话，那就请有志之士考虑而且采纳我的刍荛之议，应用到敦煌舞的推陈出新上来，看看能产生些什么样的效果。

1983年8月24日兰州—北京车上

《饶宗颐史学论著选》序

饶宗颐教授是著名的历史学家、考古学家、文学家、经学家，又擅长书法、绘画，在中国台湾省、香港，以及英、法、日、美等国家，有极高的声誉和广泛的影响。由于一些原因，在我国大陆，他虽然也享有声誉，他的论著也常常散见于许多学术刊物上，而且越来越多；但是他的著作还没有在大陆上单独出版过，因而限制了大陆学人对饶先生学术造诣的了解。这不能不说是一件令人十分遗憾的事。现在应中山大学胡守为教授之请，饶先生自己编选了这一部《饶宗颐史学论著选》，准备在大陆上出版，这真是史坛佳活，大陆学人会热烈欢迎，这是毫无疑问的。

完全出我意料之外，饶先生表示希望我能为他的选集写一篇序言。我毫不迟疑地答应了下来，并不是因为我自认有这能力，我的能力是不够的，而是因为我认为这是一个光荣的任务和职责。同声相应，同气相求，古人对此，早有明训。大陆和大陆以外的同行们是应该相应、应该相求的。这对繁荣学术、交流感情，会有很大的裨益。更何况是像饶宗颐教授这样一个著作等身的学者呢？几年以前，饶先生把自己的大著《选堂集林·史林》三巨册寄给了我。我仔细阅读了其中的文章，学到了很多东西。在大陆上的同行中，我也许是读饶先生的学术论著比较多的。因此，由我来用序言的形式介绍一下饶先生的生平和学术造诣，可能是比较恰当的。中国有两句古话："桃李不言，下自成蹊。"即使我不介绍，饶先生的学术成果，一旦在大陆上刊布，自然会得到知音。但是，介绍一下难道不会比不介绍更好一点吗？在这样的考虑下，我不避佛头著粪之讥，就毅然答应写这一篇序言。

我首先想介绍一下饶先生的生平。

饶宗颐，字固庵，号选堂，1917 年 6 月生于广东省潮安县。幼承家学，自学成家。自十八岁起，即崭然见头角。此后在将近五十年的漫长的岁月中，在学术探讨的许多领域里做出了显著的成绩，至今不衰。为了醒目起见，我在下面列一个年表：

1935 年—1937 年	中山大学广东通志馆纂修，共三年
1944 年—1945 年	无锡国专（迁广西时）教授
1946 年	广东文理学院教授
1947 年—1948 年	汕头南华大学文史系主任教授，兼潮州志总编纂
1948 年	广东省文献委员会委员
1952 年—1968 年	香港大学中文系讲师——教授，共十六年
其间，1963 年	在印度班达伽（Bhandarkar）东方研究所研究
1968 年—1973 年	新加坡国立大学中文系首任教授兼系主任，共五年
其间，1970 年—1971 年	美国耶鲁大学客座教授
1972 年—1973 年	台湾中央研究院历史语言研究所研究教授，共五个月
1973 年—1978 年	香港中文大学中文系教授，系主任

1978 年 9 月退休

1978 年—1979 年　法国高等研究院（L'école Pratique des Hautes Études）第五组宗教部门客座教授，共一年

1980 年　日本京都大学及人文科学研究所客座教授，共四个月

现为香港中文大学名誉教授（中文系）及艺术系荣誉教授。香港大学名誉文学博士。1962 年，获法国儒莲汉学奖（Prix Stanislas Julien，Académie des Inscriptions et Belles Lettres），又曾为法国科学中心（C. N. R. S）、远东学院（EFEO）研究员。1980 年，被选为法京亚洲学会（Société Asiatique）荣誉会员。

现在介绍饶先生的著作。著作涉及的面很广。根据饶先生自己的归纳，分为八个门类：

一、敦煌学

1. 《敦煌本老子想尔注校笺》，香港，1956 年。

2. 《敦煌曲》，与 Paul Demiéville 教授合著，法国科学中心印，1971 年《敦煌曲订补》史语所集刊。

3. 《敦煌白画》，法国远东学院考古学丛刊，1978 年。

4. 《敦煌书法丛刊》，日本二玄社印，共二十九册，已出十册，1983 年。

5. 《敦煌本文选》。

二、甲骨学

1. 《殷代贞卜人物通考》，香港大学出版社，1959 年。

2. 《巴黎所见甲骨录》，香港，1957 年。

3.《欧美亚所见甲骨录存》，新加坡，1970年。

三、词学

1.《词籍考》，香港大学出版社，1963年。北京中华书局重印增订本在排印中。

2.《全明词》（稿），已交中华书局编辑部，正在补苴国内资料。

四、史学

1.《选堂集林》，香港中华书局，1982年。

2.《中国史学上之正统论》，香港龙门书局，1977年。

3.《潮州志汇编》，香港龙门书局，1965年。

4.《九龙与宋季史料》，香港，1959年。

五、目录学

1.《潮州艺文志》，《岭南学报专号》共二期（第四卷第四期，1935年及第六卷第二、三期合刊，1937年），又《潮州志》本。

2.《香港大学冯平山图书馆善本书录》，香港龙门书局，1970年。

六、楚辞学

1.《楚辞地理考》，上海商务印书馆，1946年。

2.《楚辞书录》，香港，1956年。

3.《楚辞与词曲音乐》，香港，1958年。

七、考古学、金石学

1.《韩江流域史前遗址及其文化》（收入《选堂集林》），香港，1950年。

2.《唐宋墓志》（法国远东学院藏拓本），香港中文大学与法国远东学院合印，1981 年。

3.《云梦秦简日书研究》，香港中文大学考古艺术中心专刊，1983 年。

4.《曾侯乙墓钟磬铭辞研究》，同上，排印中。

5.《楚帛书》（考证现存美国之 Chú Silk Manuscript），香港中华书局，排印中。

6.《星马华文碑刻系年》（收入《选堂集林》），新加坡，1972 年。

八、书画

1.《黄公望及其富春山图》，香港中文大学文物馆专刊，1977 年。

2.《虚白斋书画录》，日本东京二玄社，1983 年。

从上面这个著作表中可以看出，饶宗颐教授的学术研究涉及范围很广，真可以说是学富五车，著作等身。要想对这样浩瀚的著作排比归纳，提要钩玄，加以评介，确非易事，实为我能力所不逮。因此，我只能谈一点自己的看法，而且主要是根据本书中所选的论文，只在十分必要时，才偶尔超出这个范围。

从世界各国学术发展的历史来看，进行学术探讨，决不能固步自封，抱残守缺，而是必须随时应用新观点，使用新材料，提出新问题，摸索新方法。只有这样，学术研究这一条长河才能流动不息，永远奔流向前。讨论饶先生的学术论著，我就想从这个观点出发。我想从清末开始的近一百多年来的学术思潮谈起。先引一段梁启超的话：

> 自乾隆后边徼多事，嘉道间学者渐留意西北边新疆、青海、西藏、蒙古诸地理，而徐松、张穆、何秋涛最名家。松有《西域水道记》、《汉书西域传补注》、《新疆识略》，穆有《蒙古游牧记》，秋涛有《朔方备乘》，渐引起研究元史的兴味。至晚清尤盛。外国地理，自徐继畬著《瀛环志略》，魏源著《海国图志》，开始端绪，而其后竟不光大。近人丁谦于各史外夷传及《穆天子传》、《佛国记》、《大唐西域记》诸古籍，皆博加考证，成书二十余种，颇精瞻。(《清代学术概论》)

梁启超接着又谈到金石学、校勘、辑佚等等。其中西北史地之学是清代后期一门新兴的学科；在中国学术史上，这是一个新动向，值得特别重视。金石学等学问，虽然古已有之，但此时更为繁荣，也可以说是属于新兴学科的范畴。这时候之所以有这样多的新兴学科崛起，特别是西北史地之学的兴起，原因是多种多样的。赵瓯北的诗句“江山代有才人出，各领风骚数百年”，应用到学术研究上，也是适当的。世界各国的学术，都不能一成不变。清代后期，地不爱宝，新材料屡屡出现。学人的视野逐渐扩大。再加上政治经济的需要，大大地推动了学术的发展。新兴学科于是就蓬蓬勃勃地繁荣起来。

下面再引一段王国维的话：

> 古来新学问之起，大都由于新发见之赐。有孔子壁中书之发见，而后有汉以来古文家之学。有赵宋时古器

之出土，而后有宋以来古器物古文字之学。惟晋时汲冢竹书出土后，因永嘉之乱，故其结果不甚显著，然如杜预之注《左传》，郭璞之注《山海经》，皆曾引用其说，而竹书纪年所记禹、益、伊尹事迹，至今遂成为中国史学上之重大问题。然则中国书本上之学问，有赖于地底之发见者，固不自今日始也。（《女师大学术季刊》，第一卷，第四期，附录一：《近三十年中国学问上之新发见》，王国维讲，方壮猷记注）

这里讲的就是我在上面说的那个意思。王国维把“新发见”归纳为五类：一、殷墟甲骨；二、汉晋木简；三、敦煌写经；四、内阁档案；五、外族文字。我觉得，王静安先生对中国学术史的总结，是实事求是的，是正确的。

近百年以来，在中国学术史上，是一个空前的大转变时期，一个空前的大繁荣时期。处在这个伟大历史时期的学者们，并不是每一个人都意识到这种情况，也并不是每一个人都投身于其中。有的学者仍然像过去一样对新时代的特点视而不见，墨守成规，因循守旧，结果是建树甚微。而有的学者则能利用新资料，探讨新问题，结果是创获甚多。陈寅恪先生说：

一时代之学术，必有其新材料与新问题。取用此材料，以研求问题，则为此时代学术之新潮流。治学之士，得预于此潮流者，谓之预流（借用佛教初果之名）。其未得预者，谓之未入流。此古今学术史之通义，非彼闭门

> 造车之徒，所能同喻者也。（《陈垣燉煌劫余录序》，见《金明馆丛稿二编》，上海古籍出版社1980年版。）

陈先生借用的佛教名词“预流”，是一个非常生动、非常形象的名词。根据这个标准，我们可以说，王静安先生是得到预流果的，陈援庵先生是得到预流果的，陈寅恪先生也是得到预流果的，近代许多中国学者都得到了预流果。从饶宗颐先生的全部学术论著来看，我可以肯定地说，他也已得到了预流果。

我认为，评介饶宗颐教授的学术成就，必须从这一点开始。

谈到对饶先生学术造就的具体阐述和细致分析，我想再借用陈寅恪先生对王静安先生学术评介的几句话。陈先生说：

> 然详绎遗书，其学术内容及治学方法，殆可举三目以概括之者。一曰取地下之实物与纸上之遗文互相释证。凡属于考古学及上古史之作，如殷卜辞中所见先公先王考及鬼方昆夷玁狁考等是也。二曰取异族之故书与吾国之旧籍互相补正。凡属于辽金元史事及边疆地理之作，如萌古考及元朝秘史之主因亦儿坚考等是也。三曰取外来之观念与固有之材料互相参证。凡属于文艺批评及小说戏曲之作，如红楼梦评论及宋元戏曲考唐宋大曲考等是也。此三类之著作，其学术性质固有异同，所用方法亦不尽符会，要皆足以转移一时之风气，而示来者以轨则。吾国他日文史考据之学，范围纵广，途径纵多，恐亦无以远出三类之外。此先生之书所以为吾国近代学术

界最重要之产物也。(《王静安先生遗书序》，见《金明馆丛稿二编》)

陈先生列举的三目，我看，都可以应用到饶先生身上。我在下面分别加以论述。

一　地下实物与纸上遗文

饶宗颐教授在这方面的成就是非常显著的。一方面，他对中国的纸上遗文非常熟悉，了解得既深且广。另一方面，他非常重视国内的考古发掘工作。每一次有比较重要的文物出土，他立刻就加以探讨研究，以之与纸上遗文相印证。他对国内考古和文物刊物之熟悉，简直达到令人吃惊的程度。即使参观博物馆或者旅游，他也往往是醉翁之意不在酒，而是时时注意对自己的学术探讨有用的东西。地下发掘出来的死东西，到了饶先生笔下，往往变成了活生生的有用之物。再加上他对国外的考古发掘以及研究成果信息灵通，因而能做到左右逢源，指挥若定，研究视野，无限开阔。国内一些偏远地区的学术刊物，往往容易为人们所忽略；而饶先生则无不注意。这一点给我留下了深刻的印象。

把饶先生利用的地下实物归纳起来，约可分为八项：

(一) 古陶；

(二) 甲骨、金文（鼎彝）；

(三) 铁器、丝绸；

(四) 秦汉残简；

(五) 出土写本（缯书、帛书等）；

（六）碑铭；

（七）敦煌卷子；

（八）吐鲁番文书。

我在下面依次谈一谈。

（一）古陶

在《说卍（svastika）——从青海陶文试谈远古羌人文化》一文中，饶先生从青海乐都县柳湾墓地出土的陶器上的花纹符号联想到古代雅利安人旧有的卍符号，又联想到世界其他各地的，特别是美索布达米亚的类似的符号，从而推论其间的关系，并论到古羌人的文化，时有柳暗花明之妙。可能有人对这种推论方法提出怀疑。但是这毕竟能启发人的想象，开阔人的视野。幻想力和联想力对学术探讨有时候是不可缺少的。

（二）甲骨、金文（鼎彝）

在《谈“十干”与“立主”——殷因夏礼的一、二例证》这篇论文中，饶先生利用出土资料，特别是甲骨文，以及古代典籍，比如三国谯周的《古史考》、汉代的《白虎通》等等，还有《礼记》、《史记》等等，来研究夏代文化。在这里，饶先生特别强调甲骨文的重要性。他写道：

> 我们还得把考古遗存同传世文献结合起来进行考察和研究。……值得特别提出的是甲骨文，在甲骨文中有许多关于商代先公先王的记载，在时间上应该属于夏代的范畴，可看作是商人对于夏代情况的实录，比起一般传世文献来要可靠和重要得多，我们必须而且可以从甲

> 骨文中揭示夏代文化的某些内容，这是探索夏文化的一项有意义的工作。总之，我认为探索夏文化必须将田野考古、文献记载和甲骨文的研究三个方面结合起来，即用“三重证据法”（比王国维的“二重证据法”多了一重甲骨文）进行研究，互相抉发和证明。

饶先生的意见同陈寅恪先生的意见是完全一致的。特别值得注意的是他提出的“三重证据法”，虽然王静安先生对甲骨文的研究也是异常注意的。

在《道教原始与楚俗关系初探——楚文化的新认识》这篇论文中，饶先生一方面利用马王堆出土的缯书论证楚地的月名，另一方面又利用许多出土的钟磬铭推测出楚国使用的律名，又利用宁乡出土的人面方鼎，推测出楚地信仰黄老之学由来已久；东汉三张之设鬼道，为人治病请祷，这样的活动秦汉之际楚地已极普遍。饶先生把这一些现象综合起来，探讨了楚文化问题，并指出王国维对楚的地域尽量缩小的做法，是不符合实际情况的。

在本书入选的论文以外，还有许多篇论文利用甲骨文、金文和鼎彝等以阐明历史事实，见《选堂集林·史林》等书，这里不再赘述。

（三）铁器、丝绸

在《道教原始与楚俗关系初探》这一篇论文中，饶先生除了利用上面提到的那一些地下遗物之外，还利用了从长沙一百八十六座战国墓中出土的铁器、从马王堆和江陵马山出土的丝绸，以论证楚文化，从而提出了崭新的见解，解决了一些以前没有解决或者根本没有提出来的问题，我认为，这是有说服力的。

（四）秦汉残简

在利用残简方面，饶先生更显得得心应手。在《唐勒及其佚文》一文中，他利用山东临沂出土的残简《唐革赋》，以及其他一些文献辑出了唐勒的一些佚文。在《汉书》中，唐勒列于宋玉之前，其赋四篇全部佚失。饶先生对唐勒的辑佚工作为楚辞研究提供了新的资料。

在《说零》一文中，饶先生利用了甲骨文、敦煌卷子、《广雅释诂》、《开元占经》等等，论证了中国零字符号与印度等地同一个符号的关系，又利用长沙、信阳竹简及楚缯书研究了零字的形象；在这里，零字的形象〇不是圆形，而是横式长方形。

（五）出土写本（缯书、帛书等）

在《略论马王堆〈易经〉写本》一文中，饶先生把马王堆三号墓所出帛书《易经》与传世本《易经》对照，研究了这一部经典中的许多问题。在《再谈马王堆帛书周易》中，同样提出了，而且解决了一些新的问题。在《五德终始说新探》一文中，他利用了马王堆出土的《老子甲本》后《佚书》探讨了五德终始说的来源问题。五德终始说向来被认为出自驺衍。饶先生则根据研究结果提出了此说实当起于子思的这一个新看法。

（六）碑铭

饶先生在这一方面的创获是非常突出的。他利用碑铭的范围很广，从中国藏碑一直远至法国所藏唐宋墓志，都在他的视野之内。《论敦煌石窟所出三唐拓》一文主要从中国书法史的观点上来研究伯希和携走的三个唐代拓本。在《从石刻论武后之宗教信仰》

一文中，他利用碑铭探讨了武后的信佛问题。几十年以前，陈寅恪先生在他的论文《武曌与佛教》中曾详细探讨过这个问题。他谈的主要是武后母氏家世之信仰和她的政治特殊地位之需要。他指出，武后受其母杨氏之影响而信佛，她以佛教为符谶；他又指出，《大云经》并非伪造；对唐初佛教地位之升降，他作了详细的分析。总之，陈先生引证旧史与近出佚籍，得出了一些新的结论。陈先生学风谨严，为世所重；每一立论，必反复推断，务使细密周详，这是我们都熟悉的。但在《武曌与佛教》这一篇文章中，陈先生没有利用石刻碑铭。饶先生的这一篇文章想补陈先生之不足，他在这里充分利用了石刻。他除了证实了陈先生的一些看法之外，又得出了一些新的看法。他指出，武后在宗教信仰方面一度有大转变，晚年她由佛入道；他又指出，武后有若干涉及宗教性之行动，乃承继高宗之遗轨。陈、饶两先生的文章，各极其妙，相得益彰，使我们对武后这一位“中国历史上最奇特之人物”（陈寅恪先生语）的宗教信仰得到了一个比较完整的了解。

在《法国远东学院藏唐宋墓志引言》一文中，饶先生详细叙述了法京所藏唐宋墓志的情况。他认为，研究这些墓志的字体，有助于敦煌学者以经卷字体为断代标准的想法。在另一方面，他又强调：“墓志可校补世系，与地志、史传、文集参证，史料价值尤高。”无疑这是非常正确的意见。《李郑屋村古墓砖文考释》一文则是饶先生专门探讨九龙古墓中出土的砖文的著作。

（七）敦煌卷子

饶先生对敦煌卷子十分重视，在他的文章中他广泛利用敦煌卷子。我在这里仅仅从选入本书中的文章中挑选几个例证。

在《老子想尔注考略》中，饶先生根据敦煌卷子详细地研究了《想尔注》，并得出结论说，《想尔注》成于张鲁之手，托始于张陵。在《梵文四流母音 ṛṝḷḹ（鲁流庐楼）四字母对中国文学之影响》一文中，他研究了敦煌抄本鸠摩罗什的《通韵》。他追溯了 ṛṝḷḹ 这四个梵文字母在汉文中的各种译法。其中最早的译法是鲁流卢楼，见于《通韵》，以后还有不少不同的译法。这许多不同的译法，表达的音是相同的，它们就成了唐人作佛教赞歌时的和声。宋洪迈《夷坚志乙集》说："能于席上指物题咏、应命辄成者，谓之合生。""合生"是否即"和声"或"合声"的异体呢？不管怎样，自鸠摩罗什时代起，印度悉昙即影响了中国文学，长达八个世纪之久。在《从"睒变"论变文与图绘之关系》一文中，饶先生根据敦煌发现的变文，论述了中外诸家对于"变"字的解释，并提出了自己的看法。《论七曜与十一曜》是饶先生关于天文方面的一篇论文。他利用了许多敦煌卷子，其中有宋初开宝七年（974 年）十二月十一日的批命本子，研究了七曜与十一曜的关系，探讨了屡见于中国载籍的《聿斯经》的内容，阐明了古波斯占星学对中国的影响。《北魏冯熙（？—495）与敦煌写经》一文，是敦煌卷子《杂阿毘昙心经》的一篇跋。饶先生在这一篇论文里搜集了许多关于冯熙的材料，指出这一位北魏的大贵族倾心缮写佛经，《杂阿毘昙心经》是他让人抄写的佛经中的一种，是从外面流人敦煌的。

在许多没有收入本选集的文章中，饶先生也利用了敦煌卷子，比如《选堂集林·史林》中的《穆护歌考》等等都是。请参阅。

（八）吐鲁番文书

饶先生对吐鲁番文书也十分重视。在《说鍮石——吐鲁番文书札记》一文中，他从文书残帐中“归买鍮石”一语的“鍮石”一词出发，追溯了鍮石的梵文原文，以及它在中国文献中出现的情况，从而说明了中外文化的交流。

二　异族故书与吾国旧籍

饶宗颐教授在这方面取得了很大的成绩。这一方面的内容是很丰富的，中外关系的研究基本上也属于这一类。在饶先生的著作中，中外关系的论文占相当大的比重，其中尤以中印文化交流的研究更为突出。我就先谈一谈中印文化交流的问题。有一些涉及中印文化关系的文章，比如说《梵文四流母音 ṛ ṝ ḷ ḹ（鲁流庐楼）四字母对中国文学之影响》等等，上面已经介绍过，这里不再重复。我在这里只谈上面没有谈过的。

在《安荼论（aṇḍa）与吴晋间之宇宙观》一文中，饶先生从三国晋初学者，特别是吴地的学者的“天如鸡子”之说，联想到印度古代婆罗门典籍中之金胎（hiraṇyagarbha）说，并推想二者之间必然有某种联系。中国古代之宇宙论，仅言鸿濛混沌之状，尚未有以某种物象比拟之者。有之，自三国始。汉末吴晋之浑天说以鸡卵比拟宇宙。印度佛经中讲到许多外道，其中之一为安荼论。“安荼”，梵文原文 aṇḍa 之音译，义为鸡卵。他们就主张宇宙好像是鸡子的学说。印度古代许多典籍，比如说梵书、奥义书、大史诗《摩诃婆罗多》等等，都有神卵的说法。估计这种说法传入中国，影响了当时中国的天文学说，从而形成了浑天说。最初宣扬这种学说的多为吴人。这种情况颇值得深思，而且也不难理解。吴地濒海，接受外来思想比较方便，陈寅恪先生的《天师道与滨海地域之关系》，讲的就是这种情况。

《蜀布与cīnapaṭṭa——论早期中、印、缅之交通》是另一篇讨论中印交通史的重要论文。在中印文化交流史上，中、印、缅之交通是一个至关重要的问题。伯希和（Paul Pelliot）、夏光南、李华德（Walter Liebenthal）、桑秀云等中外学者对于这个问题都有专门论著。饶先生在他的这一篇论文中对过去的研究成果都加以分析与评价：肯定其正确的，补充其不足的，纠正其错误的，同时并提出了自己的看法，把对于这个问题的研究提高到一个新的水平。饶先生在论文中触及很多问题。他引证了《政事论》（Arthaśāstra）以及其他印度古籍中出现的cīna（支那、脂那）一词，加以论列，确定其出现的年代。对cīnapaṭṭa一词，他也做出了解释。总之，这是一篇很有启发性的文章，我们从中可以学习很多东西。顺便说一句，文中说："又帛叠一名，应是Paṭṭa的音译。"似可商榷。榊亮三郎《翻译名义大集》5867，paṭṭaḥ（汉）失译（和）彩绢。paṭṭa是丝绢之类的东西，与蚕丝有关。此外，汉译《大般涅槃经》记述佛陀死后，以白叠（帛叠）缠身。梵文原文《大般涅槃经》与此处相当的一句话是kāyo vihataiḥ kārpāsair veṣṭyate，kārpāsa这个字相当于汉文的"白叠"；但此字一般译为"劫贝"，即棉花也，与丝绢无关。法国学者Przyluski也把此字理解为棉布。（见Ernst Waldschmidt，*Die Überlieferung vom Lebensende des Buddha*，AAWG，Phil.—Hist. Kl. Dritte Folge，Nr. 30，1946）

还有一篇有关中印文化交流的重要文章，这就是《华梵经疏体例同异析疑》。中印两国经疏体例多有类似之处，其中必有密切联系。过去章太炎、梁任公、柯凤荪等皆有所论列。近来牟润孙先生亦有专文论述。印度古代婆罗门教之经，语句极简短之能事，非有注疏，义不能明，故经疏往往合刊。最著名的例子就是伟大的语法学家波你尼之经（sūtra）、伽迭耶那之注（vṛtti，vārtika）与帕檀阇利之疏（即《大疏》Mahābhāṣya），三位一体，相为依存。在这一方面，中国肯定也受到了印度的影响。《文心雕龙·论说篇》说："圣哲彝训曰经，述经叙理曰论。"其中似有印度影响。柯凤荪说："义疏之学，昉自释氏。"他看出了问题关键之所在。饶先生在本文中追溯了印度注疏的源流，研究了佛教之经与婆罗门教之经不同之处，指出："以文体论，释氏之所谓'经'，多讲论叙之文，与婆罗门修多罗之为短句奥义，文体迥异。"读饶先生这一篇文章，我们也会得到很多启发。

饶先生论述中印文化关系的文章，不止这三篇。在一些不是专门讨论这个问题的文章中，他也往往谈到中印文化关系。这样的文章，我在上面已经谈到一些，这里不一一列举了。

大家都知道，中印文化交流关系头绪万端。过去中外学者对此已有很多论述。但是，现在看来，还远远未能周详，还有很多空白点有待于填充。特别是在三国至南北朝时期，中印文化交流之频繁、之密切、之深入、之广泛，远远超出我们的想象。在科技交流方面，我们的研究更显得薄弱，好多问题我们基本没有涉及。前几天，我会见了印度国家科学院前执行秘书 Dr. B. V. Subbarayappa，他是著名的化学家，又是蜚声国际的自然科学史专家。他同我谈到了很多中印科技交流的历史，尤其医疗矿物交流的情况。我深深感到，我们在这些方面的知识何等浅陋。我们要做的工作还多得很，我们丝毫也没有理由对目前的成绩感到满意，我们必须继续努力。我们要向饶宗颐教授学习，在中印文化关系史的研究上，开创新局面，取得新成果。

除了中印文化关系以外，饶先生还论述到中国在历史上同许多亚洲国家的关系。《早期中日书法之交流》这一篇论文，讲的是中日在书法方面的交流关系。《说诏》一文讲的是中缅文化关系。《说鍮石》一文讲的是中国同中亚地带的科技交流关系。《阮荷亭往津日记钞本跋》则讲的是中越文化关系。这些论文，同那些探讨中印文化关系的论文一样，都能启发人们的思想，开拓人们的眼界。我在这里不再细谈。

三　外来观念与固有材料

我在这里讲的外来观念是指比较文学，固有材料是指中国古代的文学创作。饶宗颐教授应用了比较文学的方法，探讨中国古代文学的源流，对于我们研究中国古代文学史也有很多启发。

在《〈天问〉文体的源流》一文中，饶先生使用了一个新词“发问文学”，表示一个新的概念。他指出，在中国，从战国以来，随着天文学的发展，“天”的观念有了很大的转变。有些学者对于宇宙现象的形成怀有疑问。屈原的《天问》就是在这样的环境下产生出来的。饶先生又进一步指出，在《天问》以后，“发问文学”在中国文学史上形成了一个支流，历代几乎都有摹拟《天问》的文学作品。饶先生从比较文学的观点上探讨了这个问题。他认为，这种“发问文学”是源远流长的。世界上一些最古老的经典中都可以找到这种文学作品。他引用印度最古经典《梨俱吠陀》中的一些诗歌，以证实他的看法。他还从古伊朗的 Avesta 和《旧约》中引用了一些类似的诗歌，来达到同样的目的。中国的《天问》同这些域外的古经之间是一种什么样的关系呢？苏雪林认为可能有渊源的关系，并引证了印度的《梨俱吠陀》和《旧约》。饶先生似乎是同意这种看法。我自己认为，对于这个问题现在就下结论，似乎是为时尚早。但是，不管怎样，饶先生在这一方面的探讨，是有意义的，有启发的，值得我们认真注意的。

在《汉字与诗学》一文中，饶先生从 Ezra Pound 的一段话出发，讨论了汉字与诗的问题。Ezra Pound 认为，埃及人用象形文字表示声音，而中国则保留了象形文字的象形作用。饶先生的看法是，汉字不仅重形，而且也重声。他研究了最古的汉字和最早用韵的叙事诗，探讨了“骈字”的来源，指出，在诗的构成中骈字是最重要的骨骼。他又研究了单音字与复词的产生和形声字之美学作用。他认为，形符和声符各各引起不同的联想，这对于构成诗的语言有力而方便。他又进一步分析了韵的作用和对偶与声调。在饶先生分析、研究的这些语言现象中，有一些是中国汉字所独具的特点，这些东西对于构成汉诗起决定性的作用。

我觉得，饶先生在本文中提出来的问题，是一个非常重要的问题。前一些时候，我参加了一个座谈会。讨论的中心议题是中国文学的特点，它与外国文学不同之处何在。我个人认为，所谓中国文学的特点应该包括两个方面：内容和形式。内容不大容易说清楚，大体上应该就是表现在共同文化上的共同的心理素质。关于这一点，我一时还说不具体，也许是当局者迷，旁观者清吧！

我现在先引一段德国伟大诗人歌德对于中国文学的看法。歌德说：

> 中国人在思想、行为和情感方面几乎和我们一样，使我们很快就感到他们是我们的同类人，只是在他们那里一切都比我们这里更明朗，更纯洁，也更合乎道德。在他们那里，一切都是可以理解的，平易近人的，没有强烈的情欲和飞腾动荡的诗兴，因此和我写的《赫尔曼与窦绿台》以及英国理查生写的小说有很多类似的地方。他们还有一个特点，人和大自然是生活在一起的。你经常听到金鱼在池子里跳跃，鸟儿在枝头歌唱不停，白天总是阳光灿烂，夜晚也总是月白风清。月亮是经常谈到的，只是月亮不改变自然风景，它和太阳一样明亮。……正是这种在一切方面保持严格的节制，使得中国维持到几千年之久，而且还会长存下去。（朱光潜译《歌德谈话录》第112页）

我决不是说，歌德的话就是真理。但是他说的这番话难道就没有一点值得我们深思，值得我们回味的地方吗？

谈到形式，这比较容易说得具体，说得明白。饶先生在《汉字与诗学》一文中谈的正是这个问题。在这里，关键就是汉字。中国汉文诗的特点与汉字有紧密的联系。就拿韵律作一个例子吧。韵律是世界各国诗歌共有的特点（自由诗除外）。印度梵文诗歌绝大多数是用长短音节来表示韵律，英文诗是用轻重音，中国则用平仄。表示的形式虽然不同；但是根本原理是一致的，这就是，诗歌的节奏必须有高有低，有起有伏，抑扬顿挫，不能平板，不能单调。如果只有一个音，那就成不了音乐。饶先生在他的文章中探讨了一些与诗的形式有关的问题，韵律也在探讨之列。所有这一切都是从汉字这个特点出发的。他虽然没有明确提出要探讨中国文学的特点，中国诗歌的特点；但是他做的工作正是围绕着这个问题进行的。我认为，对中国文学的研究者和欣赏者来说，这个问题是头等重要的问题，也是一个比较复杂的问题，又是一个尚未得到应有的重视的问题。我们应该把这个任务承担起来。

上面我从三方面介绍了饶宗颐教授的学术成就。尽管这三大方面有很大的概括性，但仍不能包容一切。本选集中还有不少的文章是无法归人这三大方面任何一个方面的。我现在也把这一类的文章简略地加以介绍。这些文章约略可以分为六类：

第一类　中国史

《明嘉靖汪本〈史记殷本纪〉跋——兼论殷商之总年》　根据明本的《史记·殷本纪》，探讨了商殷之积年，提出了自己的新看法。

《新莽职官考》　王莽篡位以后，官制复古，创造了一些从古书中抄来的官名。然而名号屡更，苛碎烦赜。饶先生对职官名称和担任这些官职的人，进行了探讨。

《补宋史邓光荐传》　邓光荐宋史无传，饶先生为补之。

第二类　高僧传记

《金赵城藏本〈法显传〉题记》　饶先生在这一篇论文中研究了《法显传》的几个不同的名称。他指出，岑仲勉先生坚持的《佛游天竺记》这个名称，原为胡本，为显师所携来，并不是《法显传》。饶先生进一步又研究了金藏本特异之点。

第三类　人物

第一个是乐产。《史记·封禅书》司马贞《索隐》提到乐产这个名字，但他的生平，向来未详。在《乐产及其著述考》这一篇论文中，饶先生搜索群籍，找到了乐产的片言只句，为我们了解这个人物提供了有用的资料。

第二个是李贽。《藏书》是明代这一位特异的思想家的主要著作。饶先生在《记李贽〈李氏纪传〉》一文中，经过了细致的对勘，确定《李氏纪传》实即未刊刻以前的《藏书》的稿本之一。对李卓吾的研究，这是一个有意义的贡献。

第三个是吴昌硕和沈石友。《缶翁与沈石友信片册跋》考证了二人之间在一段时期内的书信往还，兼及当时流寓上海的一些名流之间的关系。

第四个是刘昉。《钞本刘龙图戏文跋》一文，虽然跋的是戏文，实际上探讨的却是刘昉的生平。

第四类　地志

饶先生不到二十岁即参加中山大学广东通志馆的纂修工作，后又担任潮州志的总编纂。因此，他对地志有湛深的研究，又有丰富的经验。《〈潮州志汇编〉序》是他为元、明、清、民国各种潮州志汇编本写的一篇序。在这里，他研究了历代潮州志的存佚问题，而且确定了相传已佚的郭春震志实未亡佚，为今后编纂更详细的潮州志做出了重要的贡献。还有一篇与地志有关的文章是《港九前代考古杂录》。饶先生根据香港和九龙地区考古资料，探讨了许多地名的地望问题。

第五类　《太平经》

《〈太平经〉与〈说文解字〉》一文探讨了这两部书之间的关系。《说文解字》中有许多不甚可解之说，可于《太平经》中获得解答。许慎有时用阴阳五行之说来解释字源，有人颇以为怪。其实这是东汉学术风气使然，不足诟病。

第六类　《说郛》和《梦溪笔谈》

《〈说郛〉——明嘉靖吴江沈瀚钞本〈说郛〉记略》一文介绍了伯希和等中外学者研究《说郛》的情况。对明沈瀚的钞本进行了分析对比，给以比较高的评价。

《〈梦溪笔谈〉校证一则》一文对沈存中的《梦溪笔谈》中记郑夬谈易一条进行了校证，北宋时《易》学一大公案，即郑夬与邵康节的矛盾问题，得到了澄清。

饶宗颐教授收入本选集文章的主要内容、饶先生的学术成就和治学方法，就介绍到这里为止。我的介绍基本上都是根据这一部选集来做的，很少涉及集外的文章。我的意思是说，饶先生学术论著的精华决不限于本选集；我只根据本选集来做介绍，也难免有其局限性。但是，仅从本选集来看，饶先生治学方面之广，应用材料之博，提出问题之新颖，论证方法之细致，已经能给我们留下深刻的印象，在在给我们以启发。我决不敢说，我的介绍全面而且准确，我只不过是尽上了我的绵薄，提出了一些看法，供读者参考而已。

如果归纳起来说一说的话，我们从饶宗颐教授的学术论著中究竟得到些什么启发、学习些什么东西呢？我在本文的第一部分首先提出来一个重要的问题：进行学术探讨，决不能固步自封，抱残守缺，而必须随时接受新东西。我还引用了陈寅恪先生的“预流果”这一个非常形象的比喻。我在这里再强调一遍：对任何时代任何人来说，“预流”都是非常重要的。我们做什么事情，都要预流，换一句通俗的话来说，就是要跟上时代的步伐。生产、建设，无不有跟上时代的问题。学术研究何能例外？不预流，就会落伍，就会停滞，就会倒退。能预流，就能前进，就能创新，就能生动活泼，就能逸兴遄飞。饶宗颐先生是能预流的，我们首先应该学习他这一点。

预流之后，还有一个掌握材料，运用材料的问题。我们都知道。进行学术研究，掌握材料，越多越好。材料越多，在正确的观点和正确的方法的指导下，从中抽绎出来的结论便越可靠，越接近真理。材料是多种多样的；但是我们往往囿于旧习，片面强调书本材料，文献材料。这样从材料中抽绎出来的结论，就不可避免地带有片面性与狭隘性。我们应该像韩愈《进学解》中所说的那样：“玉札丹砂，赤箭青芝，牛溲马勃，败鼓之皮，俱收并畜，待用无遗。”我在上面已经多次指出，饶先生掌握材料和运用材料，方面很广，种类很多。一些人们容易忽略的东西，到了饶先生笔下，都被派上了用场，有时甚至能给人以化腐朽为神奇之感。这一点，我认为，也是我们应该向饶先生学习的。

中国从前有一句老话：“学海无涯苦作舟”。如果古时候就是这样的话，到了今天，我们更会感到，学海确实是无涯的。从时间上来看，人类历史越来越长，积累的历史资料越来越多。从空间上来看，世界上国与国越来越接近，需要我们学习、研究、探讨、解释的问题越来越多。专就文、史、考古等学科来看，现在真正是地不爱宝，新发现日新月异，新领域层出不穷。今天这里发现新壁画，明天那里发现新洞窟。大片的古墓群，许多地方都有发现。我们研究工作者应接不暇，学术的长河奔流不息。再加上新的科技成果也风起云涌。如今电子计算机已经不仅仅限于科技领域，而是已经闯入人文科学、社会科学的藩篱。我们从事社会科学研究工作的人，再也不能因循守旧，只抓住旧典籍、旧材料不放。我们必须扫除积习，开阔视野，随时掌握新材料，随时吸收新观点，放眼世界，胸怀全球；前进，前进，再前进；创新，创新，再创新。这就是我读本选集以后的主要感想，也是我写这一篇序言的主要用意之所在。愿与海内外志同道合者共勉之。

1984 年 9 月 10 日

时为旧历中秋，诵东坡“但愿人长久，

千里共婵娟”之句，不禁神驰南天。

敦煌学、吐鲁番学在中国文化史上的地位和作用

敦煌学这个名词，第一个使用的是陈寅恪。他在为陈垣的《敦煌劫余录》一书所写的序中说："敦煌学者，今日世界学术之新潮流也。自发见以来，二十余年间，东起日本，西迄英法，诸国学人，各就其治学范围，先后咸有所贡献。"这个名称从此就沿用下来。凡与敦煌石室所发现的文献以及敦煌石窟壁画、雕塑等有关的问题，都是敦煌学研究的对象，这是一门综合性的学科。

吐鲁番学这个名词，是一个新名词。本世纪初起，东西方一些所谓探险家在新疆吐鲁番地区发掘出大量的文献和文物，许多国家的学者从事这方面的研究，取得了显著的成绩。这种学问被称之为吐鲁番学，它也是一门综合性的学科。

我之所以把敦煌学与吐鲁番学合在一起介绍，是因为敦煌和吐鲁番这两个地方都是丝绸之路上的重镇，而丝绸之路又是古代东西文化交流的大动脉，对于它的研究，是当今世界上引起人们注意的学问之一，有极其重要的意义。这一条大动脉像一条红线，把许多地名，比如龟兹、于阗、楼兰等以及我国境外的一些地名连接起来，标志出我国先民和外国商人、僧侣、外交使节等活动的情况以及东西方文化的交光互影。

注重对我国西北文化的研究，在清后期就已经形成为一种历史趋势。要深入研究西北文化和历史，就必须有新的发现和新的

材料。王国维说："自古新学问之起，大都由于新发见之赐。"（《女师大学术季刊》第1卷第4期）陈寅恪也说过："一时代之学术，必有其新材料与新问题。"（《〈敦煌劫余录〉序》）在敦煌和吐鲁番发现的文献和文物，可以说就是王国维和陈寅恪所讲的"新发见"、"新材料"，它在学术研究中占有极其重要的地位，因而形成了敦煌学和吐鲁番学。在长达七八十年的发展过程中，这两门新学问日益显示出蓬勃的活力，绚烂的光彩，产生了多方面的影响。今天，无论在我国，还是在外国，它已经成了一门地地道道的显学。在许多国家，每年都有大量的专著出版。在外国许多大学里，都设有专门讲座讲授这两门学问。敦煌学、吐鲁番学的内容异常丰富，甚至有点庞杂。要笼统地来谈它在中国文化史上的地位和作用，不容易说清楚，不能不从几个方面来加以叙述。

第一，对研究中国历史和地理的价值。在敦煌和吐鲁番（以及新疆其他地区）新发现的史料，给中国丰富的史料增添了异样的光彩，弥补了许多以前意想不到的空白。比如，在唐朝，吐蕃乘安史之乱占领了敦煌，到了大中二年（848年），张议潮驱逐吐蕃镇将，归唐后受赐号为归义军节度使。其后，张氏归义军和曹氏归义军相继统治敦煌地区，大约一直延续到1036年西夏取敦煌。张、曹两家统治敦煌，前后达二百年。这一段历史牵涉到的中国国内民族及民族文化交流的关系，都是过去所不详者，只是靠着敦煌文献的帮助才弄清楚。这些文物和文献，还可以帮助我们了解唐代的政治、经济、社会制度等方面的情况。有关土地制度的文献，使我们知道了均田制实行的细节：一些籍账、差科簿、契约、社司转帖，可以帮助我们了解徭役、兵役制度；许多关于唐律的文书，可以与现存的唐律互证；水部式记载了水利管理条例；许多文书还告诉了我们唐代的烽堠制度、借贷制度、氏族制度、官制及老百姓储粮的情况；还有许多社会史的史料，使我们能够了解唐时的物价，劳动力的价值，僧尼的生活，人民的服饰、食品、游乐情况，以及喜庆宴会、婚丧嫁娶等一些风俗习惯。

中国地理学的研究有极其悠久的历史。唐代是地理知识日趋丰富、地理著作日益增多的一个时代，这种情况也反映在石室藏书上。石室中藏有不少地理佚书，比如《沙州图经》、《西州图经》、《贞元十道录》、《诸道山河地名要略》、《沙州伊州地志》、《敦煌录》、《西天路竞》、《沙州地志》、《释家地志》、《寿昌县地境》、《沙州城土境》等，连著名的玄奘的《大唐西域记》，石室中也藏有残抄本。所有这些地理书，对研究中国中古史地有重要作用。

第二，对研究中国文学艺术的价值。敦煌石室藏书的发现对研究中国文学史的影响，超过其他方面。首先是变文的发现。所谓变文是一种韵文和散文混合在一起用于说唱的通俗文学体裁。有人把它归人俗讲（为什么叫“变文”，至今中外学者尚无一致的意见）。变文的内容大体上可以分为两类：一类是佛教故事，比如《降魔变文》、《地狱变》等，其中很多是写本。一类是中国历史上的故事，比如《舜子至孝变文》、《王昭君变文》等。这种新文体实际上开了宋代“平话”的先河，可过去我们对此毫无所知。其次是诗歌。著名文学家韦庄的《秦妇吟》，在他的全集中未收入，却在敦煌石室中发现了。诗中保存了许多晚唐农民起义的史料，对研究唐代历史和文学都有极大的帮助。属于俗文学范畴的还有一些辞赋、歌曲、俚曲、小说等。长篇叙事歌曲《董永行孝》、《大汉三年季布骂阵词文》，以及《晏子赋》、《韩朋赋》等，都是新发现的文学史史料。

说到通俗文学，过去不大为研究中国文学史的人注意，甚至被摒于文学史之外。在诗歌和散文方面，我们的先民确实有极其辉煌的成就，但它们毕竟不能代表中国文学史的全部，事实上，好多正统文学都是从通俗文学发展而来的。敦煌石室的发现，使我们对这一点认识得更加清楚了。

在艺术方面，包括壁画、绢画、雕塑、书法、石窟、建筑、音乐、舞蹈等，内容丰富，数量巨大。从六朝一直到宋、元各朝，都可以在这里找到它们的作品，这些对研究中国艺术和中国艺术史具有极其重要的意义。敦煌石窟里的壁画，以及吐鲁番和新疆其他地区一些石窟中的壁画，真是琳琅满日，美轮美奂。从题材上来看，佛经故事居多。也有一些世俗的内容，比如说张议潮出游图等。山水画也不少。在这些画的画面中，人物和事物多种多样，有采果、伐木、狩猎、耕作、捕鱼、取水、操舟、角牴、习射、修塔、扫除、建屋、肩舆、贸易、背纤、守卫、收获、扬谷、沐浴、游泳、屠场、挤奶、车、马、车夫、马夫、武士、力士、农民、小贩、小市民、各种植物和野兽等等，从中可以看出当时人民的生活实况。在雕塑方面，敦煌和吐鲁番等地石窟中的雕塑，透露出犍陀罗艺术的影响。关于音乐和舞蹈，从壁画中大体可以看出一些音乐场面和舞蹈场面，其中反弹琵琶的形象是非常有名的。还有许多乐器、乐谱和舞谱。

第三，对研究语言学、音韵学的价值。敦煌石室中保存了一些同中国语言学和音韵学有关的古籍残卷，比如《字宝碎金》、《俗物要名林》、《千字文》等。在吐鲁番发现了西汉人史游的《急就篇》残卷。在敦煌卷子中常常可以碰到一些俗字和俗语，对研究中国文字、语言发展和演变的重要作用，是在别的文献中找不到的。一些音义的书和韵书，如玄应和慧琳的《一切经音义》残卷，陆法言的《切韵序》等，也都很有价值。

敦煌石窟中发现的一些少数民族语言的卷子，其中有古藏文、窣利文、西夏文、于阗文、龟兹文、回鹘文。古藏文卷子不但保留了藏族的材料，而且还能用来补证汉文《尚书》等古籍。在新疆发现的古代民族语言也有回鹘文、吐火罗文（A焉耆文，B龟兹文）、窣利文、于阗文。回鹘文残卷保存了大量有关政治、经济、宗教、哲学、文学、艺术的材料。于阗文和窣利文都属于伊朗语系。今天我国新疆帕米尔高原还有说属于伊朗语系方言的民族。至于吐火罗文，其价值更为突出。它的发现，给印欧语系比较语言学提出了新问题，促进了这一门学问的发展。前几年发现的吐火罗文（A焉耆文）的《弥勒会见记剧本》，同回鹘文本一样，给我国文学史提出了新的研究课题。一些现已不存在的民族的语言，我们曾毫无所知，只是由于敦煌和吐鲁番文献的发现，才使它们重见天日。

第四，对研究宗教问题的价值。首先是佛教，唐代敦煌地区佛教流行，僧尼在人口中占有不小的比例，寺庙也很多。寺庙都有自己独立的经济，役使人数不少，有的还放高利贷。石室藏书中，佛典约占百分之九十五。多数是手写本，少数为刻本，有的还有题记。有的佛经已经失传，有的译本与现在的不同。佛经中最多的是《妙法莲花经》、《大般若波罗蜜多经》、《金刚经》、《金光明经》、《维摩诘经》等，这些都是僧尼日常念诵的。这些古老的刻本和写本，对研究佛经的版本，有一定的用处。石室中道教的经典有大量发现，如《太玄真一本际妙经》等。最引人注目的是老子的《道德经》、《老子道德经序诀》、《老子道德经义疏》，河上公简注和释文等。此外还有一些佛道争衡的材料。儒家经典(注)也有不少，如《孝经》、北齐写本《春秋左传集解》和唐写本《春秋谷梁传集解》、《尚书》、《论语》等。这些都对校勘古籍有极其重大的价值。此外，还有少量过去曾一度流行过而现在已经绝迹了的摩尼教和祆教的经典，引起了中外学者的兴趣。他们写出了一些很重要的文章，讨论这些宗教在中亚一带和我国新疆及内地流传的情况，弥补了宗教史研究中的一些空白。

第五，对研究古代科技及其他方面的价值。除了政治、经济、社会情况以外，还有不少有关科技方面的资料。石室中有《本草》残卷，医方残卷；有天文历算的书籍，如二十四气七曜日历。从石室写本用的纸张可以看出中国古代造纸、潢纸、印刷术的进展。我国是发明印刷术最早的国家，北宋沈括详细记述了活字印刷的情形，实际上雕版印刷始于唐后期。敦煌石室保存了一份唐咸通九年（868 年）刻印的《金刚般若波罗经》，是全世界现存有明确纪年的最早的印刷物。它刻印的精美、纯熟程度告诉人们，印刷术在此之先至少经历了约一百年的发展过程。中国书籍的装帧是由卷轴到册页，这个特点的演变过程，从敦煌文献中也可看出来。简策、卷轴、蝴蝶装、裱褙装的书籍都可从中找到，有些写本书用的是朱栏或乌丝栏等，有的书中经朱墨点校，这些可以看出唐代书籍的式样。此外，还有一些绢、量器、军器，形象地说明了当年的社会生产水平。

第六，对研究中外文化交流史的价值。敦煌石窟的存在本身就是中外文化交流的结果。没有中外文化交流，就没有敦煌，它成了文化交流的见证者。敦煌、吐鲁番和新疆其他地区是东西文化交流的孔道，沿着丝绸之路，文化交流的痕迹，像石窟、古庙、古城到处可见。在建筑、石窟艺术和雕塑、壁画风格上，到处可以看到外国文化的影响以及中外文化交融的痕迹。在敦煌石室中发现了梵文本《心经》，在新疆吐鲁番地区发现了大量的梵文佛经写本，也有文学作品。如佛教大诗人马鸣的著作，在印度久佚，它的发现，弥补了印度梵文文学史上的一个空白。莫高窟壁画上，画着玻璃器皿，有的表现出萨珊伊斯兰的艺术风格，说明西亚地区的玻璃器皿已经输入中国。新发现的丝织品上也有伊朗风格的图案。这些都说明东西文化互相影响的情况。在敦煌石室中还发现了唐代新罗（今朝鲜）僧人慧超的《往五天竺国传》。他由海路到达印度，后从陆路返回，途经新疆一带来到中国。他的著作受到了研究中西文化交流史的学者的高度重视。中外僧人旅行记录数目不少，有的已佚，有的现存这里。我还想提一下有关中印技术交流的敦煌残卷（《敦煌遗书总目索引》，商务印书馆 1962 年版，P. 3303 号）。这个残卷只有九行字，里面讲到印度甘蔗的种类以及造糖的方法。过去虽然有人注意到了，但没有加以探讨。其实这是一件十分重要的文献，它透露了中印在科学技术方面交流的一个侧面。

我们知道，世界上历史悠久、地域广阔、自成体系、影响深远的文化体系只有四个：中国、印度、希腊、伊斯兰，再没有第五个；而这四个文化体系汇流的地方只有一个，就是中国的敦煌和新疆地区，再没有第二个。从我上面讲到的许多情景中，都能够看到几种文化汇流及其产生的影响。从人类发展的历史看，文化汇流，能够促进彼此文化的发展，提高彼此人民的物质生活和精神生活水平。从人类发展的远景来看，文化汇流的研究，更有特殊的意义。到了人类共同进入大同之域的时候，各个民族，各个国家分别创造的文化难道还能不汇流在一起吗？目前研究这种汇流现象和汇流规律的地区，最好的、最有条件的恐怕就是敦煌和新疆。

以上简要阐述了敦煌和吐鲁番地区新发现的文物和文献的重要意义。敦煌四百九十二个大大小小的洞窟竟有这样多、这样精彩的宝物，那个小小的石室竟藏有四万余件极其宝贵的典籍，在新疆辽阔的大沙漠废墟中也有那样多珍贵文物。想到这一切，我们真不禁感到吃惊。作为一个中国人，看到我们祖国有如此丰富的文化宝藏（这仅仅是一小部分），看到我们的先民在文化创造方面，既能给与，也能“拿来”，终于创造出这样光辉灿烂的文化，我们怎能不感慨万端，怎能不油然生起民族自豪感！我们今天讲精神文明的建设，是非常必要的。精神文明建设的内容很多，爱国主义教育是其中重要的内容之一。爱国主义情感之所以能够产生，看到自己民族过去的光辉的成就，是一个重要因素。因此，我们从事敦煌学、吐鲁番学的研究，其意义决不仅仅限于学术方面，在启发爱国主义情感方面，在鉴古知今方面，也能够起重要的作用。我想，这个想法会得到我国各民族的同意吧。

1985年10月9日

注： 儒学是否算宗教，过去不同的朝代有不同的看法。专就同敦煌写经有密切关系的唐代而论，确实有人把它算做宗教。比如唐刘宾客的《嘉话录》等书就有儒、释、道“三教”的说法。现为叙述方便，姑且附于宗教类。

交光互影的中外文化交流

谈到文化交流，过去大概有两个比较普遍的看法：一个是认为，文化交流的研究是一门专业性很强的学科，同我们平民老百姓关系不大；一个是认为，文化交流是“单行线”，换句话说，就是一个国家的文化在某一个时期、某一方向，流到了另一个国家，在那里生根开花。几乎没有人强调，一个国家接受了另一个国家某一方面的文化以后，结合自己的情况，加以融会贯通、发扬光大，然后再流回来源的国家去。这两个看法，我自己和别人都有过。我看过别人的文章，表现的是这种观点。我自己也写过一些论文化交流的文章，表现的同样地是这种观点。只是到了最近，我才意识到，这种看法不符合事实，因而是错误的。同时我也日益感到，文化交流同我们关系异常密切，我们的日常生活时时刻刻处处都离不开文化交流。

我先谈文化倒流的问题。在文化交流中，来源于某一个外国的思想或者事物是否能再流回那一个国家去呢？有没有这样的例子呢？有的，而且很多。为了说明这个现象，我从日常非常习见的食品和用品中选取两个例子，加以阐释：一个是白糖，一个是钢铁。

关于白糖。

我们中国古代没有“糖”这个字，只有一个“餹”字，指的是麦芽糖一类的东西。甘蔗我们是有的，比如《楚辞·招魂》中说："臑鳖包羔，有柘浆些。""柘浆"就是后代的"蔗浆"。现在的"甘蔗"二字，古代有很多写法，"甘柘"是其中之一。这个词儿看来像个外来语，词儿中的两个字都只是音译。古代的蔗浆只供饮用，而不用来熬糖。熬糖则使用麦芽。利用甘蔗汁熬糖是以后的事情。大概到了南北朝时期才出现了"糖"字，利用蔗浆熬糖可能也始于此时。三国以前个别典籍中偶有"糖"字，那是后来窜入的，或者是"糠"等字的讹误。至于汉末许多文章中的"西极石蜜"或"西国石蜜"，则是从外国传进来的牛奶糖一类的东西，还不就是冰糖。

到了唐代，中国的蔗浆熬糖技术已经有了进步；但可能还有所不足。《新唐书》卷二二一《西域列传·摩揭它国》说："太宗遣使取熬糖法，即诏扬州上诸蔗，拃沈如其剂，色味愈西域远甚。""诸蔗"即"藷蔗"，"西域"指印度。这说明，中国从印度学习了蔗浆熬糖某一方面的新技术，结合中国固有的技术，进一步加以发展，遂使成品在色和味两个方面都远远地超过印度了。

印度古代的熬糖技术是相当高明的。梵文、巴利文和汉泽的佛典中有大量的例子可以说明这个情况。连甘蔗这种植物本身很可能就原产于印度。印度的熬糖术在公元六、七世纪在世界上可能处于领先地位，因此唐太宗才派人去学习。

但是，我们中华民族决不是只安于学习外国的民族。唐代以后，中国熬糖技术继续有所创新，有所发展。因为过去中国的文人学士多半轻视技术，所以文献中记载不多，我们对熬糖技术发展的情况了解得不多，不切实，不具体。到了元代，根据马可孛罗的记述，又有埃及人来到中国，把更先进的熬糖技术带了进来。

中国人在固有的基础上，结合埃及的炼糖术，把熬糖技术又大大地向前推进了，结果是，到了明代，中国熬制白沙糖的技术水平已经很高，在当时世界上也许是处于先进地位。明末清初的许多文献中都记载着中国的白沙糖输出国外的情况。输出到的地区和国家范围很广，日本、南亚和东南亚都在其中，大概也运到了印度。因此，印地语中有一个字 cīnī，原意是“中国的”，可是在这里意思是白糖。这明确无误地指明，印度白沙糖来自中国。同时，印地语中还有一个字 misarī。原意是“埃及的”，在这里意思是冰糖。可见印度同中国一样，也从埃及学习了炼糖术。埃及的炼糖术也不是从天上掉下来的，它在某一个时期也学习过印度的技术。中、印、埃三国这种互相学习、辗转学习的历史是十分发人深思的。

白糖这一种日常习见的、天天必吃的、微末不足道的食品，其背后竟然隐含着一部这样复杂的中国、印度、埃及、伊朗和其他阿拉伯国家之间的文化交流的历史，这情况知道的人恐怕不会太多吧。

关于钢铁。

在过去，中国很多的历史学家都曾有过一种看法，认为铁在中国的使用开始比较晚。在殷墟发掘中没有发现铁器。但是，1972 年在河北藁城考古发掘时，发现了一把商代的铁刃铜钺。这铁刃不是人工铸铁制成的，而是天上掉下来的陨铁。这同古代埃及一样，最早的铁是天上的陨铁。然而能把陨铁制成铁刃，说明工艺水平已经相当高。在商代就能达到这个水平，这是十分值得重视的。

中国的冶铁工业，到了春秋后期，已有相当大的规模。根据中外学者共同研究的结果，中国铸铁的发明比欧洲要早上一千几百年。战国时候，我们已经有了钢。中国的冶铁技术和钢铁早已输出国外。《史记》上记载着中国铸铁技术传人安息（今伊朗）的情况。欧洲的一些古书上也有关于中国钢铁的记载。

另一方面，在印度最古的文化遗址中，比如在摩亨殊达鲁和哈拉巴，没有发现铁制的东西，这说明，古代印度土著是不知道铁的。而雅利安人则很早就知道铁，雅利安人的部族都知道铁，赫梯人就是其中之一。雅利安人进入印度，共有两次浪潮。他们在第二次浪潮中把铁和冶铁技术带进了印度，时间约在公元前一千一百年左右。从此以后，印度冶铁技术迅速发展起来。公元前五世纪的希腊伟大历史家希罗多德讲到，古波斯泽尔士大帝麾下的印度士兵携带着带铁头的箭。公元前四世纪前，高质量的印度钢已经输出国外。从各方面的情况和记载来看，印度古代的钢可以说是誉满全球的。

然而在梵文中，在许许多多的表示“钢”的同义字中，却有一个很特殊的字：cīnaja。cīna 就是“支那”，指中国；ja 的意思是“生”。合起来这个字的意思就是“生在中国的”。这肯定指明了，中国冶炼的钢，在某一个时期，通过某一条渠道，输入到了印度。印度素以产钢著名，而中国的钢却偏偏传入印度。其间的关系不也同样发人深思吗？

但是事情还没有就到此为止。中世纪阿拉伯旅行家伊本·穆哈尔希尔（Ibn Muhalhil）于十世纪中叶在克什米尔看到了一个大观象台，是用中国铁筑成的，永不破碎。这一件事实也指明了，到了中世纪，中国钢铁仍然传入印度。

上面叙述的钢铁的交流只限于中印两国。可是事实上交流的范围还要广阔得多，大大轶出了中印两国的范围。中国有一种品种优良的铁，叫做“镔铁”。这一种铁的冶炼和传布不限于中印两国，连伊朗（古代波斯）也包括进来了。这里不再讨论，后当专文论述。

从上面举出的白糖和钢铁这两个简单的例子中我们可以引申出什么样的涵义呢？我们可以看到，对待日常生活中的食品和用品，如果漫不经心，习焉不察，那就什么问题也看不出来。如果稍一留心，则会发现一个“平凡的真理”：我们是生活在文化交流中，在非常习见的东西的背后往往隐藏着一部十分复杂、十分曲折的文化交流的历史，白糖和钢铁就是如此。研究这种人类文化交流的历史，当然是一门非常专门的学科；一般老百姓不可能，也用不着去从事这一项研究工作。然而，如果我们知道一点这样的历史，也给生活带来一些情趣，并且提高我们的爱国主义和国际主义相结合的精神。试想一想，看一看：我们今天吃的、喝的、穿的、戴的、听的、看的、乘的、坐的，甚至想的、梦的，哪一件不是文化交流的结果？面包、咖啡、西装、革履，固然不必说了。其余的东西又哪一件是黄帝老子创造出来的？哪一件是完完全全的国货？这都是“对外开放”的结果。我现在再举几种常吃的蔬菜。西红柿、胡萝卜、土豆等是舶来品，知道的人比较多。但是一年四季离不开的菠菜也是外来户，能有几个人知道呢！

我还想着重谈一谈文化倒流或者回流的问题。我在上面谈的白糖和钢铁具体地体现了这种倒流。然而注意到这一个倒流现象的人却不多，或者根本没有。这是指眼前的情况而言。我们的古人确实有人注意到了。我举一个例子。《宋高僧传》卷二七《释含光传》说：

> 未闻中华演述佛教倒传西域，有诸乎？通曰："昔梁武世，吐谷浑夸吕可汗使来，求佛像及经论十四条。帝与所撰涅槃般若金光明等经疏一百三卷付之。原其使者必通华言，既达音字，到后以彼土言译华成胡，方令通会。彼亦有僧，必展转传译，从青海西达葱岭北诸国，不久，均行五竺，更无疑矣。

下面又谈到，智者大师演述的无相空教，玄奘大师解释的中道教，西域罕及，大为倾慕。这里讲的虽然只是佛教，但其意义却决不限于宗教。印度文化流到中国，经过发展，又流了回去，彰彰明矣。

《含光传》里面还说到道教：

> 又唐西域求易道经，诏僧道译唐为梵。二教争菩提为道，纷拏不已，中辍。设能翻到彼，见此方玄赜之典籍，岂不美欤！又夫西域者佛法之根干也。东夏者，传来之枝叶也。世所知者，知枝叶，不知根干，而不知枝叶殖土，亦根生干长矣。

这里讲了两个问题：一个是佛教倒流，一个是道教西流。佛教的发源地是尼泊尔和印度。从那里传入中国，到了唐代已有相当长的时间了。经过了中国的改造与发展，又传回印度。道教的发源地是中国，在唐代有传入印度的可能。只因翻译《道德经》的时候在如何翻译“道”这个字，和尚道士发生了争吵，翻译工作停了下来。否则，老子《道德经》就很有可能传入印度了。在这里，只有第一个例子属于倒流的范畴。《宋高僧传》用根干和枝叶来比喻印度和中国，说明枝叶也能变成根干。这比喻很形象，很生动，也很有趣，耐人寻味。这一个例子足以说明，文化交流中确实存在着倒流的现象。可是我们现在讲文化交流的书没有哪一本强凋这种倒流现象的。这不能不算是一件憾事。宋代的一个和尚能注意到这个现象，说得又如此生动、深刻，又不能不算是一件喜事了。

《含光传》的意义还不止这一点。它还谈到了一个非常重要的现象，这就是中印两国文化的差异问题。我再引一段原文：

> 盖东人之敏利，何以知耶？秦人好略，验其言少而解多也。西域之人淳朴，何以知乎？天竺好繁，证其言而后悟也。由是观之，西域之人利在乎念性，东人利在乎解性也。

“东人”和“秦人”，指的是中国人；“西域之人”指的是印度人。这里的“性”，指的是本体、本质、自性、原因，是哲学的根本问题。中印两国人民对待哲学根本问题，态度和办法是有差异的。

一千年前的《宋高僧传》的作者赞宁看到了文化倒流的现象，又从而分析了中印思想方法的差异，扩大来看，也可以说是分析中印文化的差异，这确实是十分难能可贵的。对这种中外文化差异的观察与分析，后来一直有人在做。近代注意介绍西方思想的思想家严复是其中非常值得注意的一个。他曾说过：

> 中之人好古而忽今，西之人力今以胜古。中之人以一治一乱、一盛一衰为天行人事之自然；西之人以日进无疆，既盛不可复衰、既治不可复乱，为学术政化之极则。……中国最重三纲，而西人首明平等；中国亲亲，而西人尚贤；中国以孝治天下，而西人以公治天下；中国尊主，而西人隆民；中国贵一道而同风，而西人喜党居而州处；中国多忌讳，而西人众讥评。其于财用也，中国重节流，而西人重开源；中国追淳朴，而西人求欢虞。其接物也，中国美谦屈，而西人多发舒；中国尚节文，而西人乐简易。其于为学也，中国夸多识，而西人尊新知。其于祸灾也，中国委天数，而西人恃人力。（《论世变之亟》）

所有这一些观察，都具体确实，细致入微。虽然我们不一定全盘接受，但对我们很有启发，则是完全可以肯定的。

到了二十世纪二十年代，又掀起了一番东西文化及其哲学的讨论，在国外，有东方精神文明与西方物质文明之说。在国内，有的人主要讨论中国文化与印度文化的异同问题。有人认为，这一场论战规模大，持续久，也更深入。但是后来终于也没能得出什么一致的结论，就销声匿迹了。

到了最近一二十年，这样的观察与思考又以比较文化的名义重新振作起来。在全世界许多国家里，许多学者都对于这个问题表现出异常大的兴趣。我个人认为，这是一个很好的现象，十分令人鼓舞。我们研究比较文化，我们研究文化交流，决不是为研究而研究。除了学术意义以外，还有现实意义。在过去，由于历史情况、地理情况等等的不同，每一个民族都发展了自己的独特的文化。但是国与国之间，民族与民族之间的文化交流始终也没有停止过。到了今天，历史情况，地理情况等等都大大地改变了。全世界各国人民都时时刻刻生活在文化交流中，都从文化交流中既得到物质利益，也得到精神利益。从人类发展的前途来看，全世界文化的大汇流是不可避免的，尽管可能需要极长的时间，几百年，上千年，甚至千年以上；但是汇流终究必然会来到的。1827 年 1 月 31 日，德国的伟大诗人歌德在同爱克曼博士谈话的时候讲到，他正在读一本“中国传奇”。根据这一本中国小说，歌德评论了中国文学中表现出来一些特点，他的总印象是，中国人严格遵守道德和礼仪。话题一转，歌德又讲到法国诗人贝朗瑞。他认为，中国诗人彻底遵守道德，而现代法国第一流诗人却正相反，这非常值得注意。他最后说：

> 民族文学在现代算不了很大的一回事，世界文学的时代已快来临了。（见朱光潜译：《歌德谈话录》）

我们现在可不可以预言一个“世界文化”呢？我认为是可以的。我们现在进行文化交流的研究，也可以说是给这种“世界文化”，这种世界文化大汇流做准备工作吧。这种研究至少能够加强各国各民族之间的相互了解，促进我们之间的友谊，共同保卫世界和平，难道说这不是一件十分有意义的工作吗？

1986年3月5日写完

对于文化交流的一点想法

近一二年以来，全国学术界掀起了一个讨论文化问题的热潮，许多专家学者，老中青都有，都参加了进来，发表了很多很好很新很有启发性的意见。尽管大家的意见还不能取得一致，但是这真正贯彻了建国以来从来没有认真贯彻过的百家争鸣的方针，这与我们提出的两个文明的建设有密不可分的联系，是我们全国人民生活中一件很有意义的大事。我在学习、思考之余，也想发表一点意见，主要是讲文化交流。我讲的是广义的文化交流，不限于精神方面，也包括物质方面在内。

首先我要讲文化交流无所不在。不管我们意识到与否，我们今天的生活，不管是精神的，还是物质的，无一不与文化交流有关。试想一下，我们在学校里学习的，在科研机构或者学校里所研究探讨的，哪一件是完完全全的中国土生土长的？我们吃的、喝的、穿的、戴的、乘的、坐的、住的、用的，又哪一件是完全土生土长的？汽车、火车、飞机、轮船，我们古代有吗？可可、咖啡、纸烟、可口可乐、啤酒、香槟、牛排、面包，我们过去可都有？例子不要再举了，这都是大家熟知的。我们的花草里面，茉莉花，连名字都不是中国固有的。我们吃的土豆、老玉米、菠菜、葡萄，以及许许多多的水果蔬菜都是外来的。用的乐器：胡琴、钢琴、小提琴、琵琶等等，也都是外来的。至于中国东西传入国外的，那就多得说也说不清。所以，我可以归纳起来说一句：

文化交流无所不在。

从历史上来看，自从人类开始学习使用工具，甚至在这之前就已经有了交流，人与人之间的交流，家庭与家庭之间的交流，氏族、民族、国家之间的交流，无时不在，无地不在。这种交流是多层次、多角度的交流。今天我们习惯于把文化交流限定于国与国之间，民族与民族之间。其实不必这样拘泥。交流活动是不受国界、地域和时间限制的。我现在又可以加上一句：文化交流无时不在。

文化交流，换一句话说，人民之间，国家和民族之间的互相学习，是推动人类文化发展的重要因素。没有这一个因素，人类文化的进步是无法想象的。鲁迅先生有名的“拿来主义”，其内容也不外就是不拒绝向外国学习，换句话说，也就是文化交流。

文化交流是有其自身的规律的。两种文化或多种文化互相交流时，产生的现象异常复杂，有交流，有汇流，有融合，有分解，有斗争，有抗拒，有接受，有拒绝。千变万化，很难用一两句话来表达。世界民族，无论大小，无论新旧，都会有自己的文化创造，总会对人类文化的总体有所贡献。哪一个民族，除了法西斯和帝国主义分子以外，都必须承认，哪一个民族也不是，而且也不可能是人类文化的唯一的创造者、施与者，而不是接受者。当然，我们也必须承认，各民族对世界文化的贡献，在质和量方面也不可能完全是相同的。

一个文化传入另一国以后，往往有一个适应的过程。有的外国文化不会一下子就被另一国接受。适应往往就意味着改变，它必须根据新的环境改变自己一些特点以适应当地的需要。举一个最显著的例子，印度佛教传到中国以后，首先要适应汉代的思想情况，好像它也是当时流行于中国的道术之一。甚至在翻译名词方面，也努力采用一些中国老百姓喜闻乐见的词儿，比如早期佛教译文中的“孝”字就是显著的例子。也还有一些东西，比如一个外国名词输入到另一个国家以后，有的始终保留音译，有的就从音译逐渐化为意译，然后才立定了脚跟。比如英文 president 这个词，清末初输入时音译为“伯理玺天德”（见曾纪泽《出使英法俄国日记》等书），这个名词大概太古怪，太不适应中国群众的口耳，逐渐改为意译“总统”，才最终为大家所承认。这样的例子不胜枚举。

在文化交流中，还必须处理好外国文化和本国文化的关系。大概这里只能用一分为二的理论来处理。每个文化都有精华与糟粕。取其精华去其糟粕，是最自然、最行得通的办法。

还有一个以哪个文化为主的问题。我认为，当然以本国文化为主，决不能反客为主或喧宾夺主。以中国为例，我们首先要继承中国传统文化的精华部分，与此同时，分析、接受外来文化的适合于中国国情的精华部分。我们现在不是常提要建设有中国特色的社会主义新文化吗？所谓中国特色，我认为，就表现在把中国传统文化的精华保留下来。就算是精华吧，也不能原封不动地保留，也必须加以分析、研究。所谓社会主义新文化，就是要根据马克思主义的基本原理（决不是过去我们搞的那一套僵化的教条），吸收世界各国的先进文化，包括文学、艺术、教育、哲学和科技都在内，使之为我所用。这样做，不可避免地要带进一些消极的东西。这用不着害怕，我们人民是有鉴别能力的，即使流行一时，也决不会“万岁”的，将来终必被扬弃。我们也不必怕什么资本主义，现在大家都承认，我们中国实际上是封建主义垄断，资本主义并不多。资本主义也是有好东西的，比如管理体制等等，都值得我们学习、吸收。

中国几千年的历史告诉了我们一个非常可贵的经验：在我们国力兴旺，文化昌明，经济繁荣，科技先进的时期，比如汉唐兴盛时期，我们就大胆吸收外来文化，从而促进了我们文化的发展和生产力的提高。到了见到外国东西就害怕，这也不敢吸收，那也不敢接受，这往往是我们国势衰微，文化低落的时代。打一个比方，一个胃口健康的人什么好东西都敢吃，决不嘀嘀咕咕，什么胆固醇多了呀，这个多了那个少了呀，到了连鸡蛋黄和动物内脏都不敢吃的地步，终日愁眉苦脸，怕这怕那："哎呀，这个吃不得呀！"仿佛就要去见马克思似地。这就说明，此人的胃病或者幻想的胃病，已经不轻了。

我们建国以来，"四人帮"时期是胃病严重时期，可以说是已经病入膏肓。十一届三中全会以后，实行了对外开放政策，完全反其道而行之，结果，经济发展，文化昌盛，全国人民喜气洋洋，我认为，这不但是我们建国后最好的时期，在中国历史上也是文化交流最好的时期之一。它的影响今天只能说是刚刚开始，真正巨大的影响还没有表露出来。它将对我们文化的发展，经济的繁荣，生产力的提高，人民物质生活和精神生活的改善，起极大的促进作用。我们后代的子子孙孙也会长远蒙受其利益，这一点我是深信不疑的。

1986 年 8 月 19 日

从学习笔记本看陈寅恪先生的治学范围和途径

先师陈寅恪先生为一代史学大师，学术文章辉耀寰宇，为国内外众多学者所景仰。郑天挺先生呼为“教授之教授”，是很有见地的。先生是通过什么途径达到这样博大精深的学术造诣的呢？从先生的文章中，从了解情况的人士的谈话中，从一些关于先生的著述中，都能够体会出一些东西来，这些都是难能可贵的。最近先生的家属和中山大学历史系的同志们把清理先生遗物时发现的留学德国期间的学习笔记本送到我手中，共有六十四本之多。这些笔记本都是当年先生随手劄记写成的，绝大部分用的都是铅笔，字迹十分潦草，内容异常复杂，现在辨认起来并不容易。然而，我同许多同志都觉得，这些貌似无足轻重的学习笔记本，对了解先生的治学范围和途径，却有非常重要的意义，是其他资料无法代替的。周一良同志和王永兴同志都大体翻阅过。我现在不揣谫陋把这些笔记本细致地检查了一遍，有一些不清楚的地方向有关同志请教过多次。现在我把整理的结果写了出来，供同志们参考。

我在这里首先必须说一句：这些笔记本，虽然看起来数目已经很多了，但肯定还不是全部，一定还佚失了一些。至于究竟佚失了多少，我们现在已经无法统计。我们能有这样多笔记本，我觉得已经很不容易。空间从德国到中国，地跨万里；时间从二十年代到八十年代，跨越半个多世纪。中间屡经战乱，再加上十年浩劫，现在还能有这样多笔记本摆在我们眼前，我真想用一句迷信的老话来形容这个情景：神灵呵护。

这些笔记本原来没有编号。寅恪先生多半在封面上用钢笔或铅笔注明其中内容，但有时候也不完全符合。我现在为了论述方便起见，把笔记本大体上分成若干大类，再在每一类中编上号码。我在下面逐类逐本依次介绍笔记本的内容，最后在介绍的基础上归纳出几条意见，从而论证先生的治学范围和途径。

笔记本共分为以下几类：

一	藏文	13 本
二	蒙文	6 本
三	突厥回鹘文一类	14 本
四	吐货罗文（土火罗文）	1 本
五	西夏文	2 本
六	满文	1 本
七	朝鲜文	1 本
八	中亚，新疆	2 本
九	佉卢文	2 本
十	梵文、巴利文、耆那教	10 本
十一	摩尼教	1 本
十二	印地文	2 本
十三	俄文、伊朗	1 本
十四	希伯来文	1 本
十五	算学	1 本

十六	柏拉图（实为东土耳其文）	1 本
十七	亚力斯多德（实为数学）	1 本
十八	金瓶梅	1 本
十九	法华经	1 本
二十	天台梵本	1 本
二十一	佛所行赞	1 本

我在下面依次把每本的内容介绍一下。

一　藏文　13 本

第一本　封面上用德文写着柏林甘珠尔、圣彼得堡甘珠尔、Grünwedel 的阿维斯塔中的魔鬼，下面用汉文写着根本说一切有部毗奈耶。书面上抄录的是藏文佛典。书中夹着一张 1924 年 9 月 8 日的借书条。

第二本　封面上用汉字写着根本说一切有部律入王宫说法学处，书内是藏文经。

第三本　封面上用汉文写着阿弥陀经。书内是藏文经。最后录有称赞净土佛摄受经。

第四本　封面上用汉文写着逻娑碑文。里面有藏文碑文原文和英译文。

第五本　封面上用汉文写着妙法莲华经藏文，内容相同。

第六本　封面上用汉文写着长庆唐蕃会盟碑。里面抄的是藏文原文和英译文。

第七本　封面上用汉文写着土鲁番土蕃文，还有藏文字。里面是藏文，最后抄了御制平定准噶尔勒铭伊犁之碑。

第八本　封面上用汉文写着藏文一。里面写着藏文字母表，一些藏文句子，藏文格的变化，还有一些单词，附上德文翻译。看样子这是寅恪先生初学藏文时的笔记本。

第九本　封面上用汉文写着藏文二。里面抄着一些藏文句子和单词，内容看来是佛典，下面注着汉文、德文或梵文。有一页上有五线谱。

第十本　封面上用汉文写着藏文五。看样子还应该有三、四，现在丢了。里面抄的是一篇藏文文献，没有名称。行间用汉文、德文、英文作了注。

第十一本　封面上用汉文写着古藏文典，另有藏文题名，经王森教授审定为吐米三十颂，系一讲文法的书。陈先生所抄录者是吐米三十颂要义略述。

第十二本　封面上用汉文写着藏一。里面是藏文语法，只有几页。

第十三本　封面上用汉文写着长庆碑文一。里面抄的是藏文碑文。

二　蒙文　　6本

第一本　封面上没有题字。书内第一页最上面写着 Mongolia。下面全是书目，自201号开始，1至200号显然丢失了。蒙古书目至265号截止，英文、德文、法文书目都有。下面紧接着是波斯地理及历史书目，号码1至132。下面又是蒙古书目，号码1至50。下面又是阿拉伯书目，号码1至50。

第二本　封面上没有题字。里面是 Westmongolisch Kalmükisch

字母表、元音表、复合元音表、辅音、数词、名词的格、前置词、副词前置词等，接着是蒙德词汇等，最后是书目：语法、词典、文选、文学分列。还有几页是语法。

第三本　封面上用汉文写着蒙古语。里面是用拉丁字母转写的文章。又把笔记本倒过来，把最后一页当第一页抄了蒙德词汇。

第四本　封面上用汉文题蒙古语二。里面是拉丁字母转写的东西，仅有两页。

第五本　封面上用汉字题蒙古字。里面用老蒙文抄蒙藏事务衙门申报内容，只有一页。

第六本　封面上汉字题西蒙字汇，内容相同。

三　突厥回鹘文一类　　14本

第一本　封面上用汉字和外文题了很多字：那先比丘、书目补、突厥碑、星名、北京经纬、Chavannes（沙畹）、诸蕃志、求法高僧传、悟空、十力经序、Julien，还有两个字。书里面是书目，英、德、法、俄文都有。接着是抄录的阙特勤碑跋、突厥苾伽可汗碑跋。下面又是书目，语言和内容都很复杂，包括字典和语法。再下面是二十八宿表，汉名、外文名，以及经纬度都列入表中。接着又是书目。最后一页上记甲骨片数，有Wirtz购七百一十一片，尉礼贤有六百片。

第二本　封面上的铅字漫漶不清，似乎是东突厥碑钞本。里面抄的是碑文。

第三本　封面上题坚昆玉椀。里面抄的是碑文。

第四本　封面上题突厥文。里面只有不到两页写着字母。

第五本　封面上题东突厥。里面是字母和词汇，有德文注。

第六本　封面上题东突厥二。里面只有在第一页上写着一些单词，后来抄的却是梵文。

第七本　封面上题东突厥三。里面先抄印度古代俗语，接着是东突厥文词汇。

第八本　封面上题东突厥四。里面是词汇和语法，有德文注解。

第九本　封面上题东突厥五。里面是用德文和汉文注解的词汇。

第十本　封面上题东突厥九。六、七、八三本显然丢掉了。里面抄的是东突厥文章，间有汉文和德文注释。

第十一本　封面上用德文题 Kirgisisch。里面同第十本。

第十二本　封面上题回纥文。里面是回纥文词汇，汉文、德文注释。

第十三本　封面上题回纥。里面内容同第十二本。

第十四本　封面上题回纥和阙特勤碑。把笔记本倒过来，在后面第一页上写着一个课程表。有些字不知是什么意思，比如 N 和 mam。有的清楚，比如满，显然指的是满文；金光明，显然指的是梵文金光明经。有的是教授的名字，显然指的是他们上的课，其中有德国梵学泰斗 Lüders，说明陈先生听过他的课。

四　吐火罗文　　1本

第一本　封面上原题坚昆玉椀，划掉，改题土货罗文目录，又有摩尼教古籍目录。里面第一页上是印度佛教部派名称，汉梵并列。第二页上是书目。第三页上有几本吐火罗文书名，其中有弥勒会见记与吐火罗文等等。把笔记本翻转来，从后面开始，抄着大量的书目，内容牵涉到古代天文、亚述天文表、丝绸之路、摩尼教等等，只摩尼教一项就有书目七十九种。还有造纸历史书目五种。

五　西夏文　　2本

第一本　封面上题西夏法华。里面抄的是西夏文四字句，附有西藏文和汉文译文。

第二本　封面上题河西。里面抄的是西夏字，附有汉文译文。

六　满文　　1本

第一本　封面上用德文题满文和蒙文，蒙文被划掉。里面是满文字和书目。

七　朝鲜文　　1本

第一本　封面上题梵本金光明最胜王经。里面却是朝鲜文。第一页上写着：李克鲁 Li Kolu 和他在柏林的住址。后来李成了朝鲜著名的语言学家和社会活动家。他当时大概也正在德国留学，在柏林认识了寅恪先生，因此才写下了地址。这可说是中朝艺林佳话。笔记本里有朝鲜文会话，有汉文和德文注解。此外还有不少语法名词，还有几个语法分析表。

八　中亚，新疆　　2本

第一本　封面上用德文题 Turfan Funde（吐鲁番出土文物），

用汉文题土鲁番。里面抄的是 Upāli Sūtra（优婆离经），Nidāna Sūtra 等。有一页上面标题 Mahāyāna（大乘），下面写着 Saddharmapuṇḍarīka，Kern 校刊，又写着：Kern 本 Kritiklos（未加批判，未加校勘）。下面又写着：新疆本俗语多，visarga 丢掉，ā 代替 a，a = u，e = i，aham = ahu，Kulaputrāho，呼格，东方摩揭陀语。下面有书名和书目。又有医药、占星学、语法等标题。

第二本　封面上没有字。里面全是书目，计有中亚一百七十种，西藏二百种。

九　佉卢文　　2 本

第一本　封面上题佉卢文。里面第一页上讲到佉卢文和婆罗迷文分布情况，讲到 Dutreuil de Rhins 收买到的佉卢字母《法句经》。接着讲到这种语言的音变规律，最后抄录本经，下附德文译文。

第二本　封面上题和佉阗卢断简。里面讲的是 Niya 佉卢文献，讲到 Rapson，Sénart 和 Boyer 三人的刊本。下面大量抄录原文，附有英文译文。

十　梵文、巴利文、耆那教　　10 本

第一本　封面上题说一切有部律。里面抄录原文，有法文译文，在一页的下右角上写着日期：1922 年 7 月 22 日。

第二本　封面上用铅笔题一切有部律，已模糊不清。里面抄录着梵文拉丁字母转写的经文，还有一些单词儿。

第三本　封面上题梵文大训。里面抄录的是英文译文。我猜

想，所谓“大训”，就是印度古代大语法家 Patañjali 所著的 Mahābhāṣya，一般译为“大疏”。

第四本　封面上原题 Therīgāthā，后来又改题涕利伽陀，旁边写了几句话：“一千九百廿九年补题。回思往事，真如一梦。”可见先生回国后仍然常翻阅自己的笔记本。里面抄的是巴利文词汇，共有二百九十之多。

第五本　封面上题耆那碑。里面抄录碑文。

第六本　封面上题耆那碑续。内容同。

第七本　封面上题佛所行赞及 Maski 阿育王刻石。里面先抄录书目十三种。后面抄录碑文。

第八本　封面上题那先比丘问经。里面抄录巴利文词汇。

第九本　封面上题法句譬喻经。里面是巴利文词汇。

第十本　封面上题法句经。里面是巴利文词汇。

十一　摩尼教经　　1 本

第一本　封面上题摩尼教经。里面写的是摩尼教经文的词汇，比如粟特文等。有汉文、德文、英文的注解。

十二　印地文　　2 本

第一本　封面上题 Hindi。里面是书目和印地文词汇和语法，词汇用英文和德文注解。

第二本　封面上题新印度。里面是印地文短句，有英文译文。

十三　俄文，伊朗　　1 本

第一本　封面上题俄文，又题 Awesta 里面前四页写的是有关古代伊朗语言的笔记和字母：Awesta，古代波斯文、中世波斯文、巴利维文。后面写的是俄文，语法和单词都有。把笔记本倒转过来，从后面写起，先是波斯字母，后面又是俄文。

十四　希伯来文　　1本

第一本　封面上题希伯来文。里面写的是希伯来文字母和词汇，有德文注解。

十五　算学　　1本

第一本　封面上题算学。里面是一些微积分的公式。

十六　柏拉图（实为东土耳其文）　　1本

第一本　封面上题柏拉图。里面全是东土耳其文。本册封面脱掉，也可能是有关柏拉图的笔记与东土耳其文换了地方。但是在现存笔记本中没有关于柏拉图的记载，可能已经丢失。

十七　亚力斯多德（实为数学）　　1本

第一本　封面上题亚力斯多德。里面实为数学。为什么出现这情况？无法解释，这一本封面并没有脱掉。

十八　金瓶梅　　1本

第一本　封面上题金瓶梅。里面抄金瓶梅八页，大清皇帝功德碑二页。金瓶梅内容是西门庆与应伯爵对话，西门庆与应伯爵等在玉皇庙结拜。后面又有突厥文词汇。

十九　法华经　　1本

第一本　封面题法华秦译。里面抄姚秦三藏法师鸠摩罗什译妙法莲华经卷第一。

二十　天台梵本　　1本

第一本　封面上题天台梵本，下面又题藏草书印文、西夏文。里面首先抄 F. Kielhorn 考证文章，讲天台梵本的来源和内容。下面抄拉丁字母转写的原文。后面又有藏文字母、藏文印章、西夏文词汇，有德文注解。

二十一　佛所行赞　　1本

第一本　封面上题佛所行赞，旁书：一九三四年十二月三十日午后八时。看来这本笔记本不是在德国留学时写的，此时寅恪先生已是清华大学教授。里面写的是藏文单词，有英文、汉文注释。在最后一页上写着一部书名：R. L. Turner，*A Comp. & Ety. Dic. of Nepali Language.*

我在上面把寅恪先生的学习笔记本分为二十一类做了初步的整理。这些看来似乎微末不足道的笔记本，内容是异常丰富的，意义是异常重大的。从里面我们具体地了解到了陈先生的治学范围和治学方法。陈先生的这些笔记本也决不是用过丢开，而是常常翻阅，回国以后，仍然如此。有一些笔记本实际上是用来积累资料的。积累资料，最常用的办法是写成卡片。但这并不是唯一的办法。许多学者使用的办法都与此不同，大家都注意到，陈先生喜欢眉批，等到眉批已经积累到足够的数量时，便移到纸上，写成文章。陈先生许多篇著名的论文就是用这种方式撰成的。现在看先生的笔记本，有的也是重在积累资料，起到与眉批相同的作用。

这些笔记本可以告诉我们很多东西，举其大者，约有以下诸端：

1　陈先生治学范围广

陈先生以史学名家；但是，众所周知，他决不仅仅是一个史学家，他博学多能，泛滥无涯涘。他旧诗作得不多，但每有所出，多臻绝唱，挽王国维先生诗是最著名的。从这些学习笔记本中也可以看出，先生治学之广是非常惊人的。专就外族和外国语言而论，数目就大得可观。英文、德文、法文、俄文等等，算是工具语言。梵文、巴利、印度古代俗语、藏文、蒙文、西夏文、满文、新疆现代语言、新疆古代语言、伊朗古代语言、古希伯来语等等，算是研究对象语言。陈先生对于这些语言都下过深浅不同的功夫。还有一些语言，他也涉猎过，或至少注意到了，比如印地语、尼泊尔语等等。专从笔记本的数量和内容来看，先生致力最勤的是中亚、新疆一带历史、语言和文化的研究，藏文研究和蒙文研究。这在他以后写的论文中完全可以表现出来。在《金明馆丛稿二编》中有几篇文章就属于这一类。比如《几何原本满文译本跋》，《蒙古源流研究》之一、之二、之三、之四，《西夏文佛母大孔雀明王经夏梵藏汉合璧校释序》等篇。先生后来专门从事六朝隋唐史的研究，对于这些语言发表的文章不多，他在这方面的造诣远远没有完全表现出来，可以说是蓄之于内者多，而出之于外者少。我在这里特别点明这一点。

最值得注意的是关于数学的笔记本。陈先生在这方面的造诣我不清楚，不敢乱说。但是笔记本里所记的微积分公式，充分说明先生在数学领域内也决非处于初级阶段。这立刻就会让我们想到马克思。但是马克思搞的是经济学，经济学与数学关系密切。而陈先生则是搞文史的，他竟也钻研数学。这不能不让我感到十分有意义。现在国内搞文史的学者在数学方面能有这样造诣的恐怕不多吧。在今天，边缘学科层出不穷。从事社会科学研究的人应该学一点数学，已成定论。陈先生在这方面也成了我们的榜样。

2　陈先生治学深度深

大家都承认，寅恪先生的学风是能利用常见的资料，看出别人看不到的深刻的问题。这些笔记本也能体现这一点。笔记本中有一些是随便写写的，比如练习写外文字母之类。有一些是为了记诵，比如外文生词之类。有一些是为了便于查阅，比如二十八宿梵汉名称之类。但是也有一些是在那里深入探讨。我举一个例子。在中世印度诸俗语方言中，西北方言占有重要的地位。因此，国外有不少杰出的梵文学者从事这方面的研究，写出了不少的专著和论文。但是在二十年代的中国，却从来没有听说有什么学者注意到了这个问题。有之当以陈先生为第一人。他在笔记本九，佉卢文第一本里面详细地抄录了佉卢字母《法句经》的经文，劄记了不少的中世西北方言的音变特点。他也注意到 ahu = aham 这样的音变现象。他虽然以后没有在这方面写什么文章，功夫是下过了，而且下得很深。类似的例子还有一些，这里不再举了。

3　陈先生重视书目

研究一门学问，或者研究一个专题，第一步工作就是了解过去研究的情况和已经达到的水平。要做到这一步，必须精通这一门学问或者这一个专题书目。这一件工作不做或者做不好，自己的研究工作就不能开始。因为，如果不了解过去的研究情况，不知道什么问题已经解决，什么问题还没有解决，什么问题已经解决到什么程度，而冒然下手，必然会闹出笑话。别人已经解决了的问题而你还死啃不休；别人已经有充分理由证明此路不通，而你还死钻不止，其结果必然是浪费精力，南辕北辙。

中国清代的朴学大师们以及近代西方的学者，研究学问都从书目开始，也以此来教学生。寅恪先生也不例外。他非常重视书目，在他的笔记本中，我发现了大量的书目，比如笔记本八第二本中有中亚书目一百七十种，西藏书目二百种。此外，在好多笔记本中都抄有书目。从二十年代的水平来看，这些书目可以说是非常完全了。就是到了今天，它仍然有参考价值。

从陈寅恪先生的笔记本中还可以学习到很多东西，以上三端不过其荦荦大者。为了不让本文过分膨胀，我就不再一一介绍了。我决不敢说，我的介绍全面而又准确。根据我自己的水平，我目前只能做到这个程度。不周之处，请予以纠正。

1988 年 4 月 1 日写完

西域在文化交流中的地位

我今天要讲的题目是：西域在文化交流中的地位，想分四个小题目来讲：

一　西域的含义

二　世界上四大文化体系

三　西域在四大文化体系交流中的地位

四　结束语

一　西域的含义

要谈西域在文化交流中的地位，必须先弄明白什么叫“西域”。

顾名思义，西域当然是一个地理名词，但同时又是一个同历史有密切联系的名词。所谓“西”，指的是在中国的西方。一般说来，有广狭二义。广义的西域，包括今天的中国新疆、苏联的一些中亚加盟共和国、阿富汗、伊朗、阿拉伯国家，以及更远的地方。连印度、巴基斯坦、孟加拉国、尼泊尔、斯里兰卡、不丹、锡金、马尔代夫以及非洲东部的一些国家和地区，都包括在里面。唐代高僧玄奘的《大唐西域记》可以为证。狭义的西域，指中国新疆一带。我在这里取的是狭义的西域。

在中国古代正史中有很多“西域传”或者类似的名称，《史记》中还没有。《汉书》卷九十六上，《列传》六十六上有《西域列传》。这里说：“三十六国皆在匈奴之西，乌孙之南，南北有大山，中央有河，东西六千余里，南北千余里。”[1]《后汉书》卷一百一十八，《列传》第七十八，有《西域列传》[2]。这两部书讲的都是三十六国，是狭义的西域。《三国志·魏书》只有乌丸、东夷。《晋书》卷九十七，《列传》第六十七有四夷。《宋书》和《南齐书》都没有。《梁书》卷五十四，《列传》第四十八，有西北诸戎，高昌、龟兹都包括在里面。《陈书》没有。《魏书》卷一百二，《列传》有《西域传》，阙。高昌见于卷一百一，《列传》第八十九。《北齐书》没有。《周书》卷五十，《列传》第四十二有《异域传》，其中包括高昌、焉耆。《隋书》卷八十三，《列传》第四十八，有《西域传》。《南史》卷七十九，《列传》第六十九，有《西域传》。《北史》卷九十七，《列传》第八十五，有《西域传》。《旧唐书》卷一百九十八，《列传》第一百四十八，有《西戎传》。《新唐书》卷二百二十一上和下，《列传》第一百四十六上和下，有《西域传》。这里讲的西域，同《大唐西域记》一样，是广义的西域，其中包括尼泊罗、天竺、摩揭陀、罽宾、师子、波斯、拂菻、大食等国。唐以后的正史，我在这里不谈了。

总之，从中国正史上，我们看到的西域有广狭二义，总的趋势是从狭义到广义发展。这同人们的地理眼光越来越扩大，中国同西域国家的关系越来越密切有关。

二　世界上四大文化体系

要谈文化交流，必须先了解，什么叫文化，什么叫文化体系。世界各国学者对于文化的定义，据说有几百种之多。那些烦琐的论证，毫无意义，我在这里不谈。约而言之，文化有广狭二义。

我取的是广义的文化，指的是人类在精神文明和物质文明两个方面优秀的、对人类进步起推动作用的创造。

世界上的民族不论大小，历史不论久暂，对于文化都有自己的贡献。这一点必须承认。但是，同时也必须承认，各个民族对整个人类文化的贡献，在质和量方面，都不尽相同。据我自己多年观察和探讨的结果，真正能独立成为体系、影响比较大又比较久远、特点比较鲜明的文化体系，世界上只有四个：

（一）中国文化体系

（二）印度文化体系

（三）闪族伊斯兰文化体系

（四）希腊、罗马西方文化体系

这四个文化体系，还可以再进一步简化为两大文化体系群：前三者属于东方文化体系群，后一个属于西方文化体系群。下面我分别加以解释。

（一）中国文化体系

中国立国于东亚大陆，有长达五六千年的文化发展的历史。在相当长的历史时期内，中国在各个方面都对人类文化有巨大的贡献。中国的几个发明，如罗盘、造纸、火药、印刷术等等，还有中国的蚕丝，都传出了中国，对世界上一些国家和地区的文化发展，产生了巨大的推动力。一些次要的发明创造和工农业产品，比如瓷器、茶叶等等，也输出了中国，输入世界各地，为当地人民所喜爱。中国的药材也曾传到许多国家。连炼钢术都曾对周围一些国家产生过影响。至于精神文明，中国文学艺术、哲学思想、园林建筑等等，影响了一些国家和地区。到了十七、八世纪更传至欧洲，在那里同样产生了影响。中国的汉字曾影响了周围一些国家。比如在日本、朝鲜、越南等国，他们读汉文书籍，甚至用汉文写作。

（二）印度文化体系

印度也有很长的文化发展的历史。自公元前三世纪摩亨佐达鲁和哈拉巴的印度河流域文化开始，印度人民在精神文明和物质文明两个方面都对人类文化做出了巨大的贡献。在精神文明方面，印度最古的吠陀、两大史诗、波你尼的语法体系，以及以迦梨陀娑著作为首的古典梵文诗歌和戏剧、流行于印度民间的寓言、童话和小故事，都通过种种渠道传出了印度，对世界文化和文学产生了深远的影响。特别是印度古代的寓言、童话等等，通过了《五卷书》等类作品的中古波斯文和阿拉伯文译本，传遍了欧亚大陆，甚至传至非洲，到了十九世纪在德国形成了比较文学史的研究，影响更是特别大。这类作品也传到了中国。

在宗教方面，印度是产生宗教的地方。源于印度和尼泊尔的佛教，在印度繁荣昌盛了一千五百多年。它早就传出了印度，传到了中亚、南亚、东南亚、东亚、北亚各国，影响了这些地方的宗教的发展。对这些地方的文学艺术、哲学思想、语言、历史等等方面都有广泛、持久而又深入的影响。这是尽人皆知的事实。连基本上停留在印度本土的印度教，也在小范围内传出了印度，传到了南亚和东南亚一些国家，并且有了信徒。

在物质文明方面，印度对科学技术也有独特的贡献。古代印度对数学、天文、物理、化学、炼钢、熬糖等等都有发明创造。

（三）闪族伊斯兰文化体系

这里包括古代希伯来文化，《旧约》等等，也包括古代巴比伦、亚述文化和古代埃及文化，地域极广，历史极长；但是又确实属于一个文化体系，有许多共同的特征。公元六、七世纪，伊斯兰教兴起，它几乎囊括了这整个地区，继承并发展了古代闪族文化。有共同特征的阿拉伯文化，影响了欧亚广大地区。伊斯兰教成了世界三大宗教之一，影响更是普及而深入。此外，阿拉伯人在保存古代希腊文化方面还起了关键性的作用。一个很有趣的现象是，原属印欧体系文化（古代希腊、罗马就属于这个体系）的波斯（今伊朗），改信了伊斯兰教，把第三个和第四个文化体系融合起来，形成了独特的文化。波斯的宗教思想、文学、艺术、语言，以及科学技术，沿着古代的丝绸之路，影响极其广泛。

（四）希腊、罗马西方文化体系

古代希腊和罗马产生了光辉灿烂的文化。无论在自然科学方面，还是在人文科学和社会科学方面，都出现了许多有独创性的造诣和深远影响的伟大学者，伟大哲学家，至今全世界的学者们还在研究他们的著作。他们的诗人和作家，也是至今还栩栩如生。今天的欧美西方文化主宰了世界，实际上是希腊、罗马文化的继承和发展。这个主宰的过程，同欧洲资本主义的发展是分不开的。随着世界统一市场的形成，欧美西方文化体系就逐渐成了统一世界的文化体系。1827 年德国伟大诗人歌德首先提出了世界文学这个概念，1848 年马克思和恩格斯也提到了世界文学。这个世界文学是世界文化体系的一个重要组成部分。

三　西域在四大文化体系交流中的地位

上面讲了世界上四大文化体系，或两大文化体系群。从这个观点上来看，文化交流应该分为三个层次：（一）一个文化体系内部的交流；（二）四大文化体系间的交流；（三）两大文化体系群之间的交流。

一部人类历史证明了文化总是要交流的。没有文化交流，就没有人类的历史。世界文化决不是哪一个民族单独创造的，不管这个民族多么优秀，对人类文化有多大贡献。说文化是一个民族创造的，是法西斯论调。我在上面讲到过，民族不论大小，都对人类文化做出过贡献。但是，民族不论大小，也不管它对世界文化做出过多么大的贡献，它总是要接受外来文化的。一部人类历史也证明了这一点。

文化交流或文化传播，总要通过一定的道路。西域地处东西两大文化体系群的中间，是东西文化交流的必由之路。在东方文化体系群的内部，各民族之间的文化交流，有时候也要通过西域。世界历史上有名的丝绸之路，就是横亘西域的东西文化交流的大动脉。

我在下面按时代顺序叙述一下通过西域丝绸之路东西文化交流的情况。

（一）汉代

真正的丝绸之路的开辟不早于汉代，但是东西文化交流却决非到了汉代才开始。丝绸之路是东西文化交流日益频繁的产物。

最早担任文化交流任务的人，一般只有商人、外交官，大宗教创立以后，又加上了宗教信徒，老百姓是很难长途跋涉的。商人、外交官、宗教信徒，各有各的目的，他们决不会想到什么文化交流；然而事实上却进行了文化交流。这种情况在蒙昧的远古，商人出现之后，就已经有了。在天文方面的交流就早得很。中国春秋战国时期已经明显地受到外国影响，比如《战国策》、《国语》等书中一些典故，如狐假虎威之类，都有外来的痕迹。屈原赋中的一些神话也同样有外来的可能。这个时期的文化交流的道路决不限于陆路，海路也有可能，比如驺衍大九洲的学说就可能同海上交通有联系。

以上说的这些情况都是发生在汉代以前的。到了汉代，频繁的文化交流促成了丝绸之路的开辟，开辟了以后，又推动了文化交流。在中国几千年的历史上，汉代是对外文化交流的高潮之一。高潮的主要标志是，东西双方相对的信息量增加了，东西双方的物质和精神的产品交换得更加频繁了。这里的东指的是中国，西指的是沿丝绸之路的国家，路的尽头就联上了欧洲。汉代的重要史籍，如《史记》、《汉书》等，有大量关于西方国家和民族的记载，关于欧洲的记载也有一些。这些记载，这些信息的来源当然渠道很多。当时有几次历史上著名的出使，比如建元中（140—134 年 B. C.）张骞通使西域、和帝永元九年（97 年）甘英奉使大秦等都是渠道。他们走的都是丝绸之路。古希腊和罗马的历史学家和地理学家，比如斯脱拉波（Strabo 54 B. C. —24 年 A. D.）、白里内（Pliny，23—79 年）、拖雷美（Ptolemy，Ca. 150 年）等等，在他们的著作中也有关于中国的信息，特别是关于中国蚕丝的记载更引起了广泛的注意。估计这些信息也都是通过丝绸之路传入西方的。在这样的情况下，中亚很多植物传入中国，最著名的有葡萄、苜蓿、胡麻、蚕豆、大蒜、胡荽（香菜）、黄瓜、石榴、核桃、胡萝卜等等。西域音乐和其他艺术也传入中国。对以后中国人民的生活影响极大。佛教亦传入。

（二）三国两晋南北朝时期

东西文化交流继续进行。《魏略·西戎传》记载了大秦（叙利亚和东罗马帝国）的风俗、习惯、物产等。大秦还同东吴有交通关系，估计不是通过丝绸之路，而是通过海路。《晋书》记大秦国情况。《艺文类聚》记大秦的火浣布。佛经《那先比丘经》也有关于大秦的记载。《洛阳伽蓝记》记元魏时欧亚外国人杂居洛阳。希腊历史学家柏罗科劈斯（Procopius，500—565 年）记中国蚕种传入罗马的情况。这个时期，中国同西域各国交通更为频繁。佛教僧侣、外交使节的来往也加强了。中国的正史和佛教的僧传有大量关于广义的西域的记载。精神文明和物质文明的产品的交换也远远超过以前的时代。

（三）隋唐时代

隋代寿命很短，只能算是唐代的一个序曲。唐代是继汉代以后的又一个东西文化交流的高潮。隋唐两代对欧洲和西域（中亚）的交通比前代更加频繁了，得到的信息更加精确了。隋唐两代的许多典籍都有关于欧洲（拂菻，大秦）和西域的记载。谈到欧洲，《隋书·裴矩传》记通拂菻之路。同书《铁勒传》记里海西北诸民族的情况。《旧唐书》、《新唐书》、《册府元龟》、《通典》等书都有关于拂菻或大秦的记载。连玄奘和慧超的著作中都提到拂懔或拂临。大秦的景教传到中国来，大量的大秦出产品动、植、矿物也传入中国，比如水银、金刚石、矾石、玻璃、琉璃、木香、肉豆蔻、郁金花、很多的香、很多的树、酒、指甲花、狗、白象等等。谈到动、植、矿物的流传，比较复杂，一件东西往往有很多原生地，我们要注意这一点。

至于西域，则交通频繁的程度远远超过拂菻或大秦。唐代正史和其他书籍有大量的关于西域中亚一带的记载。对同西域交通的道路也有详尽的描述。在当时，唐代可以说是世界上第一大国，唐都长安是世界上文化和经济的中心。很多外国使节来到这里，很多外国僧人来到这里。当时在长安居住的外国人非常多，特别是西域胡人，西突厥人、月氏人、安国人、何国人、康国人、曹国人、米国人、石国人、史国人等等都有。（参阅向达《唐代长安与西域文明》）印度等国的使节和佛教僧人，以及波斯等国的使节，都常常来往于两国之间。中国的使节也派出国去，最著名的是王玄策等人。中国的高僧经过西域到印度去求法的，更是举不胜举，其中最著名的当然首推玄奘。他赴印度求法，来回都走西域。他的名著《大唐西域记》，至今仍被世界各国研究印度史和中亚史的学者视为瑰宝。这样频繁的往来促进了文化的交流。许多产生在广义的西域的宗教也传到中国来，其中有摩尼教和回教。

值得注意的是，在中西交通道路方面，出现了一个很大的转变：重点由陆路转向海路。海路交通唐以前已经存在，但是规模不大，仍以陆路为主。到了唐代，特别在玄奘和义净之间，也就是从七世纪三、四十年代至七、八十年代，在三四十年的时间内，好像改变很大。玄奘来去都是陆路，而义净则来去都是海路。其中消息，耐人寻味。

中西交通既然如此频繁，文化交流也必然相应加强。除了新宗教传入之外，西域的音乐舞蹈也大量涌入。《唐六典》卷十四，列举了十部伎乐：1. 燕乐伎；2. 清乐伎；3. 西凉伎；4. 天竺伎；

5. 高丽伎；6. 龟兹伎；7. 安国伎；8. 疏勒伎；9. 高昌伎；10. 康国伎，光看名称，即可推知其来源。西域的动植物也大量传入中国。动物有却火雀、大尾羊、驼鸟、狮子、灵猫、膃肭兽等等。植物有番木鳖、阿儿只、阿息儿、奴哥撒儿、娑罗树等等。特别值得一提的是炼糖技术的交流。在这方面，埃及、波斯和印度都有独到之处，三个国家互相学习。中国估计在南北朝时期已能炼制蔗糖。唐太宗曾派人到印度摩揭陀国去学习熬糖，回来仿制，色味逾西域远甚。波斯炼制石蜜的技术也传到中国。

（四）宋元时代

同唐代比较起来，宋代在中西交通方面显然是相形见绌的。《宋史》有《拂菻国传》，周去非《岭外代答》记大秦国，赵汝适《诸蕃志》记大秦国、斯加里野国（意大利的西锡利岛）、芦眉国（罗马）、木兰皮国（马格里布）等地。同中亚的交通也比不上以前各代。没有新宗教传入，动植矿产品的交流也没有新东西。

元代同宋代大异。蒙古人用兵中亚，一直打到欧洲。从中国经西域中亚到达阿拉伯国家和欧洲交通畅通的情况，是空前的，在某一种意义上也可以说是绝后的。在这样的情况下，中西双方人员的往来，信息的交流，其方便程度，也是空前的。著名的马可波罗就是在元代来华的。此外，还有一些天主教教士来到中国。耶律楚材的《西游录》、丘处机的《长春真人西游记》等书，也是非常著名的。他们走的道路就是经过西域的陆路。

（五）明清时代

东西交通更为频繁。交通道路海陆均有，但以海路为主。明永乐时郑和下西洋为一时盛举，走的是海路。我们在这里不谈。

对于欧洲，了解得比以前更加细致，更加确切了。《明史》中有《拂菻传》、《佛郎机传》、《鲁迷传》、《和兰传》等等，记载了很多欧洲一些国家的情况。《殊域周咨录》有关于拂菻、佛郎机等地的记载。《皇明世法录》谈到佛郎机、鲁迷、和兰等国。类似的书籍还有一些，这里不再列举。德国人、西班牙人、意大利人都有经过西域到中国来的。明末清初，利玛窦等一批欧洲人陆续来华，宣传天主教，同时也带来了西方文化，是中西文化交流史上的一件大事。

对于西域，联系也有所加强。《明史》有《西域传》，记载了西域的情况。陈诚《使西域记》、《殊域周咨录》等书，也记述了西域的情况，对撒马儿罕记述更是特别详尽。撒马儿罕大概是当时的西域重镇，是经济和文化的中心。

清代上承明代传统，同欧洲和西域的交通更为频繁。新疆正式建省，是一件有深远意义的事情。晚清时代，西方殖民主义入侵和这以前的沙皇俄国侵吞中亚大片领土，也对中国产生了影响。这一切都不详细谈了。

中国在几千年的历史上通过西域同欧洲和中亚、西亚，甚至非洲的交通情况就介绍到这里。通过这极其简略的介绍，我们可以看到在东西文化交流中西域的重要性，特别是新疆地位的重要性。西方和中亚同中国的陆路交通几乎全部都通过新疆。新疆在全世界上是唯一的一个世界四大文化体系汇流的地方，全世界再没一个这样的地方。这是新疆地理位置所决定的。它东有中国汉族文化，南有印度文化，西有闪族伊斯兰文化和欧洲文化。连古代希腊的雕塑艺术，都通过形成于阿富汗、巴基斯坦、印度一带的犍陀罗艺术传入新疆，再传入中国内地。新疆地区最早接受中国文化，跟着进来的是印度文化，再后是伊斯兰文化。在这三者之间，对峙、并存、汇合的现象，逐步形成。在目前，虽然从宗教方面来看，伊斯兰教统一了全疆。但从深层文化来看，几大文化体系的痕迹依然隐约存在。新疆这个地方实在是研究世界文化交流的最好的场地。有一些问题我们还不是很清楚。我相信，随着考古工作不断地深入和发展，随着我们研究水平的不断提高，我们的了解也会逐步加深。

四　结束语

这个题目的主要内容已经讲完了。但是，我觉得，好像还言犹未尽，有几个问题还必须说明一下。

（一）我在上面说到过，没有文化交流就没有人类的历史。这是什么意思呢？有必要结合我上面谈到的世界四大文化体系通过西域进行交流的情况再加以阐述。一方面，我们必须承认，中华民族光辉灿烂的文化，是在自己创造的基础上，不断吸收外来文化才得以形成的。另一方面，也必须承认，中国文化传了出去，对世界文化也作出了不可磨灭的贡献。这一点，现在的西方人未必都乐意承认。我在这里不想同他们辩论，我只举一个他们祖先的意见，就是英国十六、七世纪的伟大思想家佛兰西斯·培根（Francis Bacon 1561—1626 年）。那时候，西方资本主义还没有充分发展，帝国主义当然更没有形成，西方人还没有狂妄地自封为天之骄子，他们对中国文化的看法还比较公正、客观。培根说：

> 我们应当观察各种发明的威力、效能与后果，最显著的例子便是印刷术、火药和指南针。这三种发明都不为古人所知；虽然它们的起源都是在近期，但却是又不为人所知而默默无闻。而这三种发明却都曾改变了整个世界事物的全部面貌和状态——第一种是在（知识传播的）文献方面，第二种是在战争上，第三种是在航海上；并且跟着这些发明的利用又引起了无数的变迁。由此看来，世上没有一个帝国，没有一个教派，没有一个星宿比这三种机械发明对于人类发生过更大的力量与影响了。（见所著《新方法论》*Novum Organum*。引张春树译文，见《汉代丝绸之路的开拓与发展》，《食货月刊》复刊第十五卷第一、二期合刊）

这三种发明都是中国的。其意义培根说得很清楚了。从这一件事情上可以看出中国文化对人类文化发展贡献之重要。其他的例子还多得很，这里不一一列举了。

（二）我在上面也曾说到，世界文化是各民族共同创造的，可以称之为文化多元论。文化一元论往往同法西斯谬论难以分开。我把世界文化分为东西两大文化体系群。人类几千年的历史证明了，这两个群总是交互起伏，互相学习，互相补充。三十年河东，三十年河西，哪一个群也不可能永远主宰、垄断，两个群都既是给予者，又是接受者。今天世界的情况怎样呢？西方文化主宰世界久矣。但是西方有识之士已经逐渐感到，自己的文化并非完美无缺，并不能永垂不朽，并不能永远主宰、垄断。德国学者斯宾格勒（Spengler）、英国学者汤因比（Toynbee）等就属于这一类有识之士。特别是在第二次世界大战之后，西方一些人认真进行反思。我个人认为，西方文化已有走入绝境的迹象，需要东方文化来纠偏、来补正的时刻即将来临了。我们要拭目以待。

1988 年 7 月 16 日

注释：

1 作者征引稍有出入，现勘正如下：《汉书》卷九十六上、西域传第六十六上说：三十六国“皆在匈奴之西，乌孙之南，南北有大山，中央有河，东西六千余里，南北千余里。”——编者

2 作者征引稍有出入，现勘正如下：中华书局版《后汉书》卷八十八有《西域传》（西域传第七十八）。——编者

文化交流的必然性和复杂性

——在“东方文化系列讲座”上的报告

从全国范围来看，近几年来对文化的研究特别感兴趣。从报上可以知道，去年（1986年）上海大规模地开展文化发展问题的讨论，北京也搞了。这种现象解放以来还未曾有过。据我记忆，讨论文化问题，在二十年代（我还是中学生的时候）有过一次；是讨论东西方文化的。后来在三十年代又一次讨论文化问题。近几年来，为什么好多地方、团体、学者热心地讨论文化问题？其中必有缘故。我看讨论文化问题的热潮还没过去，还正在发展，而且方兴未艾。下面想谈谈我自己对文化问题的看法。

大家知道，我不是搞理论的，是搞语言的。对于文化问题我是外行。现在，我把自己对文化的想法和同志们谈谈。我们搞一个学术讨论会或写一篇文章，最好不要讲八股，要敞开自己的思想讲，这样彼此都有好处。我就是本着这样的一个精神来谈的。这里面肯定有正确的（我并非不谦虚），也肯定有错误，实事求是，供同志们思考。

一　文化交流的必然性

谈这个问题前要谈三个小问题：

（一）什么叫“文化”

我们这个讲座叫“东方文化系列讲座”。写文章、说话也常谈到“文化”。但你要给“文化”下个定义，并不容易。现在世界上对“文化”下的定义有几百个。有的说两百个，有的说六百个，我没作统计。但还没有一个定义是大家都同意的。大家都会感觉到，在社会科学领域里，包括人文科学，要给某个现象下个定义十分难，而自然科学较容易。如“直线”，两点之间最短的线是“直线”。大家没有什么可争论的。可是在社会科学领域里，对什么是“美”，不知有多少定义。我看了后感到都有些合理的地方和不合理的地方。今天，我也不想给“文化”勉强下一个定义。我只想谈谈自己的理解。我认为凡人类在历史上所创造的精神、物质两个方面，并对人类有用的东西，就叫“文化”。这是我对“文化”的理解，也可以算作一个“定义”吧。同志们看后会觉得，这不像定义。定义必须叙述得很神秘，拐很多弯，用好些形容词等等。这样的事我干不了。我就是这样理解的，也可以说是最广义的文化吧。

（二）“文化”和“文明”有何区别？

同志们写文章也好，讲话也好，提到“文化”、“文明”，不知大家对此是否进行过研究。什么叫“文化”？什么叫“文明”？我在这里也不是研究，也还是讲讲自己的理解。一般的英文字典，“culture”是“文化”，“civilization”是“文明”。可是有的英文字典，“culture”又是“文化”，又是“文明”。“civilization”也又是“文化”，又是“文明”。法文字典也一样。这说明这两个词有共同的地方。平常我们讲“东方文化史”也可以说“东方文明史”。可是有的时候，这两个词就不能通用。如“文明礼貌”，你说“文化礼貌”就不行。“学文化”你不能说“学文明”。因此，这两个词还有区别。我认为“文明”是对野蛮而言的，“文明”的对立面是“野蛮”。“文化”的对立面是“愚昧”。但“野蛮”和“愚昧”又有联系，“野蛮”中“愚昧”成分居多，也有不愚昧的“野蛮”。我们学文化是因为过去没有文化，学了文化把“愚昧”去掉了。我们讲文明礼貌是过去不文明，有一些野蛮，提倡文明礼貌，把“野蛮”成分去掉了。同志们或许觉得我这样理解过分简单化了，但简单化比一点想法都没有要好。

（三）文化的产生是一元的还是多元的？

我认为文化、文明的产生是多元的。不能说世界上的文化是一个民族创造的。这种说法是有的，这就是法西斯希特勒，他认为文化都是雅利安人创造的。最近有人说人类起源于云南的元谋。我觉得其中有点问题。这不能称为“爱国主义”，这是“超爱国主义”。非洲也有人讲人类起源于非洲。关于人类起源这个问题很复杂，大家都没吵清楚，恐怕若干年后也吵不清楚。绝对不是起源于一个地方，不是元谋，也不是非洲。文化也是这样。一个部族、部落的创造、发明，比如火的发现、工具的使用，再晚一些，比如农耕、建筑等，都是人类文化的创造。但不一定在一个地方。文化的产生不是一元的，不能说一个地方产生文化。这样说也许有人会问，是否否认我们常讲的文化体系？不，我认为世界文化是有体系的。我的看法是有四大体系，即中国文化、印度文化、希腊文化、伊斯兰阿拉伯文化。有人说还有希伯莱文化，我看很难成体系。它不是属于伊斯兰文化的先驱归入伊斯兰文化，就是和希腊文化合在一起。世界文化是有体系的，我们不能否认。世界四大文化体系中有三个文化体系是在东方。中国、印度、伊斯兰阿拉伯，它们的文化各有特点，有它的独立性，对其他国家有影响。专就文学而论，日本、朝鲜、越南的文学，很受中国文学的影响。中世纪印尼、柬埔寨、老挝、泰国、缅甸的文学受印度文学的影响。乌尔都、现代印尼，以及印度的一部分受穆斯林阿拉伯的影响。所谓“体系”，它必须具备“有特色、能独立、影响大”这三个基本条件。我讲的文化的产生是多元的，和文化体系并不矛盾。

现在谈文化交流的必然性。

文化一旦产生，它必须要交流。上面提到一个部落发现用火，其他部落必然来学习。其他如农耕等都一样。文化一旦发现，人们感到这对他们有好处，他就必然来学习。可以这样讲，从古代到现在，在世界上还找不出一种文化是不受外来影响的。记得以前我曾作过一次报告，我问在座的同志，你们研究一下你们从头顶到脚下，有多少是出自于中国的？头发式样不是，衬衣、裤子、鞋子也不是。吃的喝的东西中，面包、啤酒不是。坐的汽车、骑的自行车，以及沙发、电灯、电话等，都不是。可以说没有文化交流，就没有文化发展。我们现在生活在文化交流的时代，随时有新东西传进来，如喇叭裤（当然，它流行一时又很少见了）。现在流行牛仔裤。牛仔裤究竟要流行多久，谁也不知道。反正将来还得换。交流是不可避免的，无论谁都阻挡不住。交流总的来说是好的，当然也有坏的。坏的，对人们没有益处的，不能称为“文化”。我是说对人类有好处的、有用的、物质、精神两方面的东西交流才叫“文化交流”。现在报纸上常报导某地方发现原始民族。现在世界上恐怕没有真正的原始民族，而某些所谓原始民族其文化也有过交流。六十年代初，我去非洲访问，走了很多国家，看到一些国家的农村，钉子都不会制，风箱是用牛皮灌上气，用手来按。这种文化水平，我国在公元前三千年就达到了。甚至这些国家的农村种庄稼还不用铁，用木棒在土地上杵一个坑，上面放一粒种子，这就不管了。靠天吃饭——天下雨就来收获，不下雨就算了。当时感到这些地方比较原始，但往牛皮风箱里吹气，那也是学来的。所以说在原始状态下也还是有交流。

二　文化交流的复杂性

在谈这个问题前，同样有三个小问题要谈一谈：

（一）研究的方法

我们研究文化交流究竟采用什么方法。拿比较文学来说，其研究方法有很多派。如法国学派、美国学派、苏联学派、欧洲学派等。现在我们中国搞比较文学的同志想创造一个中国学派。在上述学派中，据我个人以及好多同志的看法，有两派最有代表性，一派是美国派，搞平行研究；另一派是法国派，搞影响研究。这是大体上讲。世界上的东西都不会纯之又纯的。“平行研究”是研究发展的规律。这一个国家有这一现象，另外一个国家也有这个现象。但它不一定是这个国家影响了另一个国家。我这个国家可以创造这个东西，另一个国家不受外来影响也可创造这个东西。“影响研究”是举具体事实。这个国家有什么东西，用什么方式传到另一个国家去？讲具体事实，讲它的影响。我看研究文化交流也是这两个方法，这两条道路。美法两学派多年来经常打笔墨官司。法国人对美国的办法不赞成；美国人对法国的学派不赞成。

其他国家如苏联、德国、中国等也都各有各的特点。但从研究方法、道路讲，就是这么两条。我是赞成影响研究的，因为它看得见，抓得住。平行研究很玄乎。当然讲影响研究也不能绝对化，如孙悟空的猴子形象哪里来的？我认为是受到印度的影响。有的同志不赞成，并写文章反驳。对此我不在乎。但不能绝对说猴子形象完完全全是从印度搬来的，这不可能。文化交流有个特点，一国的文化传到另一个国家，那个国家必然要加以修正，完完全全照搬的很少。

有一个字很有意思。法国比较语言学家常用的一个字，法文是“sécurite”，英文是“security”，意为“安全”、“安全感”、“安全的”。法国比较文学家用此字的意思是：搞平行研究不那么安全，你可以胡扯。搞影响研究安全，事实俱在。比较文学，最早是从十九世纪二十一三十年代，由一位德国学者开始的。他研究一本阿拉伯文的书叫《卡里来和笛木乃》。这是一本寓言童话集，源自印度的《五卷书》。开始《五卷书》是翻成波斯的巴列维语的，然后再翻成阿拉伯文，书名叫《卡里来和笛木乃》，以后转译成多种文字，流行于全世界。据统计其译本之多，可以同《圣经》相比。该书影响欧洲文学的创作，如《格林童话集》中的故事就有取材于该书的。德国人因此说比较文学是德国人先开始搞的（法国人不承认，说在十九世纪三十年代法国已有某大学开比较文学课）。《卡里来和笛木乃》的故事很简单，它由一国传到另一国，由一种文字译成另一种文字，看得见，摸得着，一点也不玄乎。但问题是，从一个民族传到另一个民族，从一个国家传到另一个国家，到了那地方必然有所改变。如鲁迅的《中国小说史略》中讲到一个故事，说鹅笼出生的一个书生，原来是外国人，后来变成了中国人。《卡里来和笛木乃》也是，在本国就有改变，何况从一国传到另一国，不可能完全一样。

由此看来，研究比较文学，研究文化是不是可以有两个层次。第一个层次讲事实。先把事实讲出来，如一个故事从印度经波斯、阿拉伯传到其他国家，把这个过程搞清楚。但作为研究，不能就此止步。第二个层次便是要研究一个故事或一个形象。如猴子，到了这个国家后有什么变化，变化有何规律，根据事实找出规律性的东西来。没有事实空讲平行，那不着边际。罗列事实也不行。要研究从一国到另一国有何改变，改变里有何规律，摸出规律，总结成理论。这样的理论就可靠，没有事实作根据的理论很玄乎。像变戏法一样，今天这样讲，明天那样讲，我对这种理论是不感兴趣的。

（二）传统文化与文化交流

文化可分为两部分。第一部分是一个民族自己创造文化，并不断发展，成为传统文化。这是文化的民族性。另一部分是一个民族创造了文化，同时在发展过程中它又必然接受别的民族的文化。这便是文化交流。这也是文化的时代性。文化的民族性和文化的时代性，这两个“性”有矛盾但又统一。近来，英国剑桥大学出了一本书，叫《中国晚清史》。它不是一个人写的，而是好多汉学家写的。书中提出一个论点，认为从晚清到现在这一部分的历史表现了两种文化的撞击（是西方文化和中国文化相撞击）。我看这个论点提得很有道理。中国近代史从1840年鸦片战争到现在，经过了好多时期：有旧民主主义革命、新民主主义革命、社会主义革命；约有一百四十多年了。《中国晚清史》说的两种文化的撞击，是不是结束了？我看没有。什么时候结束？不敢说。我现在手里拿着一本刊物叫《文艺研究》，刚出版的。打开书一看目录，文章的题目有：《关于西方影响与民族风格》、《历史继承与现实创造》等等。你看，“西方影响”即“时代性”；“民族风格”即“传统文化”。“历史继承”即“传统文化”；“现实创造”即“时代性”。这类题目目前在刊物上多得很。这说明此类问题还没解决，还要讨论下去。想到四十多年前，闻一多先生写过一篇文章，发表在清华大学学报上，题目是《母体文化的自卫与超越》。“母体文化”即“传统文化”。实际上闻一多先生在这里讲的就是“传统文化”和“引进创新”这两者之间的矛盾怎样解决。他有一句话：“一切的艺术应该是时代的经线与地方的纬线所编织的一匹锦。”意思就是一切文艺的传统文化的纬线与时代性的经线相织而成一匹锦。闻一多先生当时讲到这个问题，今天我们讨论的也还是这个老问题。从1840年后，文化界有过几次大争论，如“体用之争”、“本末之争”、“夷夏之争”等，都还是那个老问题。再从政治上看，从鸦片战争到现在快一百五十年了。也经过好几个革命阶段，但共产主义能否在很短的时期内实现？现在，大家都认为不可能。人类历史上的一个大的转折，在短时期内是不可能实现的。共产主义是人类发展的必然趋势，我仍相信人类的将来是共产主义社会。但何时才能实现？全世界都在考虑。全世界的社会主义走的步调差不多，是否中国先走了一步，很难说。不过，我们的改革在世界上有影响，而按时间来说我们不是最早的。现在苏联等国也在改革。这样一个历史上的大转折绝不是一百年准能完成的。政治如此，文化也如此。文化的民族性和时代性这问题没解决。我们今天研究文化交流，讨论文化问题必然有这种需要，没有需要大家不会研究。它同我们的生活联系密切，不关心不行。我们应该把眼光放大一点、远一点，它的意义绝不限于文化。

（三）全盘西化

现在有些青年人的思想，说好听点叫“活跃”，说不好听叫“混乱”。“全盘西化”和文化交流有联系。西化要“化”，不“化”不行，创新、引进就是“化”。但“全盘”不行，不能只有经线，没有纬线。理论上讲不通，事实上办不到。

下面讲文化交流的复杂性。我想举一个例子来说明这个问题。这个例子也是中印文化交流史上的一个例子。

最近几年我研究糖的历史。这在世界上也是一门专门学问，有好多国家的学者研究它，我也是从文化交流的角度来研究它的。因为“糖”的背后有一部文化交流的历史。中国的“糖”字，英文叫“sugar”，法文叫“sucre”，德文叫“zucker”，俄文叫“caxap”。一看就知道这个字是一个来源。一般讲，一个国家接受外来的东西，最初把外来的名字也带来了。有的后来改变了，有的没改变。如“啤酒”的“啤”字不是汉语，“沙发”、“巧克力”都不是。“面包”是汉字，变了，英文叫“bread”。我们吃的“干乳酪”，英文叫 cheese，现在还有人称之为“计司”。糖从一个地方传到另一个地方，如果本地没有，它把外来词也带进本地。英文的“糖”字来自印度，是从梵文śarkarā 转借来的。一比较就知道。这说明英语国家原来没有糖，糖是从印度传去的，要不为什么用印度字呢？我们中国最早也没有糖，从前有个“餳”字不念

"易"，也不念"阳"，念"糖"。中国糖最早是甘蔗做的。中国甘蔗是有的，《楚辞》中就提到。当时也吃甘蔗，也喝甘蔗浆。可是把甘蔗浆变成糖在中国用了一千多年。你看这个"餹"字，这字指的是麦芽糖，北京叫"关东糖"。不是甘蔗做的，是麦子做的。这个"糖"字，从语言学来说，六朝时才有"米"字旁的。从"食"字旁换成"米"字旁，不是随便一换这样简单。中国的《新唐书》里就讲到唐太宗李世民派人去印度学习制糖技术，这在中国的正史里有记载。这个"糖"字出现在六朝，说明唐太宗时，我们已能制糖，但水平不高，要派人去印度学习。这是历史事实。但问题不出在这里，问题是印地文中有个字叫"cīnī"，意为"中国的"，英文叫"chinese"。"中国"两字，英文叫"China"，法文叫"Chine"，德文叫"China"。都是从梵文"cina"变的。而印度把"白糖"也叫"cīnī"。印度自称在世界制糖水平最高，历史最悠久，因此śarkarā这个字传遍世界。为什么"白糖"反而叫"cīnī"呢？1985年我去印度参加《罗摩衍那》国际讨论会。一次我当主席，我向在座的印度学者问"cīnī"怎么来的？糖出在印度，为什么"白糖"叫"中国的"？结果没有一位学者答得上来。我的问题也没解决。今年年初有个丹麦学者，知道我研究糖的历史，给我寄来了一篇论文。这论文也不知哪国人写的，这人叫Smith。他的论文题目是讲cīnī及其来源。看了他的论文，感到他自己也解释不通，有矛盾。他说"cīnī"是"中国的"，"cīnī"又是"白糖"，而白糖却和中国没关系。因为在中古时期白糖很贵，当药来用，非皇家贵族、大商人是吃不起的。为何"cīnī"叫"白糖"呢？这是因为中国有几件东西在世界上很有名，如瓷器。

英文“China”当“中国”讲，但也是“瓷器”的意思。中国的瓷器也传入印度，印度的阔人才用瓷器。中国瓷器是白的，于是把中国瓷器的“白”和白糖的“白”连在一起。印地文中的“白糖”应该是“cīnī śarkarā”。后来因为字太长，简为“cini”。看来作者有个主见，无论如何“cīnī”和中国没关系，他想尽办法来解释。而且还说中国从来没有生产过白糖，也没向印度输出过白糖。这简直是胡说八道。但他的文章有可借鉴之处。大家知道，要研究这类问题先要确定“cīnī”这字什么时候出现的，上限在什么时候？第二要研究在什么地方出现“cīnī”这个字？然后再研究中国在什么时候生产白糖？什么时候，从什么地方传入印度？这样研究就比较科学。可是问题之难在于不知道“cīnī”在印度何时出现。我问过印度学者，他们也答不出来。而 Smith 做了些工作。他查了印度的文学作品，“cīnī”一字出现在十三世纪，这是他的功绩。另外他基本上把现在印度好多种语言中表示“白糖”这个意思的词儿追踪清楚。总的情况是，在印度西部语言中，都来自梵文的śarkarā。在东部语言中，则是 cini 或者 cīnī。孟加拉文就是这样，由此我们可以推断，中国白糖是由印度东部进入印度的。再研究中国白糖有没有？出口了没有？到印度了没有？问题就好解决了。

我国七世纪唐太宗时期确实向印度学习制糖技术，我们的制糖水平不高。但学习了以后，我们后来制的糖，其颜色、味道都超过印度。《新唐书》说“色味逾西域远甚”。一方面是我们引进了，另一方面是我们改进了。这是唐朝的情况。到宋朝我们仍制糖。到了元朝又来了一个变化。十三世纪马可·波罗的游记中有一段记载。说在福建尤溪地方有一批制糖工人，他们是蒙古大汗忽必烈从巴比伦找来教中国制糖工人制糖的，炼白糖。巴比伦这地方，有人说是现在的伊拉克，有人说是埃及。埃及开罗的可能性大。上述记载说明印度制糖传到波斯，从波斯传到埃及。埃及当时很多手工业占世界领先地位。而蒙古人的文化水平不高，蒙古大汗抓了些制糖工人，送到中国的福建尤溪，尤溪出甘蔗，在那里教中国人炼糖。到了明朝末年，很多书里讲炼糖，其中有一段记载说，原来糖炼不白。一次，一个偶然的机会，倒了一堵墙，墙灰落入糖中，发现制的糖变白了。这在化学上讲得通，灰里有碱，因此糖炼白了。中国的白糖到了明朝末年在国际市场成了抢手货。现在我们有根据，中国的白糖在郑成功时代已出口了。郑成功家里也做白糖生意，从中国运货去日本，在货物中就有白糖，这证明十三世纪后，中国的白糖出口。那么中国的白糖是否出口到印度？在别的书上记载大概是印度人派船到新加坡那里去买中国的白糖。中国直接去印度的有没有？现在没根据，但估计可能从福建泉州运白糖到孟加拉。泉州当时是世界很大的港口，那里有穆斯林的、印度教的文化遗迹。福建尤溪制的糖运到泉州，泉州有印度船运回印度。上岸的地方是东印度，讲孟加拉语，不是西印度。

以上讲的是事实，从事实中得出什么结论呢？说明文化交流绝不是直线的，而是非常复杂，曲折的。“cīnī”这个字的例子说明文化交流的复杂性。印度还有一个字叫“misri”，意为“冰糖”，但“misri”也是“埃及的”意思。从语言现象来看，印度制糖是先进的，但另一方面不能否认他也向别的国家学习了。东面学中国，“白糖”叫“cīnī”。西面学埃及，“冰糖”叫”misri”。从语言现象分析只能得出这个结论。

上面讲的几个问题，是我的想法。是否合理、正确，供同志们参考。

1988 年 8 月

《生殖崇拜文化论》* 序

赵国华同志把他的新著《生殖崇拜文化论》拿给我看。我原以为自己对这个问题虽有兴趣，但是所知不多，读这样一部将近三十万字的长稿，一定会十分吃力，十分勉强，甚而十分枯燥。可是我一旦坐下来看稿子，立刻就被其中十分精彩的阐述、石破天惊的推理、天外飞来的论证、恢廓弘大的内涵吸引住，大有欲罢不能之势，几乎是一口气读完，而且读了两遍。这种经历是最近多少年来没有过的。特别是在自己还没能完全走下文山、爬出会海的情况下，更显得难能可贵。由此可见这一部书具有多么大的魅力了。

在写这一部书之前，赵国华已经发表过一些零篇论文。因为隔行，我都没有仔细阅读。但是听说，他的文章引起了一些老一辈学者的重视，甚至震动；他们对这些文章给了高度的评价，赞不绝口。说句老实话，我最初有些不大理解。现在我读到这一部著作，我才真正认识到，这一些老一辈学者是有眼光的，是对晚辈学者奖掖不遗余力的。我以我国有这样老一辈的学者和中年学者而感到骄傲。我们国家社会科学的发展是有异常光辉的前途的。

探讨生殖崇拜的问题，赵国华并不是第一人。在他之前，国内外都有一些学者从事这项工作而且取得了或大或小的成绩了。

---

* 《生殖崇拜文化论》，赵国华著，中国社会科学出版社 1990 年 8 月出版。

在国内，赵国华在本书中提到了卫聚贤、周予同、闻一多、郭沫若等等，还有一大批中青年学者。在国外，赵国华提到了弗雷泽、杰文斯、马林诺夫斯基、布伊哥夫斯基、多尼尼、泰纳谢等，还有弗洛伊德等等。这些人都可以说是他的先驱者。然而他却并没有躺在这些人身上，亦步亦趋，不敢越雷池一步；而是以他们为基础，同时又纠正了他们的错误或者不足之处，独辟蹊径，大胆创新，利用自己广博的学识，贯穿古今，挥洒自如，为生殖崇拜文化这一门学问开辟了一个新天地。

要想列举这一部书的成就和优点，并不是一件轻而易举的事。这决不是说，这一部书成就不大，优点不多，列举起来有困难；而是正相反，本书成就极大，优点甚多，读者如入宝山，到处是宝，眼花缭乱，不知道要拣哪一块宝石好了。因此，我在这里只能笼统地简略地提出几点我认为是值得注意的地方来，以概其余。其他的宝石，由读者自己去拣吧。

本书的第一章“八卦符号原始数字意义的发现”，就是非常精彩的一章。八卦、河图、洛书等问题可以说是中国哲学史上，甚至中国历史上一个聚讼了几千年而始终没有得到比较一致的看法的问题。最近几年来西方国家的一些学者也对八卦产生了兴趣，骎骎成为世界显学了。然而它的真正含义至今仍是一个谜。这不能不说是一件极大的憾事。赵国华对于这个问题提出了崭新的独到的见解。我个人认为是非常有说服力的，简直可以说是发千古未发之覆。他又把八卦的起源与西安半坡的鱼纹联系起来，表现出了极大的机敏性。

从八卦和半坡鱼纹开始，赵国华把论题依次展开，讨论的范围越来越大，也越来越深入。他讨论的问题之多，令人眼花缭乱。但是，他并不是就事论事，他有一个中心目标，贯穿全书：万变不离其宗。他什么时候也没有离开这个中心目标，尽管有时候显得距离极远，但他说收回就收回。这个中心目标是什么呢？就是生殖崇拜文化问题。他雄辩地证明了，生殖崇拜文化与性文化不是一码事。这是本书的一条主轴。我们读者读本书时也千万不要忘记这条主轴而陷入迷魂阵中。

围绕着这一条主轴，赵国华讨论了并解决了许多问题。这些问题多少年来就引起了大家的兴趣，或者争论不休，或者各执其是，始终没有大家公认的结论，有的甚至连解决办法都没有能提出来。还有少数几个大家人云亦云，连其中有问题都没有发觉。赵国华却以惊人的洞察力和提出问题、解决问题的勇气，提出了自己的看法。在好几个地方，我都有豁然开朗之感。我上面提到本书有极大的吸引力，其原因一部分就在这里。我在这里只能就记忆所及举出几个例子，比如鲧和禹的问题；把半坡先民鱼祭祭坛同河图以及用龟甲占卜联系起来的问题；八阵图问题；“中”的概念和“中庸”问题；蛙纹与卍（svastika）的关系；月中蟾蜍的解释；铜鼓的解释；舟船象征女阴的问题；六字真言的奥秘；对《诗经》中许多诗歌的新解释，等等，等等。这样的例子真是俯拾即是。其中有一些是争论多年的，上面举的鲧禹问题就是其中之一。当年顾颉刚先生对禹提出了新看法，这招致了鲁迅先生的讥讽，许多人从而和之。现在赵国华又提出了自己的看法，证明顾说不一定就是笑谈。我举出这样一些例子，不过是豹窥一斑、鼎尝一脔而已。

赵国华提出来的问题中，有一些是具有理论意义和世界意义的，比如他反驳几乎已成定论的“图腾说”，我看他是持之有故、言之成理的，相信会得到大多数学者的承认。他又反驳了外国一些学者主张的“中国文化西来说”，同样是有根有据的。他还驳斥了德国学者格罗塞的艺术起源于生产活动的理论。我觉得他的理由很充分。我联带想到了我们一向奉为金科玉律的普列汉诺夫的所谓马克思主义的艺术起源的理论。根据赵国华的看法，我们也必须重新评价这个理论。仅此一项就能看出赵国华的论证对我们有多大启发了。

在论证方法方面，本书也有一些引人注目的特点。我在这里举出一个来，以概其余。在叙述和论证过程中，赵国华经常引用大量的古代典籍，比如《诗经》、《易经》、《礼记》、《山海经》、《楚辞》、《吕氏春秋》、《春秋繁露》、《论衡》等等。这并不足奇，其他学者也都这样做。但是他能把我们先民的一些风习和使用的词语同中国明清时代一些著名的长篇小说和今天某一些地区老百姓的方言联系在一起，乍看让人觉得奇怪，细思却又认为确有蛛丝马迹可寻。这是一种颇为不寻常的才能，我不能不特别指出并举出几个例子来，与大家共同析赏：华北、东北民间将男童的生殖器戏称为“亚腰葫芦”；蛙象征女阴，《水浒传》第二十三回，王婆对西门庆说：“他家卖拖蒸河漏子，热烫温和大辣酥。”“河漏子”就是蛙；鸟为男性生殖器的象征，《水浒传》中的李逵经常说“鸟”字；日中三足鸟是男根的象征，《金瓶梅》中把表示性交的字写作“合”，今天不少地区仍将男子性行为称作“日”；今天北方民间将鸟禽的交尾称为“踩蛋”，“足”代表雄鸟的生殖器，用足踩代表交配；蜥蜴俗称“马驼子”，后来交了好运，演化成了“龙”；熊也是男根的象征物，今天俗语中仍将精液称为“熊”；用玉制作的一些东西表现生殖崇拜，《金瓶梅》中以“玉”为男根的隐语；今天河南的一些风习还有生殖崇拜的痕迹，等等，等等。可能有人认为，这无关大局，我却觉得异常精彩。赵国华探讨几千年前的生殖崇拜，却并没有有古无今，他胸中似乎有一个几千年来的全局一盘棋的成竹。我上面说的“贯穿古今”，就是这个意思。我并不认为这是一件小事，我想会有人同意我的看法的。

我在上面零零碎碎地谈了我对本书的一些印象和看法。我现在想集中谈一谈本书的主题，就是建立生殖崇拜文化理论的问题。

赵国华引用了恩格斯在《家庭、私有制和国家的起源》的第一版序言中的一段话：

> 根据唯物主义的观点，历史中的决定性因素，归根结蒂是直接生活的生产和再生产。但是，生产本身又有两种。一方面是生活资料即食物、衣服、住房以及为此所必需的工具的生产；另一方面是人类自身的生产，即种的蕃衍。

赵国华在这里加了一句话：“恩格斯关于两种生产的理论，是照亮我们探索远古人类历史进程的明灯。”他的做法和意见无疑都是非常正确的、非常高明的。众所周知，在十一届三中全会以前的几十年中，从外国输入的僵硬死板的教条主义束缚了我们的心灵。

我们只被允许鹦鹉学舌，不敢越雷池一步。这大大地阻碍了我们社会科学研究的发展，走了很多弯路，浪费了大好的年华。在对远古人类社会发展的研究方面，对恩格斯提出来的两种生产中，我们只允许谈第一种，第二种关于人类自身的生产，则成了塔布，谈之色变，没有人敢去尝试。这简直可以说是学术史上的一幕悲剧。

现在，赵国华探讨原始人类的生殖崇拜，首先引用了恩格斯的话，冲破了禁忌，大谈人类自身的生产。我认为，这是非常重要的，是“擒贼先擒王”的手段。但是，他并没有忽略生活资料的生产。两种生产他都谈。他非常注意两者的关系，而且对此做了明确的阐述。他对欧美学者在这方面的研究成就并没有忽略，而且充分肯定。比如英国杰出学者弗雷泽的大著《金枝》的价值，他完全承认。但是，他发现，弗雷泽的理论基础是产食文化。他写道：

> 产食文化理论的基点是“食”，亦即把食物问题作为原始人类全部生活的重心，并以此解释原始人类的精神文化。弗雷泽之外，主张这种产食文化理论的学者大有人在，如杰文斯（Jevons，Franck Byron）、马林诺夫斯基（B. Malinovski）、布伊哥夫斯基（S. N. Buikovsky）等。……这些学者的不足或失误，是由于他们只认识到了食与人类生存的关系，没有认识到原始思维中食与生殖的关系，更没有认识到初民是将食服务于生殖。

这一段话无疑是正确的。恩格斯举出了两种生产，第一种是生活资料生产中最重要的、最根本的食物的生产。第二种是人类自身的生产。两种生产合起来才能算是完整的，否则只提一种，难免有偏颇之感。

赵国华是两种生产同时并提的，重心似乎是放在第二种生产，人类自身的生产上。上面引文中有“初民是将食服务于生殖”的说法，本书的书名叫“生殖崇拜文化论”，也透露其中的消息。在另外一个地方他又写道：“远古人类将食与生殖联系起来的认识，源于将食与生命联系起来的经验。……吃食物可以生出乳汁，吃食物当然也可以生出孩子，这是初民的逻辑。所以他们将食服务于生殖。”这都说明，在处理食与生殖的关系时，赵国华把生殖放在首位，食是服务于生殖的。

赵国华是怎样进一步来解释生殖的重要性的呢？我再引用他的几段话。他说：

> 以往，中外学者都把产食活动视为原始人类解决食物问题的唯一途径，却忘记了作为社会生产力的人的再生产在其中所起到的决定性作用。

他又说：

> 人口的增加意味着人手的增加，从而，人类自身的繁殖就成了原始社会发展的决定性因素。出于对作为社会生产力的人的再生产的严重关切，原始人类中出现了

> 生殖崇拜。换句话说，生殖崇拜深刻反映了一个绝对庄严的社会意志——作为社会生产力的人的再生产。

他又说：

> 可以想见，原始人类只能以增加生产率来求得和扩大人类自身的再生产。

用不着再多征引了。赵国华的看法已经非常清楚。他是把人类自身的生产与“社会生产力”、“社会意志”等联系在一起的，把“人口”与“人手”联系在一起的。我先在这里声明一句：我引他这些话，并非企图证明，他在处理食与生殖的关系时犯了偏颇的毛病。他曾强调说，产食文化有其局限性，性文化也有其局限性，只有提出生殖崇拜文化，才能够全面。可见他的观点并不偏颇。

但是，我脑筋里也不是没有问题。在阅读这一部稿子的过程中，我一方面获得了不少的知识，对一些问题的看法也逐渐从肤浅走向深入。但是，同时我也越来越明确地思考一个问题：原始初民之所以崇拜生殖是否就真像赵国华说的那样来源于对“社会生产力”和“社会意志”的考虑，对“人手”的考虑？如果认为“考虑”这个词儿不准确，可以改为“在潜意识中受这些东西的支配”。我觉得，我在这里提出的这个问题确实值得我们仔细推敲。最原始的初民究竟能够有多少“社会意识”呢？恐怕微乎其微。他们对“人口”与“人手”的关系是否就像比较晚的人们那样考虑的呢？恐怕有所不同。

我们都知道，在人类发展的最原始的阶段中，有很长的一段时间，由于对自然规律掌握得很不够，由于生产工具异常地简陋，初民在获取食物方面，同其他动物差不了多少，一个人从事食物采集或渔猎等活动所获得的食物，最初恐怕连个人果腹都有困难。根本没有什么剩余食品，所以也就没有剥削。在这样的情况下，初民恐怕很难意识到增加人口的重要性。因为，增加一双手，就增加一张口，至多两者互相抵消，对集体食物生产没有任何帮助。因此，用“社会生产力”、“社会意志”等概念来解释初民对生殖的崇拜，就有极大的困难，很难解释得通。

那么，怎么办呢？用什么办法来解释初民努力生殖、崇拜生殖这个现象呢？我想提出一个解决办法：用本能来解释。这可以说是对社会生产力说的一个补充，而非代替。

在这里，我想多说上几句。孔子说：“食、色，性也。”什么叫“性”呢？性就是今天我们所说的本能。人的本能很多，但是最重要的就是这两个。古人也称之为“饮食、男女”，是一个意思。我们的孔老夫子真不愧是圣人，他一语就道破了人这个动物的奥秘。恩格斯所说的两种生产，正与食、色相当，实际上是人类的两个最基本的本能。叔本华所说的“生的意志”，我看也指的是本能。不但是人，其他动物，甚至连一般生物都包括在里边，莫不有这两个基本本能。我们的造物主（上帝、安拉、天老爷、大梵天、天地、造化“小儿”等等，都指的是同一个东西），是非常有意思的。他（它？她?）创造了生物，并且赋予他们两个基本本能：一个是吃饭，一个是生孩子。吃饭是为了个体的生存，生孩子是为了个体能够延续，为了子子孙孙的生存。赵国华用生存和生殖这两个词儿来表示这两种本能。二者密不可分，缺一不可。我们可以用两条交叉的线来表示其间的关系。一条横线表示食，表示生存；一条竖线表示色，表示生殖，表示子孙繁衍。没有食，则个体不能存，更谈不到生殖；没有色，则个体只能生存一代，就要断子绝孙。两者相辅相成，构成人和动物、植物的共同生存的花花世界。这是造物主的积极的一面。但是，造物主又不完全积极，也不能完全积极。他创造了生物，同时又创造了每一个生物的对立面，它的煞星。没有这个煞星是不行的。如果让一切生物都本着自己的本能生存下去，繁殖下去，则任何一种生物都能把地球塞满。造物主就是这么一个玩意儿，既创造，又破坏。我们的老子大概看到了这一点，所以才说："天地不仁，以万物为刍狗。"印度教的三大神我看也表达了同一个意思。我啰哩啰嗦说这些话有什么意思呢？我无非想说，本能的力量和作用要充分肯定。一直到人类的末日，本能也决不会离开我们。我们现在探讨初民的生殖崇拜，至少有一部分必须考虑到本能问题。

我现在再把我的想法说得具体一点。初民之所以努力生殖，之所以有生殖崇拜，在最初的阶段上，恐怕主要是出于本能。至于对社会生产力、社会意志、人口问题等等的考虑，则恐怕是逐渐兴起来的。我上面已经说到，动物和植物也都努力繁殖。它们除了受本能的支配外，还能有什么别的东西呢？人高于动物，但仍是动物，受本能支配，是天经地义的。恐怕人类越原始，则本能对他们的支配力量就越大。人在某种程度上可以控制本能，动物则绝对办不到。后代人控制本能的力量恐怕大于初民，这也是一个事实。

总之，我觉得，用本能说来补充社会生产力、社会意志说，是恰当的，是说得通的。但是，我对于这个问题研究得不深不透。这些想法是读了本书后得到了启发才开始有的。如果我能引用一句古话“愚者千虑，必有一得”的话，我就非常满足了。有了一点想法，不敢自秘，提出来供国华和其他同好们参考。

我还想谈一谈我读本书过程中一点感觉。生殖崇拜文化影响极大，时间极长，地域极广，用以象征男根、女阴和男女交媾的东西极多，这都是无可争辩的事实。赵国华对他举出来的东西都做了比较充分的论证。要我提出反驳的意见，我实在难以做到。但是，我通读本书时，脑海里总常浮出一个问号：真有这么多的动、植物和其他东西都象征男根、女阴和男女交媾吗？赵国华是否有点“草木皆兵”了呢？我对自己这些疑问举不出证据。我也说不出，究竟哪一件东西不象征那些东西，既然有了这样的感觉，也不敢自秘，也提出来供国华和其他同好们参考。

赵国华对自己的著作有极大的信心。他在书中写道：“我们大胆地认为，等到生殖崇拜文化的研究全面而深入地开展起来，中国和世界早期的文化史都需要重写。”他又写道：“我们认为，如果能将产食经济文化与生殖崇拜文化结合起来研究，文化人类学会发生一场革命。”我个人认为，这决非狂言自大，也非英雄欺人。有识之士读了本书以后，会同意他的意见的。我前面已经说到，已经有不少的老一代的学者和中年学者对赵国华的成就，击节称赏。我相信，这一部书出版以后，称赏者会更加称赏。过去没有读过赵国华的文章的人，读了本书，也会自动自愿地加入到赞赏者的队伍里来。这一天不久就会来到的。

眼前，我们的考古发掘工作正在蓬勃开展。地不爱宝，许多珍贵的原始人民的遗迹一个接一个地被挖掘出来。最近北京平谷县又发掘出来了一个比半坡还要早的遗址。我想，对探讨初民的生殖崇拜文化，这些都是非常有利的。有利于探讨的材料将会一天比一天增多。这也是可以肯定的。赵国华一定会密切注视着这些遗址的发掘工作，不失时机地把新发现的材料拿来充实自己的研究工作，使自己的看法更加坚实可靠。他现在这一部《生殖崇拜文化论》仅仅是一个开始。但是我必须着重指出，这是一个非常光辉的、预示着更光辉的前途的开始。生殖崇拜文化这一门学问必将日益发展，日益深入，日益完善，日益广阔，在光辉的探讨的道路上走上前去。

我在这里郑重推荐这一部书，不仅向专门搞民俗学的学者们推荐，而且向从事研究古代历史、考古、语言、文学、哲学、宗教、美术、民族、人类学、神话学、古典文献等等的学者们推荐。除了这些专家学者之外，所有搞社会科学的人都应该读一读本书，这决不会浪费你的时间和精力。正相反，读了以后，你一定会有意想不到的收获，你的眼界定会开阔，你的认识定会提高。

有识有志之士，盍兴乎来！

1988 年 12 月 22 日

从宏观上看中国文化

羡林案：此文原为国家教委主持的1989年五四科学讨论会而作。当时限于时间，未能畅所欲言。最后一部分显然给人以仓猝鸣金收兵的印象。我对于文化问题涉猎不深。此文所谈的看法，知音恐亦不多。但我自问立论是公允有据的，决非一时心血来潮而发。对当今社会上泛滥的“月亮只有外国的圆”的思潮，即使不能是一声断喝，至少也能起振聋发聩的作用。既然我自己认为是正确的、有益的，我就希望多多益善地让人能够了解我的看法。适值中华书局征稿，我对文化问题思考的那一点本钱已经用光，“江郎才尽”，再也写不出比较好的文章来了，在再三考虑之余，决定以此文滥竽。但又不能原封不动端上去，于是就把旧文加以充实、扩大，增加了一些新东西，观点则原封不动。以此祝贺中华书局成立八十周年。

最近几年，在全国范围内，掀起了一股“文化热”的高潮。这是完全可以理解的。我们国家的社会主义建设发展到了今天这个地步，在接受几十年来的经验和教训的基础上，大家都认识到，文化建设的任务已经提到议事日程上来了。我想大家都会同意，人类历史上任何社会，都不能专靠科技来支撑，物质文明与精神文明同步建设。我们今天的社会也决不能是例外。

在众多的讨论中国传统文化与现代化问题的论文和专著中，

有很多很精彩的具有独创性的意见。我从中学习了不少的非常有用的东西。我在这里不详细去叙述。我只有一个感觉，这就是，讨论中国文化，往往就眼前论眼前，从几千年的历史上进行细致深刻的探讨不够，从全世界范围内进行最广阔的宏观探讨更不够。我个人觉得，探讨中国文化问题，不能只局限于我们生活于其中的这几十年、近百年，也不能局限于我们居住于其中的九百六十万平方公里。我们必须上下数千年，纵横数万里，目光远大，胸襟开阔，才能更清楚地看到问题的全貌，而不至于陷入井蛙的地步，不能自拔。总之，我们要从历史上和地理上扩大我们的视野，才能探骊得珠。

我们眼前的情况怎样呢？从十九世纪末叶以来，我们就走了西化的道路。当然，西化的开始还可以更往前追溯，一直追溯到明末清初。但那时规模极小，也没有向西方学习的意识，所以我不采取那个说法，只说从十九世纪末叶开始。从中国社会发展的需要来看，从全世界文化交流的规律来看，这都是不可避免的。近几百年以来，西方文化，也就是资本主义文化，垄断了世界。资本主义统一世界市场的形成，把世界上一切国家都或先或后地吸收过去。这影响表现在各个方面。不但在政治、经济方面到处都打上了西方的印记。在文学方面也形成了“世界文学”，从文学创作的形式上统一了全世界。在科学、技术、哲学、艺术等等方面，莫不皆然。中国从前清末叶到现在，中间经历了许多惊涛骇浪，帝国统治、辛亥革命、洪宪窃国、军阀混战、国民党统治、抗日战争、解放战争，一直到中华人民共和国建立后的社会主义初级阶段，我们西化的程度日趋深入。到了今天，我们的衣、食、住、行，从头到脚，从里到外，试问哪一件没有西化？我们中国固有的东西究竟还留下了多少？我看，除了我们的一部分思想感情以外，我们真可以说是“全盘西化”了。

我并不认为这是一件坏事。我认为，这是一件天大的好事。无论如何，这是一件不可抗御的事。我一不发思古之幽情，二不想效法九斤老太；对中国自然经济的遭到破坏，对中国小手工业生产方式的消失，我并不如丧考妣，惶惶不可终日。我认为，有几千年古老文明的中国，如果还想存在下去，就必须跟上世界潮流，决不能让时代潮流甩在后面。这一点，我想是绝大多数的中国有识之士所共同承认的。

但是，事情还有它的另外一面，它也带来了不良后果。这最突出地表现在一些人的心理上。在解放前，侨居上海的帝国主义者在公园里竖上木牌，上面写着：“华人与狗不许入内。”这是外来的侵略者对我们中华民族的污辱。这是容易理解的。但是，解放以后，我们号称已经站起来了，然而崇洋媚外的心理并未消失。古已有之，于今为烈。这是十分令人痛心的事。五十年代曾批判过一阵这种思想，好像也并没有收到预期的效果。到了十年浩劫，以“四人帮”为首的一帮人，批崇洋媚外，调门最高，态度最“积极”。在国外读过书的知识分子，几乎都被戴上了这顶帽子。然而，实际上真正崇洋媚外的正是“四人帮”及其爪牙自己。现在，“四人帮”垮台已经十多年了，社会上崇洋媚外的风气，有增无减。有时简直令人感到，此风已经病入膏肓。贾桂似的人物到处可见。多么爱国的人士也无法否认这一点。有识之士愀然忧之。这种接近变态的媚外心理，我无论如何也难以理解。凡是外国的东西都好，凡是外国人都值得尊敬，这是一种反常的心理状态。中国烹调享誉世界。有一些外国食品本来并不怎么样；但是，一旦标明是舶来品，立即身价十倍，某一些味觉顿经改造的人们，蜂拥而至，争先恐后。连一些外国朋友都大惑不解，只有频频摇头。

在这样的情况下，要来谈中国文化，真正是戛戛乎难矣哉。在严重地甚至病态地贬低自己文化的氛围中，人们有意无意地抬高西方文化，认为自己一无是处，只有外来的和尚才会念经。这样怎么能够客观而公允地评价中国文化呢？我的意思并不是要说，要评价中国文化，就必须贬低西方文化。西方文化确有它的优越之处。十九世纪后半叶，中国人之所以努力学习西方，是震于西方的船坚炮利。在以后的将近一百年中，我们逐渐发现，西方不仅是船坚炮利，在精神文明和物质文明方面，他们都有许多令人惊异的东西。想振兴中华，必须学习西方，这是毫无疑问的。二十年代，就有人提出了“全盘西化”的口号。今天还有不少人有这种提法或者类似的提法。我觉得，提这个口号的人动机是不完全一样的。有的人出于忧国忧民的热忱，其用心良苦，我自谓能充分理解。但也可能有人别有用心。这问题我在这里不详细讨论。我只想指出，人类历史证明，全盘西化（或者任何什么化）理论上讲不通，事实上办不到。但这并不影响我们向西方学习。我们必须向西方学习，今天要学习，明天仍然要学习，这是决不能改变的。如果我们固步自封，回到老祖宗走过的道路上去，那将是非常危险的。

但是，我始终认为，评价中国文化，探讨向西方文化学习这样的大问题，正如我在上面已经讲过的那样，必须把眼光放远，必须把全人类的历史发展放在眼中，更必须特别重视人类文化交流的历史。只有这样，才能做到公允和客观。我是主张人类文化产生多元论的。人类文化决不是哪一个国家或民族单独创造出来的。法西斯分子有过这种论调，他们是别有用心的。从人类几千年的历史来看，民族和国家，不论大小，都或多或少地对人类文化宝库做出了自己的贡献。这恐怕是一个历史事实，是无法否认掉的。同样不可否认的事实是，每一个民族或国家的贡献又不完全一样。有的民族或国家的文化对周围的民族或国家产生了比较大的影响，积之既久，形成了一个文化圈或文化体系。根据我个人的看法，人类自从有历史以来，总共形成了四个大文化圈：古希腊、罗马一直到近代欧美的文化圈，从古希伯来起一直到伊斯兰国家的闪族文化圈，印度文化圈和中国文化圈。在这四个文化圈内各有一个主导的、影响大的文化，同时各个民族或国家又是互相学习的。在各个文化圈之间也是一个互相学习的关系。这种相互学习就是我们平常所说的文化交流。我们可以毫不夸大地说，文化交流促进了人类文化的发展，推动了社会前进。

倘若我们从更大的宏观上来探讨，我们就能发现，这四个文化圈又可以分为两大文化体系：第一个文化圈构成了西方大文化体系；第二、三、四个文化圈构成了东方大文化体系。“东方”在这里既是地理概念，又是政治概念，即所谓第三世界。这两大文化体系之间的关系也是互相学习的关系。仅就目前来看，统治世界的是西方文化。但是从历史上来看，二者的关系是三十年河东，三十年河西。

人类历史上曾出现过许多文化，欧洲史学家早有这个观点，最著名的代表是英国历史学家汤因比。他在他的巨著《历史研究》里（索麦维尔节录，曹未风等译，上、中、下三册，上海人民出版社出版，1986 年第五次印刷），从世界历史全局出发，共发现了二十一个或二十三个文化（汤因比称之为社会或者文明）：西方社会、东正教社会（又可以分为拜占庭和俄罗斯两个东正教）、伊朗社会、阿拉伯社会、印度社会、远东社会（又可以分为中国和朝鲜、日本两部分）、古希腊社会、叙利亚社会、古印度社会、古代中国社会、米诺斯社会、印度河流域社会、苏末社会、赫梯社会、巴比伦社会、埃及社会、安第斯社会、墨西哥社会、尤卡坦社会、马雅社会、黄河流域古代中国文明以前的商代社会（见原书上册，第 43 页）。

汤因比明确反对只有一个社会——西方社会这一种文明统一的理论。他认为这是“误入歧途”，是一个“错误”。虽然世界各地的经济和政治的面貌都已经西化了，其他的社会（文明）大体上仍然维持着本来的面目。文明的河流不止西方这一条。（原书上册，第 45—48 页）

汤因比在本书的许多地方，另外在自己其他著作，比如《文明经受着考验》（沈辉等译，浙江人民出版社出版，1988 年第一版）中，提出了一个观点：文明发展有四步骤：起源、生长、衰落、解体。在《文明经受着考验》第 10—11 页，他提到了德国学者斯宾格勒的名著《西方的沉落》，对此书给了很高的评价，也提到了斯宾格勒思想方法的局限性。在《历史研究》的结尾处，第 429—430 页，他写道：

> 当作者进行他的广泛研究时发现他所搜集到的各种文明大多数显然已经是死亡了的时候，他不得不作出这样的推论：死亡确是每个文明所面对着的一种可能性，作者本身所隶属的文明也不例外。

他对每一个文明都不能万岁的看法是再明确不过的了。

了解了我在上面谈到的这些情况，现在再来看中国文化，我们的眼光就比以前开阔多了。在过去相当长的历史时期内，中国文化对世界文化的发展产生了影响，这是我们的骄傲，这也是一个历史事实。汤因比对此也有所论述，他对中国过去的文化有很好的评价。但是，到了后来，我们为什么忽然不行了呢？为什么现在竟会出现这样崇洋媚外的思想呢？为什么西方某一些人士也瞧不起我们呢？我觉得，在这里，我们自己和西方一些人士，都缺少历史的眼光。我们自己应该避免两个极端：一不能躺在光荣的历史上，成为今天的阿Q；二不能只看目前的情况，成为今天的贾桂。西方人应该力避一个极端，认为中国什么都不行，自己什么都行，自己是天之骄子，从开天辟地以来就是如此，将来也会永远如此。

那么，我们应该怎么办呢？我们东西双方都要从历史和地理两个方面的宏观上来看待中国文化，决不能囿于成见，鼠目寸光，只见片段，不见全体；只看现在，不看过去，也不看未来。中国文化，在西方人士眼中，并非只有一个看法，只有一种评价。汉唐盛世我不去讲它了，只谈十六、十七世纪以后的情况，也就能给我们许多启发。这一段时间，在中国是从明末到清初，在欧洲约略相当于所谓“启蒙时期”。在这期间，中国一方面开始向西方学习；另一方面，中国的文化也大量西传。关于这个问题，中西双方都有大量的记载，我没有可能，也没有必要一一加以征引。方豪在他的《中西交通史》（华冈出版有限公司，1977年第六版，第五册，《明清之际中西文化交流史》下）中有比较详细而扼要的介绍。我在下面利用他的资料介绍一下在这期间中国文化流向西方的情况。

中国经籍之西传

四书、五经在中国历史上有至高无上的权威。如果中国经籍西传，首当其冲的理所当然地就是这些书。明朝万历二十一年（1593年），利玛窦将四书译为拉丁文，寄还本国。天启六年（1626年），比人金尼阁将五经译为拉丁文，在杭州刊印。到了清朝，殷铎泽与郭纳爵合译《大学》为拉丁文，康熙元年（1662年）刻于建昌。殷氏又将《中庸》译为拉丁文，于康熙六年（1667年）和康熙八年（1669年）分别刻于广州及印度果阿。《论语》之最早译本亦出殷、郭二人之手，亦为拉丁文。康熙二十年（1681年），比教士柏应理返回欧洲。康熙二十六年（1687年）在巴黎发刊其著作《中国之哲学家孔子》。中文标题虽为《西文四书解》，但未译《孟子》，名实实不相符。康熙二十六年（1687年），奥国教士白乃心用意大利文写的《中国杂记》出版。康熙五十年（1711年），布拉格大学图书馆出版卫方济用拉丁文翻译的四书及《孝经》、《幼学》，1783年至1786年译为法文。卫氏又以拉丁文著《中国哲学》，与上书同时同地刊出。白晋著有拉丁文《易经大意》，未刊。康熙四十年（1702年），白晋自北京致书德国大哲学家莱勃尼兹，讨论中国哲学及礼俗。现在梵蒂冈图书馆中尚藏有西士研究《易经》之华文稿本十四种，宋君荣曾译《书经》，刘应译《礼记》的一部分。康熙末年，马若瑟节译《书经》、《诗经》。康熙四十六年（1707年），马若瑟自建昌府致函欧洲，讨论儒教。雷孝思参加绘制《皇朝一统舆地全图》，对中国古籍亦有研究。傅圣泽有《道德经评注》，为拉丁文及法文合译稿本。他又用法文译《诗经》。赫苍璧于康熙四十年（1701年）来华，亦曾从事翻译《诗经》。

到了雍正乾隆年间，中籍西译继续进行。宋君荣所译之《书经》于乾隆三十五年（1770年）刊于巴黎。他还研究中国经籍之训诂问题。孙璋为后期来华耶稣会神父中最精通汉学者。他所译拉丁文《诗经》附有注解。他又译有《礼记》，稿成未刊。蒋友仁制作圆明园中的喷水池，为人所艳称。他又深通汉籍，用拉丁文译有《书经》、《孟子》等书。乾隆时有一个叫钱德明的人，精通满汉文，译有《盛京赋》，并研究我国古乐及石鼓文等，他是西人中最早研究我国苗族及兵学者。乾隆四十年（1775年）在北京著《华民古远考》，列举《易经》、《诗经》、《书经》、《春秋》及《史记》为证。乾隆四十九年（1784年），又在北京刊印《孔子传》，为钱氏著作中之最佳者。此外，他还有《孔门弟子传略》，以乾隆四十九年（1784年）或次年刊于北京。韩国英译有《大学》及《中庸》，又著有《记中国人之孝道》。韩氏可能是十九世纪前西人研究我国经籍的最后一人。他的本行是生物学。

从明末到乾隆年间，中国经籍之西传，情况大体如上。既然传了过去，必然产生影响。有的影响竟与热心翻译中国经书之耶稣会神父的初衷截然相违。我在下面介绍方豪一段话：

> 介绍中国思想至欧洲者，原为耶稣会士，本在说明彼等发现一最易接受“福音”之园地，以鼓励教士前来中国，并为劝导教徒多为中国教会捐款。不意儒家经书中原理，竟为欧洲哲家取为反对教会之资料。而若辈所介绍之中国康熙年间之安定局面，使同时期欧洲动荡之政局，相形之下，大见逊色；欧洲人竟以为中国人乃一纯粹有德性之民族，中国成为若辈理想国家，孔子成为欧洲思想界之偶像。（五，第 197 页）

中国俗话说“搬起石头砸自己的脚”，颇与此相类了。

受中国经籍影响的，以法、德两国的哲学家为主，英国稍逊。举其荦荦大者，则有法国大哲学家笛卡尔等。法国百科全书派也深受中国思想之影响。在德国方面，启蒙时期的大哲学家斯宾诺莎、莱勃尼兹等，都直接受到了笛卡尔的影响，间接受到中国影响。康德认为，斯宾诺莎的泛神论完全受的是老子的影响。莱勃尼兹二十一岁就受到中国影响。后与闵明我、白晋订交，直接接受中国思想。1697 年，莱氏的拉丁文著作《中国近事》出版。他在书中说：“在实践哲学方面，欧洲人实不如中国人。”有人认为，康德的哲学也受了中国哲学的影响，特别宋儒理学。

中国经籍西传，不但影响了欧洲哲学，而且也影响了欧洲政治。在德国，莱勃尼兹与华尔弗利用中国哲学推动了德国的精神革命。在法国，思想家们则认为中国哲学为无神论、唯物论与自然主义。这三者实为法国大革命之哲学基础。百科全书派全力推动革命的发展。法国大革命实质上是反宗教之哲学革命。法国的启蒙运动，也是以反宗教为开端。形成这种反宗教的气氛者，归根结蒂是中国思想传播的结果。法国大革命前夕，中国趣味在法国以及整个欧洲广泛流行。宫廷与贵族社会为中国趣味所垄断。而宫廷与贵族又是左右法国政治的集团。则中国趣味对法国政治之影响，概可想见了。

百科全书派把反宗教和鼓吹革命的思想注入所撰写的百科全书中。他们与中国文化有深刻的接触。但因认识中国之渠道不同，对中国的意见也有分歧。孟德斯鸠与卢梭谈的多是欧洲旅客的游记等，对中国遂多有鄙薄之论。荷尔巴旭、服尔德、波勿尔、魁斯奈等等，所读多是耶稣会士之报告或书札，对中国文化多有钦慕之意。孟德斯鸠著《法意》第一卷第一章，给法律下定义，提出“万物自然之理”，主张“有理斯有法”，完全是宋儒思想。服尔德七岁即在耶稣会士主办的学校中受教育，对中国文化无条件地赞赏，在自己的小礼拜堂中，供孔子画像，朝夕礼拜。他认为，孔子所说：“仅为极纯粹之道德，不谈奇迹，不涉玄虚。”他说：“人类智慧不能获得较中国政治更优良之政治组织。”又说：“中国为世界最公正最仁爱之民族。”他还根据《赵氏孤儿》写了一部《中国孤儿》。第德洛对中国有批评意见，但认为中国文化在各民族之上。卢梭承认中国为文明最高古国，但他认为文明并非幸福之表记，中国虽文明，而不免为异族所侵凌，他是“文明否定论者”。中国思想除了影响了上述的哲学家之外，还影响了所谓政治经济学上的“重农学派”。这一学派以自然法代替上帝的功能。他们倡导“中国化”，不遗余力，甚至影响了国王路易十五。英国经济学家亚当·斯密受了法国思想家的影响，在《原富》一书中应用中国材料颇多。

在德国，中国影响同样显著。大文豪歌德是一个突出的代表。哲学家也深受中国思想影响。莱勃尼兹、斯宾诺莎，上面已经谈到。其他哲学家，康德、菲希特、谢林、黑格尔等，都受了莱勃尼兹的影响，也可以说，间接受了中国影响。叔本华哲学中除了有印度成份外，也受了朱子的影响。

中国美术之西传

随着中国哲学思想之西传，中国美术也传入欧洲。欧洲美术史上的罗柯柯时代约始于1760年，即乾隆二十五年，至十八世纪末而未衰。此时中国美术传入，产生了显著影响。在绘画上重清淡之色彩。在建筑上力避锐角方隅，多用圆角。在文学上则盛行精致的小品。在哲学上采用模棱两可的名词。这与流行于当时的“中国趣味”或“中国风”是分不开的。

中国情趣表现在许多方面，首先是在园林布置方面。欧洲人认为，中国园艺兼有英、法二国之长。他们说，中国园艺匠心独运，崇尚自然，不像欧洲那样整齐呆板。于是中国式的庭园一时流行于欧洲各国，法国、英国、德国等地都出现了中国庭园的模仿物，遗迹至今尚能见到。

中国绘画也传入欧洲，主要是中国的山水画和人物画，在瓷器上表现最为突出。有一些画家也作有中国情趣的绘画，比如孤岛帆影、绿野长桥之类。据说梵高也学过中国泼墨画。

除了绘画之外，中国用具也流行欧洲。轿顶围的质料与颜色，受到中国影响。中国扇子、镜子传入欧洲。十七世纪后半，法国能制绸。中国瓷器西传，更不在话下。同时中国瓷器也受到西洋影响。

明末至清朝乾隆年间中国经籍和美术西传的情况大体上就是这个样子。

我现在举一个说明西方人如何看待中国文化的具体的例子。我想举德国最伟大的诗人歌德，他的一生跨越十八、十九两个世纪，是非常关键的时期。他在 1827 年 1 月 31 日同爱克曼谈话时说道：

> （中国传奇）并不像人们所猜想的那样奇怪。中国人在思想、行为和感情方面几乎和我们一样，使我们很快就感到他们是我们的同类人，只是在他们那里一切都比我们这里更明朗，更纯洁，也更合乎道德。在他们那里，一切都是可以理解的，平易近人的，没有强烈的情欲和飞腾动荡的诗兴……他们还有一个特点，人和大自然是生活在一起的。你经常听到金鱼在池子里跳跃，鸟儿在枝头歌唱不停，白天总是阳光灿烂，夜晚也总是月白风清。月亮是经常谈到的，只是月亮不改变自然风景，它和太阳一样明亮。……还有许多典故都涉及道德和礼仪。正是这种在一切方面保持严格的节制，使得中国维持到几千年之久，而且还会长存下去。（《歌德谈话录》，朱

光潜译，人民文学出版社 1978 年版，第 112 页）

这是歌德晚年说的话，他死于 1832 年。他死后没有过多少年，欧洲对中国的调子就逐渐改变了。据我个人多年的观察与思考，这与发生在 1840 年的鸦片战争有关。在这以前，中国这个天朝大国，虽然已经有点破绽百出，但仍然摆出一副纸老虎的架势，吓唬别人，欺骗自己。鸦片战争一下子把这只纸老虎戳破，真相暴露于光天化日之下。西方对中国的政治、经济，进而对中国文化逐渐贬低起来。他们没有历史观点，以为从来就是这个样子，中国从来就没有好过。他们自己的老祖宗所说的一些话和所做的一些事，他们也忘了个一干二净。随着他们科学技术的发展，政治、经济的发展，环顾海内，唯我独尊，气焰万丈了。

第一次世界大战给他们敲了一下警钟。他们之中的有识之士开始反思。于是出了像斯宾格勒《西方的沉落》这样发人深思的书，可惜好景不长。到了二十年代末三十年代初，法西斯思潮抬头，把西方文化，特别是所谓“北方”文化捧上了天，把其他文化贬得一文不值。中国人在法西斯分子眼中成了劣等民族，更谈不到什么欣赏中国文化了。不久就爆发了第二次世界大战，比第一次大战还要残酷，还要野蛮。这又一次给西方敲了警钟。西方有识之士又一次反思，汤因比可以做为代表。预言已久的第三次世界大战，始终没有爆发。虽然在全球范围内大大小小的战争从未停止过，大家总算是能够和平共处了。到了今天，人类共同的公害，比如人口问题、粮食问题、污染问题、土地问题等等，一个个被认识得越来越清楚。两个超级大国似乎也认识到，靠武力征服世界的美梦是不现实的，他们似乎也愿意和平共处了。在这样的情况下，人们要怎样来认识西方文明，怎样来认识东方文明——中国文明，怎样来认识文化交流，就非常值得我们注意了。

我在上面提到的英国历史学家汤因比，对中国文化和中国未来的作用有自己的看法。在同日本宗教活动家池田大作的谈话中（见《展望二十一世纪——汤因比与池田大作对话录》，荀春生、朱继征、陈国樑译，国际文化出版公司，北京，1985 年版），他详细阐述了自己的看法。为了把他的观点介绍得明确而翔实起见，我想在这里多引用他的一些话。汤因比说：

> 因此按我的设想，全人类发展到形成单一社会之时，可能就是实现世界统一之日。在原子能时代的今天，这种统一靠武力征服——过去把地球上的广大部分统一起来的传统方法——已经难以做到。同时，我所预见的和平统一，一定是以地理和文化主轴为中心，不断结晶扩大起来的。我预感到这个主轴不在美国、欧洲和苏联，而是在东亚。
>
> 由中国、日本、朝鲜、越南组成的东亚，拥有众多的人口。这些民族的活力、勤奋、勇气、聪明，比世界上任何民族都毫无逊色。无论从地理上看，从具有中国文化和佛教这一共同遗产来看，或者从对外来近代西欧文明不得不妥协这一共同课题来看，他们都是联结在一条纽带上的。并且就中国人来说，几千年来，比世界任何民族都成功地把几亿民众，从政治文化上团结起来。

他们显示出这种在政治、文化上统一的本领，具有无与伦比的成功经验。这样的统一正是今天世界的绝对要求。中国人和东亚各民族合作，在被人们认为是不可缺少和不可避免的人类统一的过程中，可能要发挥主导作用，其理由就在这里。

如果我的推测没有错误，估计世界的统一将在和平中实现。这正是原子能时代唯一可行的道路。但是，虽说是中华民族，也并不是在任何时代都是和平的。战国时代和古代希腊以及近代欧洲一样，也有过分裂和抗争。然而到汉朝以后，就放弃了战国时代的好战精神。汉朝的开国皇帝刘邦重新完成中国的统一是远在纪元前202年。在这以前，秦始皇的政治统一是靠武力完成的。因此在他死后出现了地方的国家主义复辟这样的反动。汉朝刘邦把中国人的民族感情的平衡，从地方分权主义持久地引向了世界主义。和秦始皇带有蛊惑和专制性的言行相反，他巧妙地运用处世才能完成了这项事业。

将来统一世界的人，就要像中国这位第二个取得更大成功的统一者一样，要具有世界主义思想。同时也要有达到最终目的所需的干练才能。世界统一是避免人类集体自杀之路。在这点上，现在各民族中具有最充分准备的，是两千年来培育了独特思维方法的中华民族。不是在半个旧大陆，而是在人们能够居住或交往的整个地球，必定要实现统一的未来政治家的原始楷模是汉朝的刘邦。这样的政治家是中国人？日本人？还是越南人？

或者朝鲜人？

池田说：

> 从两千年来保持统一的历史经验来看，中国有资格成为实现统一世界的新主轴。您这一说法，在考虑今后世界问题时，具有极为重要的启示。（第 294—295 页）

这两位著名的国际活动家，主要是从历史上和政治上谈论了中国的和世界的未来，其中也涉及文化。他们的意见，我觉得非常值得注意。至于我自己是否完全同意他们的意见，那是一个次要的问题。重要的是，在目前我们国内有那么一小撮人，声嘶力竭地想贬低中国，贬低中国文化，贬低中国的一切，在这样的时候，有像汤因比这样的通晓世界历史发展规律的大学者，说出了这样的意见，至少可以使这些人头脑清醒一下。你不是说月亮是外国的圆吗？你们中间不是有人竟认为中国连月亮都没有吗？现在有外国人来说，中国有月亮，中国的月亮也是圆的，而且圆得更美妙了。这一小撮人不是应该好好地反思一下吗？这一些人也许根本不知道汤因比是何许人。但那没有关系。他们最怕外国人，反正汤因比是外国人，这一点是错不了的。对这些人来说，这一点也就够了。我决非听了外国人说中国月亮圆而飘飘然忘乎所以，把久已垂下的尾巴又翘了起来。中国的月亮也有阴晴圆缺，并不总是亮而圆的。但这是另一个问题。我们目前当务之急是全面地、实事求是地从最大的宏观上来考虑中国文化在世界上已经起过的作用和将来能够起的作用。在这样的时刻，兼听则明，汤因比和池田大作的意见是值得我们深思的。

对于人类文明前途的问题，我也曾胡思乱想过一些。我现在想从哲学上或者思想方法上来谈一谈我的想法。西方哲学或者思想方法是分析的，而东方的则是综合的。这两种方法异曲同工，各臻其妙。这已几乎是老生常谈，没有不同的看法。但是，对于分析的前途则恐怕是仁者见仁，智者见智。首先一个问题是：能不能永恒地分析下去？庄子说："一尺之棰，日取其半，万世不竭。"从理论上和逻辑上来讲，这是毫无问题的。但是，对具体的东西的分析，比如说对原子的分析，能不能越分越细，以至万世不竭呢？西方的自然科学走的就是分析的道路。一直到今天，这一条路是走得通的。现在世界上的物质文明就来源于此。这是事实，不容否认。但是，这一条路是否能永远走下去呢？在这里有两种意见：一种认为可以永远走下去，越分析越小，但永不能穷尽。一种认为不行，分析是有尽头的。我自己赞同后一种意见。至于我为什么赞同后者，我认为，这不是一个理论问题，而是一个实践问题。我自己解释不了，我也不相信别人的解释。只有等将来的实践来解答了。

我觉得，目前西方的分析已经走得够远了。虽然还不能说已经到了尽头，但是已经露出了强弩之末的端倪。照目前这样子不断地再分析下去，总有一天会走到分析的尽头。那么怎么办呢？我在上面已经说过，东西两大文化体系的关系从几十年的历史上来看是三十年河东，三十年河西。现在球已经快踢到东方文化的场地上来了。东方的综合可以济西方分析之穷，这就是我的信念。

至于济之之方究竟如何，有待于事物（其中包含自然科学）的发展来提供了。

我从宏观上看中国文化，结果就是这样。希望有识之士共同来讨论。

1989年10月25日写完

读日本弘法大师《文镜秘府论》有感

王利器先生寄赠他的《文镜秘府论校注》，放置案头，多历年所；每次翻检，辄有收获。最近因发愿探究《悉昙章》奥秘，翻查较多，恍然对中国文学批评的标准问题，若有所悟，因此写了这一篇短文。

评论文学作品，有政治性和艺术性两个标准，已经家喻户晓，不必再谈。政治性我在这里先不说。专就艺术性而论，特别是对于诗歌评论的艺术性标准，过去似有极大的偏颇。几乎所有的中国文学史都有这种情况。我举一个例子。1963 年出版的中国科学院文学研究所的《中国文学史》，在评论唐代伟大诗人李白的创作时，反复强调他的浪漫主义或者积极的浪漫主义，说他有奇妙的想象、夸张的手法；说他热爱大自然，“能够美妙地把神话、幻想和夸张等这些浪漫主义的表现手法结合着运用”。还说他能够向民间文艺学习，如此等等。

难道一个伟大诗人的艺术特点就仅仅限于这一些吗?

诗歌同散文、小说等，同是文艺创作。它们之间既有共同之处，也有差异。我个人认为，最显著的差异就在于诗歌必须有韵律（在现代派诗人眼中，这些可能都是腐朽之论。但是，我自甘腐朽，而且认为，他们的诗歌说是什么东西都行，只是不是诗歌）。一讲到诗的韵律，就会想到音乐。诗韵同音乐确有许多共同之处。十九世纪欧洲兴起的所谓“纯诗”（pure poetry），有的就强调诗的音乐感，主张诗歌音乐化。英法许多著名的诗人，如Swinburne、Verlaine等等，他们的诗篇都是音调悠扬，接近乐曲；读者读了，耳目为之一新。连英国的浪漫诗人有时候也在韵律上别出心裁，要一点新花样。这当然并不是说，把诗句当成了音符，只有声调，没有含义。那是做不到的，也是没有必要的。这些诗人的意思，不过是尽量让含有意义的诗句音韵协调，铿锵有致，逼近音乐，更能起到震撼读者的灵魂的作用，让含义与乐声共同钻入人们的内心深处。

在中国文学史上，类似的现象也是有过的，六朝时期的所谓"齐梁文学"就是最著名的例子。沈约在《宋书·谢灵运传论》中写道：

> 夫五色相宣，八音协畅，由乎玄黄律吕，各适物宜。欲使宫羽相变，低昂舛节，若前有浮声，则后须切响，一简之内，音韵尽殊，两句之中，轻重悉异。妙达此旨，始可言文。

一时成为风气，号"永明体"。这一派诗人反对的许多声病，原来有的地方并不都十分清楚。唐代到中国留学的著名的日本弘法大师空海，不但从中国学习了佛法，也学习了书法和诗法。他著的《文镜秘府论》，列举了许多具体的例子，说明了永明诗人所说的"文章八病"，什么平头、上尾、蜂腰、鹤膝等等究竟是什么样子。这一点，我们都应该感谢这一位日本高僧。

永明诗人的理论和实践，发展到了极端，走上了形式主义，为世诟病。唐初就有过一次“反动”。但是其中确有极有价值的东西，无论如何也是不应而且也不能抹煞的。沈约说：“若得其会者，则唇吻流易；失其要者，则喉舌蹇难。”这难道不是千真万确的情况吗？历代一些伟大诗人深知其中奥妙。杜甫的诗句“老去渐于诗律细”，“诗律”指的不就是这种情况吗？

可惜的是，这种应该说是优秀的传统没有被很好地继承下来。到了今天，就出现了上面说的那种情况：文学史家们在评论文艺创作时，没有细分散文与诗歌的区别，没有去抓诗歌之所以成为诗歌的最突出的特点，简言之，没有从韵律，从音乐性这方面来评论诗人的成就。我说这是一种偏颇，恐怕是无法反对的。我希望，今后的文学史家能注意到这一点，并努力加以纠正，写出更好的、更全面的、崭新的中国文学史。

1990 年 6 月 6 日

论《儿郎伟》

敦煌卷子中有一些题为《儿郎伟》的歌辞，以六言和四言为主，间有五言和七言，有时四、五、六、七言间杂。每首一韵到底。多数《儿郎伟》标有“音声”二字，可见是可以入乐的。《儿郎伟》共分三类：驱傩词、上梁文、障车文。这些歌辞大都作于张议潮、张淮深叔侄及曹世金等统治敦煌时期，是敦煌的地方文学。这种创作唐以后历代都有人仿作，如司空图、苏轼等等，都有作品流传，直至清代不绝[1]。在作者中，还应加上王安石[2]、王禹偁、周濂溪等。《说郛》卷十七，《爱日斋丛钞》中谈到上梁文。[3]

我在这里只想谈一个问题：“儿郎伟”这个词儿的含义究竟是甚么？

中外学者中颇有人讨论过这个问题的。我举几个例子。周绍良先生在《敦煌文学“儿郎伟”并跋》[4]中钞录了一些敦煌“儿郎伟”歌辞，在《跋》中还引用了释澹归（奎）《偏行堂集》，卷八刊载的“上梁文”，还有司空图的“障车文”等。周先生对“儿郎伟”的含义作了解释，他引清代梁玉绳的《瞥记》，卷六的话：

> 上梁文必用“儿郎伟”之语，楼攻媿云：“旧不晓其义……。”余又案：《北史·儒林传》，宗道晖被鞭，徐呼“安伟！安伟！”盖犹“阿㑊”也。则“儿郎伟者，邪、

许之声”。抱经先生以为然，尝著其说于《钟山札记》。

羡林案：梁玉绳引楼钥文不全，他遗漏了一些颇为重要的词句。我现在翻检《攻媿集》卷七十二，《跋姜氏上梁文稿》，将全文抄在下面，供学者参考：

> “上梁文”必言“儿郎伟”，旧不晓其义。或以为“唯诺”之“唯”，或以为“奇伟”之“伟”，皆所未安。在敕局时，见元丰中获盗推赏刑部，例皆节元案，不改俗语。有陈棘云：“我部领你懑厮逐去深州。”边吉云：“我随你懑去”。“懑”本音“闷”，俗音“门”，犹言“辈”也。独秦州李德一案云：“自家伟不如今夜去”云。余哑然笑曰：“得之矣！”所谓“儿郎伟”者，犹言“儿郎懑”，盖呼而告之。此关中方言也。上梁有文，尚矣。唐都长安循袭之。然尝以语尤尚书延之、沈侍郎虞卿、汪司业季路，诸公皆博洽之士，皆以为前所未闻。或有云相儿郎之伟者，殆误矣。因附见之。

这里面有不少有趣的解释。周先生似乎同意楼钥的说法。他说：

> 颇疑这种文体，盖为唱者至此，和者加以和声，正如楼钥所谓“盖呼而告之”的用途。[5]

周先生的意思是，“儿郎伟”就等于“儿郎们”，是有意义的。

国外也有研究这个问题的学者。法国学者 Danielle Eliasberg 写了两篇文章[6]，第一篇专门谈“儿郎伟”。她写道：

> Eul-lang 儿郎 peut se traduire sans problemes par “jeunes gens”。“儿郎”毫无问题只能译为“年轻人”。

在注 4 中，她从歌辞中找到了“儿郎斋声斋和”，结论是，“儿郎”的含义是“年轻人”，不容置疑。但是，对“伟”字她却只有疑问。她怀疑，“伟”是否与“唯”混淆，“唯”字的含义是“回答”（réponse），因此“儿郎伟”的意思就是“年轻人的回答”。另一个可能是：“妙呀，年轻人！”（Bravo les jeunes gens！）[7] 在第二篇文章中，她又重复第一篇文章的结论，她斩钉截铁地说：“‘儿郎’的含义一点问题也没有，译为‘年轻人’。”[8]

不管中外学者怎样坚决主张“儿郎”的含义是“年轻人”，我却总怀疑，这两个字，再加上第三个“伟”字，都没有任何意义，只表示一种声音，一种当作和声用的声音。

我现在陈述我的理由。

饶宗颐先生在论文《梵语 ṚṜḶḸ 四流音及其对汉文学之影响》[9] 举出了许多类似民歌的例子：定惠所序的《悉昙章》：

> 现练现，现练现，第一俗流无利见，饮酒食肉相呼唤，谗言谄为相斗乱，怀挟无明不肯断，鲁流卢楼现练现。
>
> 向浪晃，向浪晃，第二俗流无意况，心中邪佞起欺诳，三毒四倒争势狂，鲁流卢楼向浪晃。

每一段歌辞开头都有三个音重复两次，最后再出现一次。

此外，饶先生还举了不少的类似的和声字，比如宋末张炎《词源》中谈到的“哩啰唛唥”；金代王喆《重阳全真集》中谈到的“哩啰唛”；谭处端《水云集》中的“啰哩唛，哩唛啰”；《五灯会元》中的“啰啰哩哩”、“啰啰哩”等等；宋元曲调唱“合生”时用的“哩哩啰，哩哩来”；成化本《白兔记》的“开场”中的“哩啰连，啰啰哩，连连连”，等等；明徐霖《绣襦记》中的“哩哩”；明王越《黄莺儿》中的“哩啰啰，哩啰”；明杨慎《词品》中的“哩啰嗹”；清初曹寅听闽乐时听到的“啰哩嗹”；现代台湾台南道曲唱本中的“哩啰嗹”；旧时北京小曲中的“啰哩连连哩啰”；现今马来西亚流行的真空教经典中的“啰哩”；安南佛典丛刊本《陈朝佚存佛典录》的《上士语录》中的“哩啰啰，啰哩哩”；傜歌《交阯歌》中的“那罗离”，等等。

例子举得够多了，而且包括古今中外。所有的这些例子，都说明一个事实：和声用的字几乎都是来母字，鲁流卢楼也都是来母。至于何以是这样？我目前还没有解释，只好暂时存而不论。

为了对这个问题作进一步的探讨，我再从《佛说楞伽经禅门悉谈章》[10]中抄五个例子，第一个抄全文，其余的只抄作为和声的三个字：

> 颇逻堕，颇罗堕。第一捨缘清净座。万事不起真无我。直进菩提离因果。心心寂灭无殃祸，念念无念当印可。摩底利摩，鲁留卢楼颇罗堕。诸佛子！莫懒堕，自劝课！爱河苦海须度过。忆食不喰常被饿。木头不攒不出火。耶罗逻端坐，娑诃耶莫卧！

第二首歌辞开头是“只（质）领盛”；第三首是“嗄（復）浪养”；第四首是“拂粟（栗）（**羡林案：**恐系“栗”之误）质”；第五首是“晓燎曜”；第六首是“按赖（颏崖）畔”；第七首是“普路喻”；第八首是“嗄（復）略药”。

我们仔细分析以上八首歌辞，三字和声的中间一字：逻、领、浪、栗、燎、赖、路、略等八个字，完完全全是来母字，无一例外。再对比上面举出的定惠所序《悉昙章》中的“现练现”、“向浪晃”，中间一字“练”和“浪”，也是来母字，这样多的例子说明，这不是偶合，而是规律。

现在拿这个规律来衡量“儿郎伟”三个字，中间的“郎”字也是来母字，我们便会豁然贯通，毫无疑滞。法国学者D. Eliasberg在歌辞中发现了“儿郎”二字，就认为这里的“儿郎”就是“儿郎伟”的“儿郎”，推理未免过分简单。总之，根据我在上面列举的证据和归纳出来的规律，我只能说，“儿郎伟”三字只是和声，并无实际含义，与“儿郎”无关，也与“伟”字无关。这就是我必须得出的结论[11]。

1990年7月23日

搜集材料时，多得小友荣新江、钱文忠之助，附此致谢。

注释：

1 参阅黄征：《敦煌文学〈儿郎伟〉辑录校注》，见《杭州大学学报·哲学社会科学版·古典文献论文专辑》，第十八卷增刊，1988年，第90—101页。

2 《临川先生文集》卷三十八，《四部丛刊》，《景灵宫修盖英宗皇帝神御殿上梁文》。

3 见下面注 4、6 论文。

4 《出土文献研究》，文化部古文献研究室编，文物出版社，1985 年，第 175—183 页。

5 上引文，第 183 页。

6 L'Expression Eul-lang Wei dans cestains Manuscrits de Touen-houang，Centre de Recherches d'Histoire et de Philologie de la IV Section de l'École Pratique des Hautes Études，Ⅱ Hautes Études Orientales 17 Nouvelles Contributions aux Études de Touen-houang，1981. Publications de l'École Francaise d'Extrême-Orient，vol. CXXXV Contributions aux Études de Touen-houang vol. Ⅲ. Paris 1984. Le Grand Exorcisme no à Touen-houang（全文名是 Quel-ques aspects du grand exorcisme no à Touen-houang）（p. 237—253）。

7 上引第一篇论文，第 268 页。说“伟”与“唯”相混。楼钥的文章中已经提到。

8 上引第二篇文章，第 238 页，注④。

9 见《中印文化关系史论集·语文篇》，香港中文大学中国文化研究所，1990 年。第 20—38 页

10 《大正新修大藏经》，85，536abc。

11 文章写完后，接到中华书局《文史知识》1990 年第 7 期，其中有黄征先生的《敦煌歌谣〈儿郎伟〉的价值》一文。文中没有讲到对“儿郎伟”如何解释，可以说同我在本文中探讨的问题无关。因此我也就不再加以征引。谨记于此，以供参考。

从中国文化特点谈王国维之死

将近六十年前在清华读书时，经常徘徊在“王静安先生纪念碑”前，和同学们指指点点，谈论陈寅恪先生写的纪念碑文。其中有几句话：

> 士之读书治学，盖将以脱心志于俗谛之桎梏，真理因得以发扬。思想而不自由，毋宁死耳。斯古今仁圣所同殉之精义，夫岂庸鄙之敢望。先生以一死见其独立自由之意志，非所论于一人之恩怨，一姓之兴亡。

与此事有联系的，寅恪先生还有一段话：

> 凡一种文化值衰落之时，为此文化所化之人，必感苦痛，其表现此文化之程量愈宏，则其所受之苦痛亦愈甚；迨既达极深之厚，殆非出于自杀无以求一己之心安而义尽也。（《王观堂先生挽词并序》）

这些话意思是明白的，但是我们却觉得，它与王静安先生之死挂不上钩。静安先生自己写得非常清楚：“五十之年，只欠一死。经此事变，义无再辱。”原来溥仪被驱逐出宫时，他曾与罗振玉、柯绍忞等相约同殉。后未果。他认为这是耻辱。到了1927

年，韩复榘兵临北平城下，他不想再一次受辱了，于是自沉于颐和园内昆明湖。这是一种忠君思想，是再清楚不过的了，同什么“俗谛”、“思想自由”，又同什么“文化”有何关联呢？这个问题多年来耿耿于怀，没有得到认真的解决。我也就把它放到一边，不再考虑。

最近，我因为给一册纪念寅恪先生的论文集写一篇序，又认真读了一些陈先生的著作，浏览了时贤关于他的专著和论文。有的学者在自己的著作中谈及王静安先生之死，作了一些解释。读了以后，我学习了不少的东西，得到了许多启发。可是将近六十年前我碰到的那个问题，仍然没有解决。学者们的一些看法，我认为有点隔靴搔痒，没有搔到痒处。在这样的情况下，我只好重新独立思考了。我觉得，要想满意地回答我的问题，只能从中国文化的特点出发来考虑、探讨。

什么叫做文化呢？世界各国的学者给文化下的定义，据说有好几百个。定义数目这样多，正好证明这个问题并没有解决，难以解决。我现在不想再给定义的宝库增添新的负担。我个人没有这个能力，也认为没有必要。我只想考虑一下中国文化的特点，由此来解决自己的问题。

世界各国人民的文化有共性，也有个性。中国文化的个性或者特点是什么呢？讨论这个问题的学者也是非常多的。我不想远求，我顺手拿过了一本《中国文化书院讲演录第一集·论中国传统文化》，又随便从里面选了四位学者的文章，加以节引。第一位是梁漱溟先生。他在《中国文化要义》中说：

> 中国人的心思、思想、精神用到哪里去了呢？用到人与人之间去了，用到人伦关系上面去了。所谓父慈子孝、兄友弟恭、夫妇和好都是人与人之间的关系问题、人偶的问题。

第二位是冯友兰先生。他在《中国哲学的特质》中说：

> 中国文化有一个特点，就是对人的评价很高。……中国的文化讲的是“人学”，着重的是人。中国哲学的特点就是发挥人学，着重讲人。

庞朴先生是我想提到的第三位学者。他在《中国文化传统的继承和发扬问题》中说：

> 我想是不是可以说人文主义是中华文化的一个精神呢？……孔子的一个很重要的概念就是“仁义礼智信”中的那个“仁”字，就是以人为本位，以人作为自己学说的目的，是尊重人的一种学说。

第四位是任继愈先生。他在《唐宋以后的三教合一思潮》中说：

> 任何一个理学家都认为三纲五常是与生俱来的、天地间的至理，最高真理，不能问为什么要忠君、孝父母，因为这是人类善的本性的必然要求，这种天性与生命共

存亡，只要活着就必须在这个规律中生活。

学者们的意见就征引到这里。他们的说法虽然似乎有一些差异，但是意思则基本上是一致的，也就是说，他们认为，中国文化的特点在于重视人，重视人的社会关系和伦理关系。我认为，这种看法是正确的，是同我经过长时期考虑的结果相一致的。

这样一来，王静安先生之死的原因与中国文化的特点完全可以挂上钩了。既然中国文化偏重伦理道德方面，与西洋和印度的迥乎不同；那么，中国伦理道德的骨架是三纲六纪，君为臣纲是三纲之一。王静安之死表面上是臣殉君，事实上也是臣殉君，但从更深一层的内涵上来看，说他是殉中国文化，不是完全合情合理吗？寅恪先生关于王静安先生之死的那一些话不也完全豁然开朗了吗？

1990年10月26日

《陈寅恪先生百年诞辰纪念论文集》序

义宁（今江西修水）陈寅恪先生逝世后二十余年内，随着时间的推移，他的道德、文章越来越闪耀出灿烂的光芒，他的真面目越来越为人们所窥见。有人著文，把他同王静安（国维）、章太炎（炳麟）并列为中国近代国学三大师，得到了学者们广泛的赞同。中外华人及非华人的学者研究寅恪先生者日益增多，出版的专著也日益引人注目。赞誉之声洋洋乎盈耳矣。

在这样的情况下，1988 年广州中山大学召开了“纪念陈寅恪教授国际学术讨论会”，出版了《论文集》（中山大学出版社）。1989 年北京大学中国中古史研究中心出版了《纪念陈寅恪先生诞辰百年学术论文集》（北京大学出版社）。两本论文集刊载了中外学人的论文七十七篇，流传海内外，得到了普遍的好评，产生了巨大的影响。

现在，寅恪先生居住工作了多年的清华大学又召开了纪念座谈会，倡议出版这一本论文集。寅恪先生桑梓之邦的江西教育出版社慨然应允出版，负担全部费用。这一义举感激者恐怕不只是寅恪先生的家属和弟子们了。

本论文集内容丰富充实，著文者皆博学之士，襄赞者实通识之人。他们对寅恪先生著作研究多年，素有心得；发之为文，必能闳中肆外，读者自能鉴别，无待饶舌。主编王永兴教授征序于予，实非始料所及，既感且愧。以予愚鲁，视寅恪师如鹪鹩饮海，蝼蚁观山，何足以窥先生堂奥。然而作为先生门弟子之一，为先生纪念论文集作序，似又为不可推卸之责任。遂不顾佛头着粪之讥，略本艺海拾贝之精神，毅然承担下来。愚者千虑，或有一得乎？

寅恪先生热爱祖国，热爱祖国文化，为人刚正不阿，治学博大精深。全面论述，实为我能力所不逮。现在仅就下列四点，谈一谈自己的一些体会。

一 “预流”问题

各国学术发展史都告诉我们一个事实：学术同宇宙间万事万物一样，都不能一成不变，而是要随时变动的。变动的原因多种多样，但最重要的不外两项，一是新材料的发现，一是新观点、新方法的萌生。梁启超论晚清时代中国学术发展时说：

> 自乾隆后边徼多事，嘉道间学者渐留意西北边新疆、青海、西藏、蒙古诸地理，而徐松、张穆、何秋涛最名家。松有《西域水道记》、《汉书西域传补注》、《新疆识略》，穆有《蒙古游牧记》，秋涛有《朔月备乘》，渐引起研究元史的兴味。至晚清尤盛。外国地理，自徐继畬著《瀛环志略》，魏源著《海国图志》，开始端绪，而其后竟不光大。近人丁谦于各史外夷传及《穆天子传》、《佛国记》、《大唐西域记》诸古籍，皆博加考证，成书二十余种，颇精瞻。（《清代学术概论》）

这里讲了晚清时代一些新学问的开端。但是没有着重讲新材料的发现。王国维补充了梁启超的话。他说：

> 古来新学问之起，大都由于新发见之赐。有孔子壁中书之发见，而后有汉以来古文学家之学。有赵宋时古器之出土，而后有宋以来古器物古文字之学。唯晋时汲冢竹书出土后，因永嘉之乱，故其结果不甚显著。然如杜预之注《左传》，郭璞之注《山海经》，皆曾引用其说，而《竹书纪年》所记禹、益、伊尹事迹，至今遂成为中国史学上之重大问题。然则中国书本上之学问，有赖于地底之发见者，固不自今日始也。(《女师大学术季刊》，第一卷，第四期，附录一：《近三十年中国学问上之新发见》，王国维讲，方壮猷记注)

静安先生对新材料之发现能推动新学问之诞生，从中国学术史上加以阐述，令人信服。他把“新发见”归纳为五类：（一）殷墟甲骨；（二）汉晋木简；（三）敦煌写经；（四）内阁档案；（五）外族文字。王静安先生的总结完全是实事求是的，是非常正确的。

寅恪先生也发表了类似的意见：

> 一时代之学术，必有其新材料与新问题。取用此材料，以研求问题，则为此时代学术之新潮流。治学之士，得预于此潮流者，谓之预流（借用佛教初果之名）。其未得预者，

> 谓之未入流。此古今学术史之通义，非彼闭门造车之徒，所能同喻者也。（《陈垣敦煌劫余录序》，见《金明馆丛稿二编》，上海古籍出版社 1980 年版，第 236 页）

他借用了佛教现成的术语，生动地、形象地提出了“预流”问题。我个人认为，不能再有比这更恰当的表述方法了。根据这个标准，历代许多大学者都有一个预流的问题。不预流，就无法逃脱因循守旧、固步自封的窘境，学术就会陈陈相因，毫无生气，也决不可能进步。征之中外学术史，莫不皆然。王静安先生是得到了预流果的。中国近代许多著名的学者，也都是得到了预流果的。中国近代学术之所以彪炳辉煌，远迈前古，其根源就在这里。

而在众多的获得预流果的学者中，寅恪先生毫无疑问是独领风骚的。他的成就之所以超绝人寰，关键就在这里。王静安先生列举的五类新发现，寅恪先生都有所涉猎。但是，人们都知道，他做学问最为慎重。他深知博与约的辩证关系。他决不炫学卖弄，哗众取宠。研究任何问题，都有竭泽而渔的气概，必须尽可能地掌握全部资料，后从中抽绎出理论性的结论来。他之所以自称为“不古不今之学”，正是他这种精神的表现。他自谦不通的学问，按之实际，也比一些夸夸其谈者高明不知多少倍。从他一生治学的道路来看，他是由博返约的。中晚年以后，治学比较集中。他非常尊重静安先生，“风义平生师友间”的诗句可以为证。但是他对王先生的经常改换题目，也还是有看法的。

他自己在静安先生列举的五类中，根据由博返约的精神，最后集中在敦煌写经和外族文字上；在历史研究方面，最后集中到隋唐史和明清之际的社会史上。生平学术创获也多在这几个方面。

总之，寅恪先生是预流的楷模。连中印文化关系史方面许多创获，也与此有关。他永不满足于已有的结论，在他一生学术追求中，他总是站在“流”的前面。

二　继承和发扬乾嘉考证学的精神
吸收德国考证学的新方法

这一章主要谈寅恪先生的治学方法。对一个学者来说，治学方法是至关重要的。可惜在今天的学术界难得解人矣。我不认为，我们今天的学风是完美无缺的。君不见，在“学者”中，东抄西抄者有之，拾人牙慧者有之，不懂装懂者有之，道听途说者有之，沽名钓誉者有之，哗众取宠者有之，脑袋中空立一论，不惜歪曲事实以求“证实”者更有之。这样的“学者”就是到死也不懂什么叫治学方法。

寅恪先生十分重视自己的治学方法。晚年他的助手黄萱女士帮助他做了大量的工作，可以说是立下了大功。有一次，寅恪先生对她说：“你跟我工作多年，我的治学方法你最理解。”黄女士自谦不很理解。寅恪先生一叹置之。他心中的痛苦，我们今天似乎还能推知一二。可惜我们已经回天无力，无法向他学习治学方法了。现在我来谈寅恪先生的治学方法，实在有点不自量力，诚惶诚恐。但又觉得不谈不行。因此，我谈的只能算是限于个人水平的一点学习心得。

什么是寅恪先生的治学方法呢？

一言以蔽之，曰考据之学。

这是学术界的公言，不是哪一个人的个人意见。汪荣祖先生在《史家陈寅恪传》中再三强调这一点，这是很有见地的。

但是陈先生的考据之学又决不同于我们经常谈的考据之学，它有它的特点，这一方面出于治学环境，一方面又出于个人禀赋。寅恪先生家学渊源，幼承庭训，博通经史，泛览百家。对中国学术流变，了若指掌。又长期留学欧美日本，对欧美学术，亦能登堂入室。再加上天赋聪明，有非凡的记忆力；观察事物，细致人微。这两个方面，都表现在他的考据学上，形成了独特的风格。具体地说就是，他一方面继承和发扬了中国乾嘉考据学的精神，一方面又吸收了西方，特别是德国考据学的新方法。融会中西，一以贯之。据我个人的体会，寅恪先生考据之学的独特风格，即在于此。我在下面分两部分论述一下。

（一）中国的考据学

在中国学术史上，考据学同所谓汉学有密切的联系，是汉学家所使用的治学主要方法。在学者之间，虽然也有一些分歧，但是大体上是一致的。汉学是对宋学的一种反动，滥觞于明末清初，大盛于乾嘉时代，考据学大体上也是这样。详细论述，请参阅梁启超《清代学术概论》及《中国近三百年学术史》，钱穆《中国近三百年学术史》。

什么叫“考据（或证）学”呢？梁启超在《概论》中有几句扼要的话：

其治学根本方法，在“实事求是”、“无征不信”；其研究范围，以经学为中心，而衍及小学、音韵、史学、天算、水地、典章制度、金石、校勘、辑逸，等等；而引证取材，多极于两汉；故亦有“汉学”之目。

钱穆在《学术史》第四章讲顾亭林时，对考证学做了细致的分析：

> 故治音韵为通经之钥，而通经为明道之资。明道即所以救世，亭林之意如是。乾嘉考证学，即本此推衍，以考文知音之工夫治经，即以治经工夫为明道，诚可谓亭林宗传。而亭林此书，不仅为后人指示途辙，又提供以后考证学者以几许重要之方法焉。撮要而言，如为种种材料分析时代先后而辨其流变，一也。（中略）其次则每下一说，必博求佐证，以资共信，二也。《四库全书日知录提要》，谓炎武学有本原，博瞻而能贯通。每一事必详其始末，参以佐证，而后笔之于书。故引据浩繁，而牴牾者少。语必博证，证必多例，此又以后考证学惟一精神所寄也。
>
> 亭林之治音学，其用思从明其先后之流变而入，其立说在博求多方之证佐而定，此二者皆为以后乾嘉考证学最要法门。

在后面，钱穆又引了方东树《汉学商兑序》的话，把清儒治考证者分为三派。都可以说是深中肯綮的。事实上，清代考证学总是不断有所发展的。全盛时期的代表人物，如惠栋、戴震、段玉裁、王引之、王念孙，等等，考证方法大同中有小异。到了章学诚，又提出了“六经皆史”的论点，又前进一步了。

总的来看，寅恪先生继承了这个考证学的传统。但是，他又发展了或者超越了这个传统。何以说是“超越”呢？我个人认为，这主要表现在两个方面：一个是他强调在史实中求史识；一个是他大大地扩大了传统的“小学”的范围。

所谓“史识”，是不是就是历史发展的规律？是，但又不全是。探索规律性的东西，所有的考据学家都能做到，做不到这一步，考据也就失去了意义。乾嘉诸老都能做到。可惜他们就到此为止。据我个人的观察，在这一点上，乾嘉诸老与明末清初考证学的开创者稍有不同。根据钱穆的叙述，顾炎武主张“明道”、“救世”，他当然也在考证中寻求规律；但是“明道”、“救世”却超出了规律。这同所谓“义理”有类似之处，义理不能等同于规律。这种明道、救世的理想，到了乾嘉时代，由于客观环境的变化，已经消失。学者们囿于所习，只在故纸堆中寻求规律，把义理忘记了。寅恪先生却不然。他的专著和文章，不管多长多短，都展现了他那种严密考证的才能，其中都有规律性的结论。但是他却决不到此为止，决不为考证而考证，他那种悲天悯人、明道救世的精神，洋溢于字里行间。稍微细心的读者都能觉察。在这一点上，他同宋代大史学家司马光颇有“灵犀一点通”之处。他之所以推崇宋学，原因大概也就在这里吧。

讲到小学，也就是语言文字学，从顾炎武到乾嘉诸老，无不十分重视。顾亭林的话有代表意义：“读九经自考文始，考文自知音始。以至于诸子百家之书，亦莫不然。”（《文集》卷四《答李子德书》）但是，他们的小学，实际上只限于汉语。这当然有极大的局限性。到了寅恪先生手中，小学的范围大大地扩大了。古代外族语言和少数民族语言，无不供他驱使。这样一来，眼界和研究方法都大大地扩大，其所得到的结论当然也就今非昔比了。乾嘉诸老自不能望其项背矣。

（二）德国的考据学

德国学术发展史，不同于中国。他们治学的方法不可能叫做考据学。但是，德国的民族性中有一突出的特点，这就是所谓的"彻底性"（Gründlichkeit），也就是一种打破砂锅问到底的劲头。这种劲头与中国的考据学有相通之处。十九世纪，比较语言学在德国取得了其他国家都赶不上的辉煌成就，与这种民族性有密切联系。十九世纪至二十世纪的梵文研究，也表现了这种精神。

寅恪先生曾在几个欧美国家留学，在德国时间更长，受业于Heinrich Lüders诸大师，学习梵语及其他古代语言文字，深通德国学者的治学方法。结果他把中国考据学和德国考据学严密地结合起来，融会贯通，再济之以德国的彻底性，著为文章。在考证方面，别人在探索时能深入二三层，就已经觉得不错了，再进就成了强弩之末，力不从心了。而寅恪先生则往往能再深入几层，一直弄个水落石出，其结论当然深刻多了。

但是，他学习德国考据学，并非奴隶式地模仿。在加注方面，他不学习德国学者半页加注的做法，他的办法毋宁说是更接近中国传统做法，脚注极少。有的地方，他又超越了德国考据学。德国学者往往只求规律，不讲义理。而寅恪先生则是正如我上面所说的，规律与义理并重。这一点，只要读一读两方面的文章，立刻就能感觉到。

归纳以上所论，寅恪先生实集中德两方考据学之大成。当代中国有些学者往往视考据学为一时一派之方法，其实这是完全错误的。在相当长的一段时间内，中国曾大批考据学，大有当代堂·吉诃德之势。及今思之，实觉可笑。其实只要搞学问，就要有资料，首先必须把资料搞清楚：真伪如何？时代如何？来源如何？演化如何？相互关系又如何？不这样也是不可能的。史料不清，而贸然下结论，其结果必然是南辕而北辙，不出笑话者几希。

我认为，Heinrich Lüders 和寅恪先生为中西两个考据学大师。Lüders 在世界上享有极高的声誉。印度发现了新碑铭，读不懂，就说：找 Lüders 去。他被公认为近代最伟大的梵文学家。他同寅恪先生有很多共同之处。他们考证名物，旁征博引，分析入微，如剥芭蕉，渐剥渐深。开始时人们往往不能理解，为什么这样假设。但是，只要跟着他们剥下去，到最后，必然是“山重水复疑无路，柳暗花明又一村”，茅塞顿开，豁然开朗了。我读他们两人的极端繁琐貌似枯燥的考证文章，认为是极大的享受，远远超过中外文学名著。并世并无第三人。同意我的意见的，大有人在。不同意者当然也同样大有人在。俗话说，敲锣卖糖，各干各行，不能强求的。不管怎样，他们两人的著作，我总是爱不释手。他们那种天外飞来的奇思，于没有联系中看出联系，于平淡中看出深邃。读到会心处，直欲浮一大白，当年灵山会上，如来拈花，迦叶微笑。世间没有佛祖，我也决非迦叶。但是，我和我的志同道合者们对两位大师的著作的爱好，难道同这个神话故事所表达的意蕴，没有相通之处吗？

要在寅恪先生的著作中找具体的例子，那就俯拾即是，几乎每一篇文章都是。他在文章中喜欢用“发古人未发之覆”这样的词句。事实上，他自己正是这样做的。文章不管多长多短，无不发覆，无不有新的见解。我在这里只顺手举出几个例子来。王羲之为古今书圣，古人论之者，誉之者众矣。但是没有哪个人真能解释他所以爱鹅的原因。寅恪先生在《天师道与滨海地域之关系》中解开了这个千古之谜。韩愈古文运动的真正原因，古今论者也没有哪一个能说清楚。寅恪先生在《元白诗笺证稿·长恨歌章》和《论韩愈》中解释了其中的前因后果。支愍度之所以提倡“心无义”，以及什么叫“心无义”，寅恪先生在《支愍度学说考》中讲得一清二楚。这样的例子是举不完的。他的每一部书，每一篇文章，都能解决一个或多个别人从来没有解决，也想不到去解决的问题。这已经是众所周知的事实，无须再详细论证了。

寅恪先生还有一种令人惊奇的本领，不管什么资料，不管是正史，还是稗官野史，到了他手中都能成为珍贵的史料。他从来不炫学卖弄，也不引僻书。他用的资料都是极为习见的，别人习而不察，视而不见。经他一点，粗铁立即化为黄金。牛溲、马勃、败鼓之皮，一经他的手，立即化腐朽为神奇。这也是大家都承认的事实，也无须再详细论证了。

寅恪先生之所以有这种本领，一则由于天赋，再则由于博学。根据我个人的体会，他还有一个脑筋里经常考虑问题的习惯。他无论何时都在认真、细致地研究问题。有一次他问我，《高僧传·佛图澄传》中有两句铃音：“秀支替戾冈，仆谷劬秃当”，这是什么语言？可见这个问题在他头脑中恐怕是历有年所了。

以上所论，仅仅是个人的一点体会。限于水平，我目前只能体会到这个程度。我觉得，寅恪先生实际上已经将清儒所说的义理、辞章、考据三门大学问，集于一身。从他生前起，学者们(比如郑天挺教授)就称他为“教授之教授”，决非溢美之辞，恐怕已是天下之公言了。

三　为中国文化所化之人

什么是文化？据说中外学人下的定义有数百种之多，可见文化涵义之难以捉摸。寅恪先生没有给文化下过定义；但是他对文化的态度、看法或者观点，却是异常明确的，他也最喜欢谈论文化。这里有他的一个特点，他从不泛泛地讨论文化问题，而是结合具体的人或事，谈自己对文化的看法。他有时候连文化这个词儿都不用，实际上谈的却是不折不扣的文化问题。

我想从下列三个方面，探讨寅恪先生与中国文化的关系问题：

(一) 中国文化的内涵

(二) 对外来文化与本土文化的态度

(三) 文化与气节

(一) 中国文化的内涵

什么是中国文化？这同上面谈到的一般文化一样，也有很多不同的理解。

我曾经把文化分为两类：狭义的文化和广义的文化。狭义指的是哲学、宗教、文学、艺术、政治、经济、伦理、道德等等。广义指的是包括精神文明和物质文明所创造的一切东西，连汽车、飞机等等当然都包括在内。

周一良先生曾把文化分为三个层次：狭义的、广义的、深义的。前二者用不着再细加讨论。对于第三者，深义的文化，周先生有自己的看法。他说："在狭义文化的某几个不同领域，或者在狭义和广义文化的某些互不相干的领域中，进一步综合、概括、集中、提炼、抽象、升华，得出一种较普遍地存在于这许多领域中的共同东西。这种东西可以称为深义的文化，亦即一个民族文化中最为本质或最具有特征的东西。"（《中日文化关系史论》，第18页）他举日本文化为例。他认为日本深义的文化的特质是"苦涩"、"闲寂"。具体表现是简单、质朴、纤细、含蓄、古雅、引而不发、不事雕饰等。周先生的论述和观察，是很有启发性的。我觉得，他列举的这一些现象基本上都属于民族心理状态或者心理素质，以及生活情趣的范畴。

把这个观察应用到中华民族文化上，会得到什么结果呢？我不想从民族心态上来探索，我想换一个角度，同样也能显示出中华文化的深层结构或者内涵。

在这个问题上，寅恪先生实际上已先我著鞭。在《王观堂先生挽词·序》中，寅恪先生写道：

> 吾中国文化之定义，具于《白虎通》三纲六纪之说，其意义为抽象理想最高之境，犹希腊柏拉图所谓Idea者。

我觉得，这是非常精辟的见解。在下面谈一下我自己的一些想法。

中国哲学同外国哲学不同之处极多，其中最主要的差别之一就是，中国哲学喜欢谈论知行问题。我想按照知和行两个范畴，把中国文化分为两部分；一部分是认识、理解、欣赏等等，这属于知的范畴；一部分是纲纪伦常、社会道德等等，这属于行的范畴。这两部分合起来，形成了中国文化。在这两部分的后面存在着一个最为本质、最具有特征的、深义的中华文化。

寅恪先生论中国思想史时指出：

> 南北朝时，即有儒释道三教之目。（中略）故自晋至今，言中国之思想，可以儒释道三教代表之。此虽通俗之谈，然稽之旧史之事实，验以今世之人情，则三教之说，要为不易之论。（中略）故二千年来华夏民族所受儒家学说之影响，最深最巨者，实在制度法律公私生活之方面，而关于学说思想之方面，或转有不如佛道二教者。（《金明馆丛书》二编，第250—251页）

事实正是这个样子。对中国思想史仔细分析，衡之以我上面所说的中国文化二分说，则不难发现，在行的方面产生影响的主要是儒家，而在知的方面起决定作用的则是佛道二家。潜存于这二者背后那一个最具中国特色的深义文化是三纲六纪等伦理道德方面的东西。

专就佛教而言，它的学说与实践也有知行两个方面。原始佛教最根本的教义，如无常、无我、苦，以及十二因缘等等，都属于知的方面。八正道、四圣谛等，则介于知行之间，其中既有知的因素，也有行的成分。与知密切联系的行，比如修行、膜拜，以及涅槃、跳出轮回，则完全没有伦理的色彩。传到中国以后，它那种无父无君的主张，与中国的三纲六纪等等，完全是对立的东西。在与中国文化的剧烈撞击中，佛教如果不能适应现实情况，必然不能在中国立定脚跟。于是佛教只能做出某一些伪装，以求得生存。早期佛典中有些地方特别强调“孝”字，就是歪曲原文含义以适应中国具有浓厚纲纪色彩文化的要求。由此也可见中国深义文化力量之大，之不可抗御了。

这一点，中国不少学者是感觉到了的。我只举几个例子。这些例子全出于《论中国传统文化》，中国文化书院讲演录第一集。梁漱溟先生说：

> 中国人把文化的重点放在人伦关系上，解决人与人之间怎样相处。（第137页）

冯友兰先生说：

> 基督教文化重的是天，讲的是“天学”；佛教讲的大部分是人死后的事，如地狱、轮回等，这是“鬼学”，讲的是鬼；中国的文化讲的是“人学”，著重的是人。（第140页）

庞朴先生说：

> 假如说希腊人注意人与物的关系，中东地区则注意人与神的关系，而中国是注意人与人的关系，我们的文

> 化的特点是更多地考虑社会问题，非常重视现实的人生。（第 75 页）

这些意见都是非常正确的。事实上，孔子就是这种意见的代表者。“子不语怪、力、乱、神”，就是证明。他自己还说过：“未知生，焉知死。”

国外一些眼光敏锐的思想家也早已看到了这一点，比如德国最伟大的诗人歌德，就是其中之一。1827 年 1 月 29 日同爱克曼谈“中国的传奇”时，他说：

> 中国人在思想、行为和情感方面几乎和我们一样，使我们很快就感到他们是我们的同类人，只是在他们那里一切都比我们这里更明朗，更纯洁，也更合乎道德。（中略）还有许多典故都涉及道德和礼仪。正是这种在一切方面保持严格的节制，使得中国维持到几千年之久，而且还会长存下去。（朱光潜译《歌德谈话录》，第 112 页）

连在审美心理方面，中国人、中国思想、中国文化都有其特点。日本学者岩山三郎说：

> 西方人看重美，中国人看重品。西方人喜欢玫瑰，因为它看起来美，中国人喜欢兰竹，并不是因为它们看起来美，而是因为它们有品。它们是人格的象征，是某种精神的表现。这种看重品的美学思想，是中国精神价

> 值的表现，这样的精神价值是高贵的。(引自蒋孔阳《中国古代美学思想与西方美学思想的比较》)

我在上面的论述，只是想说明一点：中国文化同世界其他国家的文化，既然同为文化，必然有其共性。我在这里想强调的却是它的特性。我认为，中国文化的特性最明显地表现在或者可以称为深义的文化上，这就是它的伦理色彩，它所张扬的三纲六纪，以及解决人与人之间的关系的精神。

（二）外来文化与本土文化

寅恪先生虽然强调中国本位文化，但是他非但不是文化排外主义者，而且是承认中国吸收外来文化这件历史事实的，并且在这方面做了大量的探讨发覆的工作，论证了吸收外来文化的必要性。他说：

> 窃疑中国自今日以后，即使能忠实输入北美或东欧之思想，其结局当亦等于玄奘唯识之学，在吾国思想史上，既不能居最高之地位，且亦终归于歇绝者。其真能于思想上自成系统，有所创获者，必须一方面吸收输入外来之学说，一方面不忘本来民族之地位。此二种相反而适相成之态度，乃道教之真精神，新儒家之旧途径，而二千年吾民族与他民族思想接触史之所昭示者也。(《金明馆丛稿二编·冯友兰中国哲学史下册审查报告》，第252页)

这一段话里包含着十分深刻的思想。对外来文化，盲目输入，机械吸收，必然会等于玄奘唯识之学。只有使吸收外来文化与保存本土文化相辅相成，把外来文化加以“变易”，它才能成为本土文化的一部分，而立定脚跟。

吸收的过程十分曲折又复杂。两种文化要经过互相撞击，互相较量，互相适应，互相融汇等等阶段，最后才能谈到吸收。在这个很长的过程中，外来文化必须撞掉与本土文化水火不相容的那一部分，然后才能被接纳。佛教传入中国以后，提供了大量的这样的例子，生动而又具体。正是寅恪先生，在这方面做了大量的探索研究工作，写过大量的论文，有兴趣者可以自己去读他的原作，我在这里不可能一一列举。

但是，我仍然想举两个简单的例子。第一个是关于“道”字的译法问题。唐代初年，印度方面想得到老子《道德经》的梵文译本，唐太宗把翻译的任务交给了玄奘。玄奘把至关重要的“道”字译为梵文 mārga（末伽）。但是那一群同玄奘共同工作的道士都大加反对，认为应该用佛教术语“菩提”来译。这个例子颇为有趣。中国和尚主张直译道家哲学中最重要的术语“道”字，而中国道士反而偏要用佛教术语。在这之前，晋代的慧远《大乘义章》中已经谈到这个问题：

> 译言：外国说“道”名多，亦名“菩提”，亦曰“末伽”。如四谛中，所有道谛，名“末伽”矣。此方名少，是故翻之，悉名为道。与彼外国“涅槃”、“毘尼”此悉名“灭”，其义相似。

谈到这里，寅恪先生说道：

> 盖佛教初入中国，名词翻译，不得不依托较为近似之老庄，以期易解。后知其意义不切当，而教义学说，亦渐普及。乃专用对音之“菩提”，而舍置义译之“道”。（请参阅《大乘义章书后》，见《金明馆丛稿》二编，第163页）

第二个例子是《莲花色尼出家因缘》。里面有所谓七种呪誓恶报，但仅载六种。经寅恪先生仔细研究，第七种实为母女共嫁一夫，而其夫即其所生之子，真相暴露后，羞愧出家。寅恪先生说道：

> 盖佛藏中学说之类是者，纵为笃信之教徒，以经神州传统道德所薰习之故，亦复不能奉受。特以其为圣典之文，不敢昌言诋斥。惟有隐秘闭藏，禁绝其流布而已。《莲花色尼出家因缘》中聚麀恶报不载于敦煌写本者，即由于此。（参阅《莲花色尼出家因缘跋》，见《寒柳堂集》，第155页）

例子就举这两个。

第二个例子实际上又牵涉到我在上面谈过的文化分为知和行两部分的问题。我在这里想引申一下，谈一谈从文化交流的角度上看印度文化的这两部分到了中国以后所处的地位。我们从印度吸收了不少的东西（当然中国文化也传入了印度，因为同我现在要讨论的问题无关，暂且置而不论)。仔细分析一下，印度文化知与行的部分，在中国有不同遭遇。知的部分，即认识宇宙、人生和社会的理论部分，我们是尽量地吸收，稍加改易，促成了新儒学的产生。中国道家也从佛教理论中吸收了不少东西。但是，在行的方面，我们则尽量改易；在中国的印度和中国佛教徒也竭力改变或掩盖那些与中国传统伦理道德相违反的东西，比如佛教本来是宣传无父无君的，这一点同中国文化正相冲突，不加以改变，则佛教就将难以存在下去。这一点我在上面已经谈到过，但是重点与此处不同。那里讲的是中国深义文化的伦理道德色彩，这里讲的是对印度文化知与行两部分区别对待问题。

(三) 文化与气节

我在上面讲了中国文化的伦理道德的特点，以及由这个特点所决定的吸收印度文化的态度。现在我想谈一谈与此基本相同而又稍有区别的一个问题：文化与气节。

气节也属于伦理道德范畴。但是在世界各国伦埋道德的学说和实践中，没有哪一个国家像中国这样强调气节。在中国古代典籍中，讲气节的地方不胜枚举。《孟子·滕文公》(下)也许是最具有典型意义的：

> 富贵不能淫，贫贱不能移，威武不能屈，此之谓大丈夫。

这样的“大丈夫”是历代中国人民的理想人物，受到广泛的崇拜。

中国历来评骘人物，总是道德文章并提。道德中就包含着气节，也许是其中最重要的成分。中国历史上有一些大学者、大书法家、大画家等等，在学问和艺术造诣方面无疑都是第一流的，但是，只因在气节方面有亏，连他们的学问和艺术都不值钱了，宋朝的蔡京和赵孟頫，明朝的董其昌和阮大铖等等是典型的例子。在外国，评骘人物，气节几乎一点作用都不起。审美观念中西也有差别，这一点我在上面已经讲过。“岁寒然后知松柏之后凋也。”这样的伦理道德境界，西方人是难以理解的。

寅恪先生是非常重视气节的，他给予气节新的解释，赋予它新的涵义。对于王静安先生之死，他在《清华大学王观堂先生纪念碑铭》中写道：

> 士之读书治学，盖将以脱心志于俗谛之桎梏，真理因得以发扬。思想而不自由，毋宁死耳。斯古今仁圣所同殉之精义，夫岂庸鄙之敢望。先生以一死见其独立自由之意志；非所论于一人之恩怨，一姓之兴亡。

写到这里，已经牵涉到爱国主义，我在下面专章讨论这个问题。

四　爱国主义问题

爱国主义在中国有极悠久的历史传统。中国的知识分子，古代所谓“士”，一向有极强的参政意识。“天下兴亡，匹夫有责”，就是这种意识的具体表现。从孔子、孟子、墨子等等先秦诸子，无不以治天下为己任，尽管他们的学说五花八门，但是他们的政治目的则是完全一致的。连道家也不例外，否则也写不出《道德经》和《南华经》。他们也是想以自己的学说来化天下的。

仔细分析起来，爱国主义可以分为两种：狭义的与广义的。对敌国的爱国主义是狭义的，而在国内的爱国主义则是广义的。前者很容易解释，也是为一般人所承认的。后者则还需要说一下。中国历代都有所谓忠臣。在国与国或民族与民族之间的矛盾中出现的忠臣，往往属于前者。但也有一些忠臣与国际间的敌我矛盾无关。杜甫的诗“致君尧舜上，再使风俗淳”，确实与敌国无关，但你能不承认杜甫是爱国的吗？在中国古代，忠君与爱国是无法严格区分的。君就是国家的代表，国家的象征，忠君就是爱国。当然，中国历史上也出现过一些阿谀奉承的大臣。但是这些人从来也不被认为是忠君的。在中国伦理道德色彩极浓的文化氛围中，君为臣纲是天经地义。大臣们希望国家富强康乐，必须通过君主，此外没有第二条路。有些想“取而代之”的人，当然不会这样做。但那是另一个性质完全不同的问题，与我现在要谈的事情无关。真正的忠君，正如寅恪先生指出来的那样，“若以君臣之纲言之，君为李煜亦期之以刘秀”。这是我所谓的广义的爱国主义。

至于狭义的爱国主义，在中国也很容易产生。中国历代都有外敌。特别是在北方，几乎是从有历史以来，就有异族窥伺中原，不时武装入侵，想饮马黄河长江。在这样的情况下，为国家抛头颅、洒热血者，代有其人。这就是我所谓的狭义的爱国主义。

这里有一个关键问题，必须分辨清楚。在历史上曾经同汉族敌对过的一些少数民族，今天已经成为中华民族的一部分。有人就主张，当年被推崇为爱国者的一些人，今天不应该再强调这一点，否则就会影响民族团结。我个人认为，这个说法是完全不能接受的。我们是历史唯物主义者，当年表面上是民族之间的敌对行为，是国与国之间的问题，不是国内民族间的矛盾。这是历史事实，我们必须承认。怎么能把今天的民族政策硬套在古代的敌国之间的矛盾上呢？如果是这样的话，我们全国人民千百年来所异常崇敬的民族英雄，如岳飞、文天祥等等，岂不都成了破坏团结的罪人了吗？中国历史上还能有什么爱国者呢？这种说法之有害、之不正确，是显而易见的。

谈完了我对爱国主义的一般看法，现在我想专门谈寅恪先生一家三代人的爱国主义。我认为，他们的爱国主义既包括狭义的，也包括广义的。下面分别谈一谈。

我想从寅恪先生的祖父陈宝箴谈起。他生于1831年（道光十一年）。虽然出身书香世家，但一生只是一名恩科举人，并没有求得很高的功名。他一生从政，办团练，游幕府，受到了曾国藩的提拔，最后做到了湖南巡抚。他生在清代末叶，当时吏治不修，国家多事，贪污腐化，贿赂公行，外有敌寇，内有民变，真正是多事之秋。也许正是这样的环境，才决定了他的爱国之心。1860年，他在北京参加会试，正值英法联军入寇京师，咸丰北狩，恶寇焚毁圆明园时，他正在酒楼上饮酒，目睹西面火光冲天，悲愤填膺，伏案痛哭。1894年甲午对日抗战失败，中国又被迫签订《马关条约》，宝箴曾痛哭道："无以为国矣。"此时清王朝如风中残烛，成为外寇任意欺凌的对象。他这种爱国真情，是属于狭义的爱国主义的。（参阅汪荣祖《史家陈寅恪传》）

1895年8月，陈宝箴被任命为湖南巡抚。这时正是新政风云弥漫全国的时候。他认为新政是富国强兵的有效措施，于是在湖南奋力推行，振兴实业，开辟航运，引进机器制造，另设时务学堂、算学堂、湘报馆、南学会、武备学堂等，开展教育文化事业。他引江标、黄遵宪、梁启超等了解外情的开明之士，共同努力。他的儿子陈三立（散原）也以变法开风气为己任，湖南风气一时为之大变。戊戌变法失败以后，宝箴受到严惩，革职永不叙用。为了拳拳爱国之心，竟遭到这样的下场。但是他却青史留名，永远受到人民的崇敬。在这里。他的爱国主义是广义的。

总之，陈宝箴先生可以说是集狭义爱国主义与广义爱国主义于一身的。

陈三立继承了父亲的热爱祖国的精神。早年曾佐父在湖南推行新政，以拯救国家危亡。戊戌政变以后，他也受到革职处分。此后，他历经所谓推行新政，所谓勤王，袁世凯搞的所谓立宪运动，辛亥革命，洪宪丑剧，军阀混战，一直到国民党统治，日寇入侵，终其一生，没有再从政；但是，他却决非出世，决非退隐，他一刻也没有忘怀中国人民的疾苦。到了 1937 年，卢沟桥事变爆发，他正在北京，忧愤成疾。8 月 8 日，日寇入城，老人已届耄耋之年，拒不进食，拒不服药，终于以身殉国。

散原老人也可以说是集狭义爱国主义与广义爱国主义于一身的。

至于寅恪先生，他上承父祖爱国主义之传统，一生经历较前辈更为坎坷，更为复杂。但是他曾历游各国，眼光因而更为远大，胸襟因而更为广阔，在他身上体现出来的爱国主义，涵义也就更为深刻。

寅恪先生一生专心治学，从未参预政治；但他决非脱离现实的人物，象牙塔中的学者。他毕生关心世界大事，关心国家民族的兴亡，关心传统文化的继承与发展。并世学者，罕见其俦。这表明他继承了中国自古以来知识分子以天下为己任的优良传统，也表明了他爱国心切。颇有一些学者，表面上参政、议政，成为极活跃的社会活动家。然而，在他们心中，民族存亡、文化存续，究竟占有什么地位，是颇为值得怀疑的。

寅恪先生则不然，他表面上淡泊宁静，与世无争，实则在他的内心深处，爱国热情时时澎湃激荡。他的学术研究，诗人创作，无一非此种热情之流露，明眼人一看便知。李璜有一段话，很值得注意：

> 我近年历阅学术界之纪念陈氏者，大抵集中于其用力学问之勤、学识之富、著作之精，而甚少提及其对国家民族爱护之深与其本于理性，而明辨是非善恶之切，酒酣耳热，顿露激昂。我亲见之，不似象牙塔中人，此其所以后来写出吊王观堂（国维）先生之挽词而能哀感如此动人也。（见汪荣祖《史家陈寅恪传》，第 36 页）

李璜这一段话是极有见地的。我对寅恪先生对王静安之死的同情，长久不能理解。一直到最近、经过了一番学习与思考，才豁然开朗。他们同样是热爱中国文化的，一种伦理道德色彩渗透于其中的深义的文化。热爱中国优秀的传统文化，就是爱国的一个具体表现。两位大师在这一点上“心有灵犀一点通”，因此静安之死才引起了寅恪先生如此伤情。

寅恪先生在政治上是能明辨是非的。国民党和蒋介石都没给他留下好印象。1940年他到重庆去参加中央研究院评议会，见到了蒋介石。他在一首诗《庚辰暮春重庆夜归作》中，写了两句诗："食蛤那知天下事，看花愁近最高楼。"据吴雨僧（宓）先生对此诗的注中说："已而某公宴请中央研究院到会诸先生，寅恪于座中初次见某公，深觉其人不足有为，故有此诗第六句。"（参阅汪荣祖上引书，第84页）

寅恪先生对共产党什么态度呢？浦江清的《清华园日记》中讲到，寅恪先生有一次对他说，他赞成 communism（共产主义），但反对 russian communism（俄国共产主义）。这个态度非常明确。在过去某一个时期，这个态度被认为是反动的。及今视之，难道寅恪先生的态度是不可以理解的吗？

此时寅恪先生正在香港大学任教。我所谓"此时"，是指上面谈到的中央研究院开会之际。日军正在南太平洋以及东南亚等地肆虐。日军攻占了香港以后，寅恪先生处境十分危险。他是国际上著名学者，日寇当然不会轻易放过他。日军曾送面粉给陈家，这正是濒于断炊的陈家所需要的。然而寅恪先生全家宁愿饿死，也决不受此不义的馈赠。又据传说，日军馈米二袋，拒不受，并写诗给弟弟隆恪，其中有"正气狂吞贼"之句。可见先生的凛然正气。不愧为乃祖乃父之贤子孙，中华民族真正的脊梁。

就在这样的情况下，迎来了解放。我在上面已经说过，寅恪先生不反对共产主义。北京解放前夕，为什么又飞离故都呢？我认为，我们不应该苛求于人。我的上一辈和同辈的老知识分子，正义感是有的，分辨是非的能力也不缺少。国民党所作所为，他们亲眼目睹。可是共产党怎样呢？除了极少数的先知先觉者以外，对绝大多数的人来说，这还是个谜，他们要等一等，看一看。有的人留在北京看，有的人离开北京看。飞到香港和台湾去的只是极少数的人。寅恪先生飞到了广州。等到解放军开进广州的时候，他的退路还有很多条。到台湾去是一条；事实上傅斯年再三电催。到外国去，又是一条；到香港去，也是一条。这几条路，他走起来，都易如反掌。特别是香港，近在咫尺。他到了那里，不愁不受到热烈的欢迎。但是，他却哪里也没有去，他留在了广州。我想，我们只能得出一个结论：他热爱祖国，而这个祖国只能是中华人民共和国。

在广州，寅恪先生先后任教于岭南大学和中山大学。受到了周恩来总理和陈毅副总理等人的关怀照顾。但是，在另一方面，解放后几十年中，政治运动此伏彼起，从未停止，而且大部分是针对知识分子的，什么“批判”，什么“拔白旗”等等，不一而足。不能说其中一点正确的东西都没有；但是，绝大部分是在极“左”的思想指导下进行的。这当然大大地挫伤了爱国知识分子的积极性。到了十年浩劫，达到了登峰造极的程度，影响了我们的经济建设，破坏了我国的优秀的传统文化，成为中华民族历史上一个空前的污点。其危害之深，有目共睹，这里不再细谈了。

在这样的情况下，一向热爱祖国、热爱祖国文化、关心人民疾苦、期望国家富强的寅恪先生，在感情上必然会有所反应，这反应大部分表现在诗文中。在他那大量的诗作中，不能说没有调子高昂怡悦的作品；但是大部分是情调抑郁低沉的。这也是必然的。我们的工作有成绩，也有错误。寅恪先生不懂什么阿谀奉承，不会吹捧，胸中的愤懑一舒之于诗中，这有什么难以理解的呢？

有些事情，在当时好多人是胡涂的。现在回视，寅恪先生不幸而言中，这一点唯物主义能不承认吗？到了“文化大革命”，黄钟毁弃，瓦缶雷鸣，一切是非都颠倒了过来。寅恪先生也受到了残酷的迫害，终至于不起，含恨而终。他晚年是否想到了王静安先生之死，不得而知。他同王同样是中国文化所托命之人，有类似的下场，真要“长使英雄泪满襟”了。

总之，我认为，寅恪先生同父祖一样，是把狭义的爱国主义与广义的爱国主义集于一身的。陈氏一门三忠义，这是一个客观事实。他们都是中国知识分子杰出的代表。

我在这里还想把寅恪先生等中国知识分子的爱国主义同西方的爱国主义对比一下。西方国家在资本主义原始积累以前，也就是在还没有侵略成性以前，所谓爱国主义多表现为争取民族的独立与自由的斗争。到了资本主义抬头，侵略和奴役亚、非、拉美时期，就没有真正的爱国主义，实际上只能有民族沙文主义。至于法西斯国家的“爱国主义”，则只能是想压迫别人、屠杀别人的借口，与真正的爱国主义毫无共同之处。中国则不然。过去我们有爱国主义的传统，这一点我在上面已经谈到过。到了近现代，沦为半殖民地，人为刀俎，我为鱼肉。在这种情况下，中国爱国的知识分子（当然也有别的人）拍案而起。我认为，这才是真正的爱国主义，而不是挂羊头，卖狗肉。

中国同西方国家的知识分子，还有一点是颇为不相同的，这就是，中国知识分子多半具有程度强烈不同的忧患意识。宋朝范仲淹著名的话“先天下之忧而忧，后天下之乐而乐”，是最好的证明。我们一些俗语“人无远虑，必有近忧”，等等，也表示了同样的意思。朱柏庐的《治家格言》说“宜未雨而绸缪，毋临渴而掘井”，这也已成为大家的信条。即使在真正的大好形势下，有一点忧患意识，也是非常必要的，而决无害处的。寅恪先生毕生富有忧患意识。我现在引他一段话：

> 余少喜临川新法之新，而老同涑水迂叟之迂。盖验以人心之厚薄，民生之荣悴，则知五十年来，如车轮之逆转，似有合于所谓退化论之说者。是以论学论治，回异时流，而迫于事势，噤不得发。(《寒柳堂集·读吴其昌撰梁启超传书后》，第150页)

就让这一段言简意深的话作本段的结束语吧。

我对寅恪先生的理解，就写到这里。寅恪先生道德文章，浩瀚无涯涘，以上所论只不过是我这样一个平凡的弟子，站在自己所能达到的水平上，管窥蠡测的结果而已。

对寅恪先生的理解和认识，对任何人来说，都有一个过程。我相信，陈学的研究现在仅仅是一个开端。在这一本纪念论文集中，实多精彩之作，足可以反映出我们目前已经达到的水平。这个水平当然还会逐渐提高的。随着研究水平的提高，我中华民族优秀的传统文化的价值，也必将日益得到正确的客观的认识。我始终相信，以寅恪先生等所代表的中国文化，必将大放光芒。

1990年12月17日写毕

“高于自然”和“咏物言志”

——东西方思想家对某些名画评论的分歧

唐代大诗人兼画家王维有一幅名画“雪中芭蕉图”，是《袁安卧雪图》的一个组成部分，明代仍见于著录，后佚。此画在历代久负盛名，评论这幅画的著名学者颇不乏人。宋代沈括在《梦溪笔谈》卷十七《书画》中有一段比较完整的评论：

> 书画之妙，当以神会，难可以形器求也。世之观画者，多能指摘其间形象位置彩色瑕疵而已，至于奥理冥造者，罕见其人。如彦远画评，言王维画物多不问四时，如画花往往以桃、杏、芙蓉、莲花同画一景。余家所藏摩诘画《袁安卧雪图》，有雪中芭蕉，此乃得心应手，意到便成，故造理入神，迥得天意，此难可与俗人论也。

沈括的意思就是，在大自然中，雪与芭蕉不能同时并存，而王维偏偏画在一起，却又“造理入神，迥得天意”，令人觉不出矛盾。

沈括的说法影响深远，它被后人用来阐释“神似”胜过“形式”的理论。具体例子颇多，请参阅陈允吉《王维“雪中芭蕉”寓意蠡测》（见《唐音佛教辨思录》，上海古籍出版社 1988 年版，第 1—11 页）。这里不再引用。

到了当代，陈允吉教授对王维的诗画受佛教影响的问题，做了深入细致的探讨。他广征博引，不但引用了释典和中国学人的著作，而且还引用了王维自己的著作。他引证了宋释惠洪《冷斋夜话》卷四《诗忌》一条：

> 诗者妙观逸想之所寓也，岂可限以绳墨哉！如王维作画，雪中芭蕉，法眼观之，知其神情寄寓于物，俗论则讥以为不知寒暑。

他认为，惠洪的思路是正确的，王维这一幅画确实是“妙观逸想之所寓”。但“寓”的是什么呢？惠洪没有明说，只暗示其中有佛教影响。陈允吉教授在这方面做了进一步的探索。他利用自己广博的学识和能发古人之覆的深入的洞察力，经过详细的论证，引经据典，最后得出了下面的结论：

> 综上所述，王维“雪中芭蕉”这幅作品，寄托着“人身空虚”的佛教神学思想。这种神学寓意的实质，不论从认识论或者人生观来说，都是体现出一种阴冷消沉的宗教观念，它的思想倾向是对现实人生的否定。一定的艺术形式，总是为一定的思想内容服务的。如果说“雪中芭蕉”确实在艺术上具有“不拘形似”的特点，那末，它同样也是服膺于表现其神学寓意而出现的。（上引书，第10—11页）

这结论是能令人信服的。这比沈括以及他的追随者的意见恢廓深入得多了。

写到这里，我一时心血来潮，忽然联想到《歌德谈话录》里谈到的一件事情。1827 年 4 月 18 日，歌德叫人取出登载荷兰大画师们的作品复制件的画册，特别把其中的一幅吕邦斯的风景画指给爱克曼（谈话的记录者）看。这一幅画画的是太阳正要落山的黄昏时分的农村景色：有村庄，有市镇，有羊群，有装满干草的大车，有吃草的马，还有骡子和骡驹等等。这些都画得很好，没有什么问题。但是光线和阴影却出了问题：光是从对面的方向照射过来的，被照射对象的阴影投到画这边来。这也是符合自然现象的，没有注意和研究的必要。但是画中的一丛树却把阴影投到和看画者对立的那边去。结果是画中的人、兽、树丛等等，从两个相反的方向受到光照。这是完全违反自然现象的。然而爱克曼在最初却完全没有感觉到这个矛盾。等到歌德指了出来，他才恍然大悟。在这个节骨眼上，歌德说了一段很长的话：

> 关键正在这里啊！吕邦斯正是用这个办法来证明他伟大，显示出他本着自由精神站得比自然要高一层，按照他的更高的目的来处理自然。光从相反的两个方向射来，这当然是牵强歪曲，你可以说，这是违反自然。不过尽管这是违反自然，我还是要说它高于自然，要说这是大画师的大胆手笔，他用这种天才的方式向世人显示：艺术并不完全服从自然界的必然之理，而是有它自己的规律。

歌德接着说：

> 艺术家在个别细节上当然要忠实于自然，要恭顺地摹仿自然，他画一个动物，当然不能任意改变骨骼构造和筋络的部位。如果任意改变，就会破坏那种动物的特性。这就无异于消灭自然。但是，在艺术创造的较高境界里，一幅画要真正是一幅画，艺术家就可以挥洒自如，可以求助于虚构（fiktion），吕邦斯在这幅风景画里用了从相反两个方向来的光，就是如此。
>
> 艺术家对于自然有着双重关系：他既是自然的主宰，又是自然的奴隶。他是自然的奴隶，因为他必须用人世间的材料来进行工作，才能使人理解；同时他又是自然的主宰，因为他使这种人世间的材料服从他的较高的意旨，并且为这较高的意旨服务。

下面还有不少十分精彩的议论，我不再抄录了，请读者参阅朱光潜译《歌德谈话录》，人民文学出版社 1978 年版，第 136—137 页。

为了细致深人地说明问题，我抄录得已经似乎太多了，但是我认为这是必要的。抄录歌德的原话，比我自己来阐释要好得多。

看了上面的故事，我想，谁也会立刻就发现，中国唐代王维的“雪中芭蕉”和德国十九世纪歌德议论的荷兰大画家吕邦斯的风景画，虽然相距千余年，相去万余里，却有完完全全相似之处：都是违反自然的，都是在现实世界找不到的，然而却又都是让人觉得很自然的。

怎样来解释这个现象呢?

中国的评论家和西方的歌德采用的观点是截然不同的。中国评论家所采用的观点是——我想在这里借用陈允吉教授使用的一个现成的词儿——“咏物言志”，而歌德所采用的观点则是“高于自然”。为什么出现这种情况呢?我不想也没有能力去深究。我只是认为，从这一件小事上也可以反映出东西方评论重点的分歧：中国着重个人的“志”，也就是个人的思想感情，而西方的着眼点则是人与自然的关系。这种分歧是再明显不过的。这是不是也与东西方思维方式的分歧有关呢?我认为是的。

我对于文艺理论只能算是一个业余的爱好者，决不敢冒充内行。堂奥未窥，妄论先发，其不贻笑大方者几希矣。但是一个外行或者半外行的看法有时候会为真正的内行所忽略，他们往往能看到内行视而不见的东西。这恐怕也是一个事实。真正的内行是“司空见惯浑无事”了，外行人却觉得新鲜。质诸方家，以为何如?

1991年7月26日